सेनापति तात्या टोपे

सेनापति तात्या टोपे

1857 स्वाधीनता संग्राम का महानायक

रंजना चितले

प्रतिभा प्रतिष्ठान, नई दिल्ली

प्रकाशक : प्रतिभा प्रतिष्ठान,
694-बी, (नियर अजय मार्केट) चावड़ी बाजार, दिल्ली-110006
 / संस्करण : प्रथम, 2019 / मूल्य : तीन सौ रुपए
मुद्रक : आर-टेक ऑफसेट प्रिंटर्स, दिल्ली ISBN 978-93-87980-62-4

SENAPATI TATYA TOPE *by* Smt. Ranjana Chitale ₹ 300.00
Published by Pratibha Pratishthan, 694-B, (Near Ajay Market)
Chawri Bazar, Delhi-110006

प्राक्कथन

भारतीय स्वतंत्रता संग्राम के इतिहास में अनेक ऐसे आयाम हैं, जो अभी तक सामने नहीं आए। यदि हम दस्तावेजों पर गौर करें तो कोई तीन लाख ऐसे दस्तावेज हैं, जिन्हें अंग्रेजों ने तैयार किया था। जिस पर अनुसंधान तो दूर अब तक अध्ययन तक नहीं हुआ। इन दस्तावेजों में भारतीय स्वतंत्रता के संघर्ष और उनके सेनानियों की अद्‌भुत गाथा है। उस समय अंग्रेज लेखकों द्वारा लिखे गए इतिहास में उन्होंने अंग्रेजों के कार्यों को न सिर्फ महान् और गौरवशाली बताने का प्रयास किया, बल्कि क्रांतिकारियों के वास्तविक उद्‌देश्यों और उनके नेतृत्वकर्ताओं के उज्ज्वल पक्ष को काले और निकृष्ट स्वरूप में चित्रित किया।

क्रांति को उजागर करने के साक्ष्य के संबंध में लेखक सर जेम्सहिल की इस बात से स्पष्ट है कि “जिस बात को वे छुपाना चाहते थे, उसको छिपाने में बोर्ड ऑफ डायरेक्टर्स ने अगनी कुशलता का सर्वत्र परिचय दिया है।” अंग्रेजों द्वारा लिखित के बीच अलिखित समझने के बाद मुझे लगा कि भारतीय पक्ष की वास्तविकता को संसार के सामने लाने की आवश्यकता है, क्योंकि पूर्वजों के जीवन चरित्र और इतिहास हमारे जीवन को सही मार्गदर्शन देने का कार्य करते हैं। उनसे हमें जीवन की कमजोरियों और अच्छाइयों का भान होता है। उन्हें पढ़ना, समझना और उस आधार पर भविष्य का निर्माण करना हमारा दायित्व है।

अभी जो इतिहास के पन्ने हमारे सामने हैं, जो प्रसंग उपस्थित हुए हैं, उनमें शौर्य की, संघर्ष की, आयोजना की और नेतृत्व की ऐसी अद्‌भुत कड़ियाँ हैं, जो हमारी आज की पीढ़ी के लिए एक आदर्श और मार्गदर्शक हो सकती हैं। इन्हीं चरित्रों में से एक हैं अद्‌भुत सेनानी, पराक्रमी योद्धा, योजक और सेनापति तात्या टोपे।

1857 का संघर्ष मेरे लिए सदैव कौतूहल का विषय रहा है। इसका कारण

मेरे परिवार की पृष्ठभूमि है। मुझे इसके लिए न प्रमाण-पत्र की आकांक्षा है और न मान-सम्मान की। केवल स्वयं के स्मरण और आत्मगौरव के आभास के लिए यह पर्याप्त है कि मेरे पूर्वज भी 1857 महायुद्ध के सेनानी रहे हैं। 1857 संघर्ष की असफलता के बाद नाना साहब पेशवा और तात्या टोपे जैसे अनेक वीरों के भूमिगत होने की व्यवस्था करने में मेरे पूर्वज अग्रणी रहे हैं। इसके प्रमाण मेरे परिवार में सुरक्षित हैं।

संभवत: यही कारण है कि 1857 मुक्ति संग्राम से संबंधित कोई पुस्तक, कोई विवरण यदि मेरे सामने आया तो मैं उसकी ओर आकर्षित हुई। उस महासंग्राम और वीर नायकों के वीरोचित कर्म में मुझे तात्या टोपे ने सर्वाधिक आकर्षित किया, इसीलिए मैंने उनके जीवन पर अपनी दृष्टि से पुस्तक तैयार करने का निर्णय लिया। एक अन्य कारण यह भी है कि मुझे लगा तात्या टोपे का महाबलिदानी नाम है, समाधि है, इतिहास की विभिन्न पुस्तकों में उनका विवरण भी है, फिर भी उनके जीवन के अनेक ऐसे प्रसंग और पक्ष हैं, जो अभी तक सामने नहीं आ पाए।

तात्या टोपे साहसी, पराक्रमी योद्धा और सेनानायक होने के साथ-साथ योजक भी थे। उनमें गहरे अंधकार में आशा का आलोक उत्पन्न करने की अनोखी क्षमता थी। अपने इसी अद्भुत सामर्थ्य से उन्होंने भारत के प्रथम स्वाधीनता संग्राम को इतना व्यापक और प्रखर बना दिया कि अंग्रेजी साम्राज्य हिल गया।

सन् 1857 महासंग्राम के सक्रिय पक्ष के अतिरिक्त जून 1858 से लगभग 11 महीनों तक अंग्रेजों के छह सेनापतियों को भारत की धरती नपा दी। क्रांतिकाल के कोई डेढ़ सौ मोर्चों पर अंग्रेजी सेना से संघर्ष किया और अपने रणकौशल से अंग्रेज सेनानायकों को चकित कर दिया। हर विकट और संकटकालीन परिस्थिति में अदम्य साहस के साथ सकारात्मक मार्ग निकालना तात्या टोपे की सूझ-बूझ का अनोखा पक्ष है।

मैंने इस पुस्तक में तात्या टोपे के कई अनछुए प्रसंगों को संयोजित करने का प्रयास किया है। मैं नहीं जानती कि इसमें कितनी सफल हुई। इसका निर्णय तो मैं पाठकों पर छोड़ती हूँ। मैं तो केवल इतना जानती हूँ कि मैं अपने पूर्वजों की परंपरा का पालन कर रही हूँ और अपनी ओर से महानायक तात्या टोपे के चरणों में श्रद्धा-सुमन अर्पित कर रही हूँ।

पुस्तक के लेखन में मेरे प्रेरक रहे हैं स्वर्गीय श्री अनिल माधव दवेजी। देश के स्वतंत्रता संग्राम सेनानियों और क्रांतिकारियों के प्रति उनका समर्पण किसी से छुपा नहीं है। वे चाहते थे कि अमर वीर सेनानी तात्या टोपे की योजक क्षमता, युद्ध

नीति और वीरता–कौशल के सभी पक्ष समाज के सामने आए, जिससे युवा पीढ़ी प्रेरणा ले सके। मैंने पुस्तक को इसी स्वरूप में लिखने का प्रयास किया है। पुस्तक संयोजन में शुरू से अंत तक साथ चले तकनीकी साथियों का हृदय से आभार। आभार उन सभी का, जिन्होंने अध्ययन करने में गुरुत्व भाव से मुझे प्रोत्साहन और मार्गदर्शन दिया।

—रंजना चितले
90, चाणक्यपुरी
चूना भट्टी, कोलार रोड, भोपाल–462016
इ–मेल : ranjanachitale16@gmail.com

अनुक्रम

1

तात्या के उदय का भारत

टप्प···टप्प···टप्प।

सामान्यत: घोड़ों की टापों की यह रोमांचित कर देने वाली ध्वनि, विजय अभियान में जाते योद्धाओं में ऊर्जा का संचार करती है। यह दुश्मनों के दिल धड़काती है और दोस्तों को करतल ध्वनि के लिए उत्साहित करती है। लेकिन आज इस ध्वनि में ऐसा कुछ नहीं था। आज इन टापों में सिर्फ ध्वनि थी, ऊर्जा नहीं और न ही उत्साह का कोई प्रहसन। बल्कि सुदूर आसमान, किले की प्राचीरों और पहाड़ की चोटियों से लौटती प्रतिध्वनियों ने सबको मौन कर दिया था।

चारों ओर सन्नाटा और इस सन्नाटे को चीरती ये टप्प-टप्प की आवाजें और फिर शांति। हाथी, घोड़े, गहावत सब शांत। सहस्रों लोगों का काफिला··· जिसमें राजा, रंक, मंत्री, वजीर, पंडित, मौलवी, एक राज्य और समूचे समाज के प्रतिनिधि शामिल थे। लेकिन मौन। स्थानांतरण था यह। सत्ता से सत्ता के विस्थापन का स्थानांतरण। संपूर्ण स्थानांतरण। शासन का, शासक का, जनता का, संपत्ति का और सत्ता की विहीनता का स्थानांतरण। विश्व इतिहास में शायद ही इतना व्यापक स्थानांतरण कभी हुआ हो। स्वराज्य की गर्जना करने वाले मराठाशाही पेशवा बहादुर के अंतिम शासक बाजीराव पेशवा द्वितीय का स्थानांतरण था।

वह ईस्ट इंडिया कंपनी के विस्तार का समय था। कंपनी भारत के अधिकांश भागों में अपने पैर जमा चुकी थी। लेकिन मराठा शक्ति सबसे बड़ी चुनौती थी, जिसकी जड़ें पूना में गहरे तक पैठी हुई थीं। अंग्रेजों के लिए मराठों के सुरक्षा कवच को तोड़ना आसान न था। धोखा, फरेब और साजिशों के द्वारा राज्यवृद्धि की नीति पर चलते हुए ईस्ट इंडिया कंपनी के कर्ता-धर्ता अंग्रेजों ने पूना की पेशवाई पर पैनी

नजर रखी थी। पूना का पतन उनका अभीष्ट था और उद्देश्य भी। भाग्य ने उन्हें यह अवसर अनायास दे दिया।

1761 में पानीपत में पराजय के बाद महामंत्री नाना फड़नवीस और महादजी शिंदे ने मराठों के डगमगाते कदमों को सँभालने का प्रयत्न जरूर किया, किंतु वांछित परिणाम नहीं आए। मराठों का भविष्य किसी और दिशा में चल दिया था। नियति का निश्चय कुछ और था इसलिए नाना फड़नवीस की तमाम कोशिशों के बावजूद रघुनाथ राव पेशवा के काबिल उत्तराधिकारी चिमाजी अप्पा पेशवाई नहीं पा सके। बाजीराव द्वितीय की कमजोरियों को जानकर ही उन्होंने पहले चिमाजी अप्पा को पेशवा बनाया, परंतु बिखरने की कगार पर आई सत्ता को सँभालने के लिए चरित्र और संकल्प दोनों की उच्चता चाहिए। ऐसी उच्चता जिसका सूत्रपात कभी राजा राम ने किया था, और जिसे आत्मसात् कर शिवाजी महाराज ने हिंदू पदपादशाही की स्थापना की थी। संभवत: यह भारत के भाग्य का एक स्थायी भाव है कि स्वदेशी राजा विदेशी आक्रांताओं से कम, आंतरिक कुचक्रों से ज्यादा पराजित हुए। नवीन पेशवा षड्यंत्र के शिकार हुए और चिमाजी अप्पा गिरफ्तार कर लिये गए। तब बड़े पुत्र बाजीराव द्वितीय पेशवा पद पर आसीन हुए। नेतृत्व का चयन करने वाले यदि सर्वमान्यता के नाम पर कमजोर नेता को स्थापित करने लगें अथवा निर्णायक निजी हितों के लिए नपुंसक को नवाजने लगे तो पराभव निश्चित है। कमजोर बाजीराव की ताजपोशी ही मराठा साम्राज्य के पराजय का आरंभ था। एक अक्षम शासक का संरक्षण पूना की धार को कैसे सँभाल पाता, इस पर 1800 ई. में नाना फड़नवीस की मृत्यु, बस यहीं से पेशवाई के अस्तित्व का अंत आरंभ हो गया था। यह अंग्रेजों की चाल थी कि उन्होंने इंदौर की होल्कर शाही और पेशवा के बीच इतनी दूरियाँ बढ़ा दीं कि वे दोनों आपस में शत्रु हो गए।

कमजोर राज्य पर यशवंतराव होल्कर की सेना ने आक्रमण किया। युद्ध का प्रत्यक्ष सामना करने की बजाय अयोग्य बाजीराव पूना से भागकर (बसीन) बसई के बंदरगाह में अंग्रेजों की शरण में आ गया। 'बसई की संधि' में पेशवा के 'स्वराज्य धर्म' को गिरवी रख दिया। करीब 150 साल पहले जो गोरे जिस राज्य, राजा और पेशवाशाही के आगे मुजरा किया करते थे, उसी तेजस्विता की यह अंतिम किरण आज उन्हीं गोरों के सामने घुटनों के बल बैठने पर विवश हो गई।

यहाँ अंग्रेजों की चाल दोनों तरफ सफल रही। पहले होल्कर को पूना पर आक्रमण करने के लिए अंग्रेजों ने ही उकसाया और उन्हीं के दूसरे एजेंटों ने पेशवा को पूना से भगाकर अंग्रेजों की शरण का रास्ता दिखाया। समर्थ स्वामी रामदास की

चेतना से रोपित शिवाजी महाराज के विराट् स्वप्न में अंग्रेजों की दीमक ने अपनी वंशवृद्धि आरंभ कर दी थी।

नायक की अयोग्यता और अदूरदर्शिता ने इस असंभव को संभव कर दिखाया। शिकारी के जाल में पंछी फँस गया। उसने अपने प्राणों के बदले मराठा पदपादशाही का अस्तित्व गिरवी रख दिया। यह वही संधि थी, जिसने भारतीय स्वतंत्रता की अंतिम उम्मीद मराठा साम्राज्य को जड़ से मिटा दिया, इसी संधि के बाद कंपनी सरकार भारत की एकमात्र शक्तिसंपन्न शासक बन बैठी। अंग्रेजों ने 8 लाख रुपयों की पेंशन देकर पेशवा को अपने अधीन कर लिया। होल्कर, भोंसले, मराठा सरदारों को विद्रोही घोषित कर संधियाँ की गईं। वे यहीं नहीं रुके, पूना पर अपना झंडा फहराकर अंग्रेजों ने सातारा की ओर रुख किया। सातारा के छत्रपति प्रतापसिंह को अपनी ओर मिलाकर पेशवाई को ही समाप्त कर दिया। बाजीराव द्वितीय पेशवाशाही से बेदखल होकर एक पेंशनभोगी शरणागत के रूप में बिठूर में बसने के लिए विवश कर दिए गए। अंग्रेजों ने 8 लाख की पेंशन इसी शर्त पर मंजूर की थी कि पूना छोड़कर बिठूर में अपना ठिकाना बनाएँगे। अंग्रेजों को डर था कि पूना में कहीं बाजीराव अपनी ताकत एकत्र कर सत्तारूढ़ न हो जाएँ, इसीलिए अंग्रेजों ने महाराष्ट्र की धरती से मराठों की जड़ को काट राज्य से बाहर बिठूर फेंक दिया था। मराठा राज्य का सूर्य अस्ताचल की ओर अब क्षितिज में समा रहा था।

कानपुर के पास, बिठूर गंगा किनारे आस्था का एक स्थान है। यही ब्रह्मावर्त है। जहाँ अध्यात्म का मौन संगीत सुना जा सकता था। यह स्थान मथुरा, वृंदावन, प्रयाग, काशी की तरह न सिर्फ पवित्र और पूज्य स्थल है, बल्कि पतितों और अनाश्रितों को आश्रय देने का सामर्थ्य भी रखता है। साधु-संन्यासियों, तपस्वियों से लेकर उपेक्षित, अवहेलित राजघरानों की पहली पसंद भी बिठूर हुआ करता था। कहते हैं—त्रेता में रघुकुल शिरोमणि राजा राम से देहात्मक दूरी पर जनकसुता जानकी ने भी बिठूर में ही शरण ली थी और फिर सीता के पुत्रों लव-कुश ने रामचंद्र की सेना को बिठूर में ही पराजित किया था। कानपुर जिले के जाजमऊ तहसील के अंग बिठूर में एक और ऐतिहासिक क्रम जुड़ना था, शायद इसीलिए बाजीराव द्वितीय ने यहाँ शरण ली थी, अस्तु!

कानपुर से उत्तर-पश्चिम की ओर बारह मील दूर ब्रह्मावर्त में बहुमूल्य संपत्ति और सैकड़ों प्रजा के साथ आए बाजीराव द्वितीय के लिए 57 बीघा जमीन में महल बनवाकर राजसी ठाट-बाट का सारा इंतजाम किया गया था, ताकि बाजीराव को अभाव का एहसास न हो। यहाँ तक कि राज्य-लिप्सा की तृप्ति के लिए रमेल

और बिठूर की जागीर रूपी झुनझुना भी थमा दिया गया, ताकि पेशवा का सोया स्वाभिमान न जाग उठे।

अवनति के इस सदृश्य पृष्ठ के पीछे इतिहास ने एक और भी कथा लिखी थी। बाजीराव द्वितीय के साथ बिठूर से आए लोगों के बीच आया था एक परिवार, पांडुरंग भट्ट का। पांडुरंग भट्ट धर्म विभाग के प्रमुख थे। यही पांडुरंग भट्ट पूना में भी पेशवा की ओर से पूजा-आराधना किया करते थे। इसी महाराष्ट्रियन ब्राह्मण के घर नासिक जिले के येवला नामक स्थान में सन् 1814 में एक पुत्र का जन्म हुआ। नामकरण संस्कार में नाम रखा गया—रामचंद्र भट्ट। कौन जानता था पूजा-पाठ करने वाले वेदपाठी ब्राह्मण का यह पुत्र भारत के प्रथम स्वाधीनता संग्राम का नायक होगा! अंग्रेजों द्वारा बेदखल किए गए पेशवा शासक के चिराग को न सिर्फ नेतृत्व प्रदान कराएगा, बल्कि अंग्रेजों की विराट् सेना को देश भर में छका देगा। इतिहास ने इसे तात्या नाम देकर अमर कर दिया। वह विश्व इतिहास का श्रेष्ठ सेनापति बन गया।

भविष्य के गर्भ में पल रहे इस सेनापति के पिता पांडुरंग भट्ट स्थानांतरण के उस काल में बाजीराव पेशवा के साथ बिठूर आ गए। अपनी सत्तर वर्ष की आयु तक पांडुरंग राव बिठूर में रहे, फिर बनारस जाकर संन्यासी हो गए।

□

2

प्रारंभिक जीवन और विस्तार

अठारह सौ सत्तावन समराकाश के देदीप्यमान नक्षत्र तात्या टोपे का जन्म अहमदनगर जिले के येवला नामक गाँव में देशस्थ ब्राह्मण कुल में हुआ। एक साधारण परिवार में जन्मे तात्या टोपे की तेजस्विता और अभूतपूर्व प्रतिभा का साक्षी है—भारत का प्रथम स्वाधीनता संग्राम। मराठों की रणनीति 'गनीमीकावा' (छापेमारी) का उन्होंने कुशलता और सफलता से उपयोग किया। वे अनेक पराजयों के बाद भी अजेय रहे। एक अंग्रेज लेखक ने उन्हें इटली के स्वातंत्र्यवीर 'गैरीबाल्डी' की उपमा दी तो मराठी लेखकों ने उन्हें 'शिवाजी की परंपरा का अंतिम सेनानी' माना।

तात्या टोपे की जन्मस्थली येवला में इनके बाबा त्रिंबक भट्ट सरदार विंचूरकर के यहाँ कुल देवता की पूजा करने का कार्य करते थे। महाराष्ट्र में पुरोहिती करने वाले व्यक्ति के नाम के आगे भट्ट शब्द जोड़ने की प्रथा है। इसीलिए तात्या के पिता के नाम के आगे भट्ट जुड़ गया।

बाबा त्रिंबक भट्ट के पुत्र, तात्या टोपे के पिता पांडुरंग भट्ट श्रुति और स्मृति के विद्वान् थे। शास्त्रोक्त कर्मकांड बड़ी कुशलता से किया करते थे। भारतवर्ष में विद्वत्ता का सम्मान और आदर करने की परंपरा है। इसे शिवाजी महाराज ने हिंदू पदपादशाही स्थापना के आह्वान के साथ और आगे बढ़ाया। यही नहीं, देश भर में विद्वान् ब्राह्मणों के खोज की प्रथा भी स्थापित की। उस काल में वेदपाठी ब्राह्मणों को सम्मान देने के साथ राज्य में विधिवत् स्थान दिया जाता था।

तत्कालीन पेशवा महाराज भी शास्त्रज्ञों और वेदज्ञों के प्रति आदर भाव रखते थे। जब उन तक पांडुरंग भट्ट की विद्वत्ता और वेदपाठ निपुणता की बात पहुँची तो उन्होंने पांडुरंग भट्ट को पूना आमंत्रित किया। उन्हें ससम्मान आश्रय देकर पूना में

ही रहने का आग्रह किया। पांडुरंग भट्ट पूना में निवास करने लगे। उन्हें बाजीराव पेशवा के यहाँ धार्मिक कर्मकांड और यज्ञादि में सादर निमंत्रित किया जाता था।

समय, काल और प्रथा के अनुसार पांडुरंग भट्ट का बचपन में ही विवाह हो गया। उनकी पत्नी का नाम रुक्माबाई था। रुक्माबाई ने प्रथम पुत्र को जन्म दिया, नाम रखा गया—रामचंद्र राव (तात्या टोपे)। रामचंद्र के जन्म के दो वर्ष बाद रुक्माबाई को द्वितीय पुत्र हुआ, जिसका नाम रखा—गंगाधर। गंगाधर अपने बड़े भाई को तात्या कहकर पुकारते थे। आगे चलकर यही नाम विख्यात हो गया।

तात्या टोपे की जन्मतिथि को मानने से पूर्व हमें प्रमाणों पर एक दृष्टि डालनी होगी। जन्म वर्ष की पुख्ता जानकारी के लिए ऐतिहासिक आधार पर विचार करें तो युद्ध के दौरान नाना साहब और उनके साथियों को गिरफ्तार करने के लिए 1858 में अंग्रेजों ने क्रांतिकारियों की जो सूची और हुलिया जारी किया था, उसमें तात्या टोपे की आयु 42 वर्ष अंकित थी। इस आधार पर तात्या का जन्म वर्ष 1816 निकलता है। यह धर-पकड़ के लिए जारी की गई सूची थी संभवत: ताबड़तोड़ की गई कार्रवाई में आंशिक जाँच के बाद सूची जारी कर दी गई होगी।

तात्या के जन्म की दूसरी पुष्टि कैद तात्या टोपे ने 1859 में अपने मुकदमे में, जो लिखित बयान में की उसमें 45 वर्ष थी। इस अनुसार तात्या का जन्म वर्ष 1814 होना चाहिए। इसी जन्म वर्ष की पुष्टि तात्या टोपे के कुटुंबियों, ब्रह्मावर्त में निवासरत तात्या टोपे के भतीजे नारायण लक्ष्मण तथा तात्या की भतीजी गंगूबाई ने भी की है। उनके अनुसार कुटुंब में हमेशा यह कहा जाता रहा है कि जब पांडुरंग भट्ट 1818 में बाजीराव पेशवा के साथ ब्रह्मावर्त आए थे, तब रामचंद्र (तात्या) चार वर्ष के थे। और उनके भाई गंगाधर 2 वर्ष के थे। कुल मिलाकर तात्या टोपे के बयान और टोपे कुटुंब के कथन अनुसार, तात्या टोपे का जन्म 1814 में होना सिद्ध होता है।

जब बाजीराव पेशवा पूना से ब्रह्मावर्त स्थानांतरित हुए, तब पांडुरंग भट्ट, उनकी पत्नी और दो पुत्र भी साथ थे। कुछ वर्षों बाद रुक्माबाई की मृत्यु हो गई। पांडुरंग के सामने पत्नी बिना बच्चों के पालन की समस्या थी।

चूँकि बाजीराव पेशवा ने अपने जीवन काल में 11 विवाह किए। वे दूसरों को भी एकल जीवन के स्थान पर विवाह के लिए प्रोत्साहित करते थे। उन्होंने पत्नी की मृत्यु उपरांत पांडुरंग राव का अपने अन्य आश्रित जंजूरकर कुटुंब की कन्या मथुरा से विवाह करवा दिया। महाराष्ट्र में प्रथा है कि विवाह के बाद कन्या का ससुराल में नाम बदल दिया जाता है।

प्रथा अनुरूप मथुराबाई का नाम बदलकर पांडुरंग ने अपनी पूर्व पत्नी का ही नाम रुक्माबाई रखा। मथुराबाई ब्रह्मावर्त की ही थी, स्थानीय स्तर पर विवाह पूर्व का नाम ही प्रचलित रहा। अत: उन्हें मथुराबाई के नाम से ही जाना और पुकारा गया।

पांडुरंग राव की दूसरी पत्नी मथुराबाई ने 6 पुत्र और एक पुत्री को जन्म दिया। जिनके क्रमश: नाम हैं—रघुनाथ, रामकृष्ण, लक्ष्मण, बैजनाथ, सदाशिव, विनायक तथा दुर्गा।

ब्रह्मावर्त में बाजीराव पेशवा ने पांडुरंग भट्ट को यज्ञशाला और धार्मिक विभाग का अध्यक्ष नियुक्त कर संबद्ध कार्य सौंप दिया। इस तरह ब्रह्मावर्त में पेशवा के महल और कार्य में पांडुरंग भट्ट का महत्त्वपूर्ण स्थान था।

पांडुरंग भट्ट का पुत्र और भविष्य का यह योद्धा जब बिठूर आया तो उसकी आयु मात्र 4 वर्ष की थी। वेदपाठी ब्राह्मण परिवार में जन्मे रामचंद्र से अपेक्षा थी कि पूजा-पाठ की व्यवस्था देखें। रामचंद्र के पिता ने भी स्वाभाविक रूप से तात्या से यही उम्मीद की और तात्या को समझाने का प्रयत्न भी किया कि उसका कर्म है धार्मिक पुस्तकों को पढ़ना और ईश्वर की पूजा-अर्चना करना।

तात्या इन बातों का मूक श्रोता भर था। उसकी विकसित होती बुद्धि कुछ और ही तलाश रही थी। वह वेदवाक्यों से उत्पन्न मंत्र ध्वनि के बीच स्वधर्म और स्वाभिमान के लिए किए जाने वाले उपायों के मंत्रों को खोज रहा था। वह उसे सैनिकों की वेशभूषा और शस्त्रों में दिखते थे। सैन्यवृत्ति के प्रति उसका झुकाव होने लगा। सैनिकों से युद्ध की बातों को ध्यान से सुनना तथा पेशवा दरबार व बाहर से आने वाले योद्धाओं के करीब जाने की कोशिश ही तात्या के भविष्य का संकेत थी। इसकी शुरुआत तात्या ने बचपन में व्यायाम से की। सुंदर, स्वस्थ यह युवक मितभाषी और गंभीर होने के साथ सोच-विचार में डूबा रहता था। तलवार लेकर निकल पड़ता और अपने आप तलवार चलाने का अभ्यास किया करता। इतिहास गवाह है, जितने भी अग्रणी योद्धा हुए हैं उन सबने अपना रास्ता खुद खोजा है, अपने साधन खुद जुटाए हैं। भारत के बाहर अलेक्जेंडर हो, नेपोलियन हो अथवा भारत के भीतर चंद्रगुप्त मौर्य से तात्या टोपे तक सबकी एक ही कहानी है। तात्या अपनी शिक्षा को खुद तलाश रहा था। तात्या को युद्ध कौशल सीखने का शौक था, जिसका वातावरण उसने खुद निर्मित किया। वह तलवार चलाना, घोड़े पर चढ़ना और युद्ध की बारीकियों का अध्ययन व अभ्यास करने लगा। बाजीराव पेशवा के अधिकार में रखी गई सेना में उसने अपना भविष्य देखा और इन्हीं सैनिकों से

प्रारंभिक प्रशिक्षण भी प्राप्त किया। पिता पांडुरंग ने उसे मराठी के साथ हिंदी, उर्दू और गुजराती भाषा की भी शिक्षा दी। पारंपरिक शिक्षा के बाद तात्या तलवार लेकर मैदान में चला जाता और घंटों तलवारबाजी किया करता। इन्हीं सबके बीच तात्या टोपे के जीवन के आठ वर्ष बीत गए।

सन् 1827 के आरंभ में ब्रह्मावर्त में इतिहास का एक पृष्ठ और जुड़ गया, जब 19 मई, 1825 को महाराष्ट्र के कर्जन तालुका में जन्मे नाना साहब अपने पिता माधव (माधो) नारायण भट्ट और माता गंगाबाई के साथ बिठूर आ गए। नाना साहब के पिता माधव नारायण तथा पेशवा बाजीराव द्वितीय सगोत्र भाई थे। माधोराव के बिठूर आने की दो वजह थी, एक बाजीराव पेशवा के भाई अमृतराव व चिमनाजी अप्पा के चित्रकूट (कर्वी) व काशी चले जाना और दूसरी आर्थिक तंगी।

शायद ब्रह्मावर्त के इतिहास की भूमिका थी वह। ग्यारह विवाह करने के बाद भी बाजीराव पेशवा को कोई पुत्र न था। वे माधो नारायण के होनहार पुत्रों पर स्नेहित हो गए। उन्होंने 1927 में माधो नारायण के पुत्र गोविंद को धार्मिक विधान के अनुसार गोद लेकर अपना उत्तराधिकारी घोषित कर दिया। नाम रखा धुंडिराज और उपनाम नाना साहब यही नाम प्रसिद्ध हुआ। इसके अलावा बाजीराव ने माधव राव के एक और पुत्र गंगाधर तथा भतीजे सदाशिव को भी गोद ले लिया। गंगाधर दादा साहब और सदाशिव बाला साहब कहलाए। मराठा परिवार में सम्मानजनक तात्या, 4 वर्ष के नाना साहब के दत्तक विधान के समय लगभग 14 वर्ष के थे। उनकी नाना से मित्रवत् होने के साथ संरक्षक की भूमिका भी तय होने लगी।

वाराणसी में स्थानांतरित बाजीराव पेशवा के छोटे भाई चिमाजी अप्पा की मृत्यु ने बिठूर के इतिहास में एक और अध्याय तब जोड़ दिया, जब चिमाजी के परिवार के साथ उनके आश्रित मोरोपंत तांबे भी बाजीराव के यहाँ बिठूर आ पहुँचा। मोरोपंत तांबे के साथ काशी में 19 नवंबर, 1834 को जन्मी पुत्री मणिकर्णिका (मनु) भी थी, उसकी माता भागीरथी बाई का देहांत हो चुका था। अतः पालन-पोषण का दायित्व मोरोपंत पर था। अपने आश्रय में आए मोरोपंत की पुत्री मनु की शिक्षा की व्यवस्था भी बाजीराव ने तात्या, नाना, बाला के साथ कर दी। सबकी एक टोली बन गई। सामूहिक जीवन से सामूहिक चिंतन व छोटे-छोटे सामूहिक लक्ष्य तय कर काम करने की पृष्ठभूमि निर्मित हो गई।

बिठूर में मानो रौनक आ गई थी। प्रौढ़ पीढ़ी धार्मिक अनुष्ठान में जुटी थी। गंगातट पर घाट बने, मंदिर बने, लोक-हितकारी कार्य आरंभ हुए तो बाल-किशोर

पीढ़ी ने किसी और रास्ते से इतिहास की नींव रखना शुरू किया। नाना साहब, तात्या टोपे और लक्ष्मीबाई नियति के हाथों जाने-अनजाने में ही भविष्य लिखने में व्यस्त हो गए। यह ऋचा थी जीवन के विकास की, भविष्य के लिए उपयोगी शक्ति संचय की और भावी रणक्षेत्र की।

तात्या टोपे सबसे बड़े थे। नाना उससे छोटे और लक्ष्मीबाई सबसे छोटी थी। अत: तात्या की एक संरक्षक व सहयोगी की प्राकृतिक भूमिका थी। युद्ध कला सीखने व अभ्यास के लिए नाना साहब, तात्या टोपे और लक्ष्मीबाई तीनों अक्सर एकसाथ जाया करते थे। गंगा किनारे बैठकर बातें किया करते थे। सहज-सरल अभ्यास् बोध से शिक्षा प्राप्त करते पेशवा दरबार के ये बाल-योद्धा भविष्य की अपनी-अपनी भूमिका तय करने लगे।

कंपनी सरकार के राज्य विस्तार के मकड़जाल में भारतभूमि धँसती जा रही थी। इन बाल सखाओं के मन में देश-काल की चिंता के अनेक प्रश्न उभरने लगे थे। उम्र और अनुभव में तात्या बड़ा था। उसके मन में नाना साहब और लक्ष्मीबाई की देख-रेख के साथ देश के संरक्षण का भाव भी समाहित होने लगा। एक बार गंगा किनारे बैठे तीनों योद्धाओं में गंगा में उठती लहरों को लेकर वाद-विवाद चल रहा था। तात्या ने कहा—"मनुष्य का जीवन इन तरंगों की तरह है, ये तरंगें उठती हैं और कुछ समय के बाद विलीन हो जाती हैं।"

मनु मुसकराई और बोली—

"मतलब ?"

"मतलब यह मनु कि अपने स्वभाव के अनुसार भारतवासी व्यवहार करने लगे तो अंग्रेजों को मुँह की खानी पड़ेगी।"

उसने फिर पूछा—

"वो कैसे ?"

तात्या ने समझाया—

"देखो, इन लहरों के वेग को ध्यान से देखो, आगे बढ़ने के लिएं इनमें जो ऊर्जा है, ताकत है, वही मनुष्य में है। अगर सारे देशवासी इन लहरों की तरह एक साथ अपनी ऊर्जा का उपयोग कर लें तो अंग्रेजी राज को समाप्त कर सकते हैं।" नाना साहब और लक्ष्मीबाई विस्मित हो तात्या की ओर देखने लगे। भविष्य की रचना को लेकर तात्या टोपे का यह पहला इशारा था। लक्ष्य तय हो रहे थे। मन में बीजारोपण होने लगा था।

तात्या टोपे का कथन अक्षरशः सही था। वही सामूहिक ताकत थी, जब 1806 में वेल्लौर की छावनी के भारतीय सैनिकों ने दो बजे रात को सदर गारद के सामने खड़े होकर अपने कमांडिंग अफसर कर्नल फेनकोर्ट को घेर गोली से उड़ा दिया। अर्थ, धर्म और भारत के मर्म का अपहरण करने के विरुद्ध यह प्रवाहित ऊर्जा ही 1857 के संग्राम का पूर्ण चिह्न था।

मद्रास के गवर्नर लॉर्ड विलियम बेंटिंक और कमांडर-इन-चीफ सर जान क्रडम के नेतृत्व में होने वाले धर्मांतरण के उत्पात का विस्फोट था वह। सैनिकों का बाँध तब टूटा, जब मद्रास प्रांत के भारतीय सैनिकों को आज्ञा दी गई कि कोई भी सैनिक परेड के समय या ड्यूटी पर अथवा वर्दी पहने हुए माथे पर तिलक आदि धार्मिक चिह्न न लगाए और दाढ़ियाँ मुँडवाकर आए। एक तरह से कटी मूँछें रखने का आदेश था। स्वराज्य तो अंग्रेज ले ही चुके थे अब स्वधर्म पर हमला... भला भारतीय कैसे बर्दाश्त करते—फूट पड़े, बंदूकें बोल पड़ीं।

एक दिन ब्रह्मावर्त के भावी नायक नाना साहब, बालाजी, बाबा भट्ट, मनुबाई और रामचंद्र (तात्या) निशानेबाजी में तल्लीन थे। बाजीराव को पड़ताल की सूझी, निशानेबाजी की परीक्षा का दौर चला। एक-एक कर बाल-योद्धा मैदान में आए। नाना, बाला, बाबा, मनु ने क्रमशः निशाना साधा। सधे होने के बावजूद निशाने शत प्रतिशत नहीं रहे, लेकिन तरुणाई से पूर्ण विकसित रामचंद्र के बाजुओं से निकले निशाने शत प्रतिशत रहे।

बाजीराव पेशवा ने प्रसन्न होकर पुरस्कारस्वरूप कुछ रुपए दिए। रामचंद्र ने वो रुपए बाजीराव के चरणों में रख दिए और बोला—

"मैं पुरस्कार के रूप में पहले ही शिक्षा प्राप्त कर चुका हूँ, मुझे आशीर्वाद दीजिए कि मैं इसका पूर्ण उपयोग कर सकूँ।"

बाजीराव ने नाना से पूछा—"ये किस उपयोग की बात कर रहा है?"

नाना—"ये तात्या तो दिन भर ऐसी ही दार्शनिक बातें करता रहता है।"

बाजीराव विस्मित थे—

"इसका नाम तो रामचंद्र है, तुम इसे तात्या कहते हो।"

"ये हम सबमें बड़ा है न, इसीलिए सबका तात्या है।"

ठहाकों के साथ प्रसंग समाप्त हुआ।

समय के साथ नाना साहब, बाला साहब, बाबा भट्ट और तात्या पढ़ने-लिखने और शस्त्र संचालन में निपुण हो गए। तात्या ने युद्ध-कला की बारीकियों

का गंभीरता से अध्ययन किया। विशेषकर शिवाजी के गनीमीकावा (छापामार) युद्ध–शैली में महारत हासिल कर ली।

सन् 1842 में मनुबाई का झाँसी के महाराजा गंगाधर राव से विवाह हो गया अब वह झाँसी की रानी लक्ष्मीबाई बन गई।

नाना साहब बाजीराव पेशवा के साथ हाथ बँटाने लगे। तात्या टोपे का विवाह बचपन में ही हो गया। उनकी पत्नी का नाम—जानकीबाई था। जानकीबाई ने 1841 में कन्या मनोरमा तथा 1843 में सकाराम नामक पुत्र को जन्म दिया। मनोरमा का विवाह काशी के सड़शिंधे परिवार में हुआ।

बाजीराव पेशवा के दरबार में हिसाब–किताब के लिए कई कर्मचारी कार्य करते थे। नाना साहब के कहने पर तात्या की नियुक्ति की गई। तात्या ने हिसाब–किताब की जाँच में धन का घोटाला उजागर किया। राज्य संचालन में भ्रष्टाचार सबसे बड़ी बाधा है, उसमें भी बड़े अपराधी वे हैं, जो भ्रष्टाचारियों को प्रश्रय देते हैं। कभी उनकी प्रतिभा के कभी विनम्रता के गुण गाकर। भ्रष्टाचार चाहे आर्थिक हो या निर्णय करने वाली टोली के निर्णय में, तात्या टोपे को यह कहाँ स्वीकार था उसने तथ्यों को नाना साहब तक पहुँचाया, उसके उपाय किए। तात्या की ईमानदारी से पेशवा प्रसन्न हुए और उन्हें भरे दरबार में सुंदर नौ हीरों से जड़ी टोपी पहनाकर पुरस्कृत किया। तात्या ने गर्व से टोपी पहनी। यह टोपी इतनी चर्चित हुई कि तात्या के नाम के साथ टोपी जुड़ गया जो कालांतर में बिगड़कर तात्या टोपे हो गया।

लक्ष्मीबाई को बिठूर से गए 8 वर्ष बीते थे कि 28 जनवरी, 1851 को बाजीराव पेशवा की मृत्यु हो गई। बाजीराव पेशवा की मृत्यु उपरांत कंपनी सरकार ने नाना साहब को पेशवा का उत्तराधिकारी नहीं माना। उनकी पेंशन बंद कर दी गई तथा रमेल और बिठूर की जागीर भी छीन ली गई। अपने आठ वर्ष के कार्यकाल में डलहौजी ने निरंतर नौ राज्यों को हड़प लिया था।

नाना साहब ने गवर्नर जनरल को पत्र भेजा कि—

"मैं बाजीराव पेशवा का उत्तराधिकारी हूँ। सन् 1827 में बाजीराव पेशवा ने मुझे गोद लेकर अपना उत्तराधिकारी बनाया और इसकी सूचना नियमानुसार कंपनी को दी गई थी, लेकिन कंपनी की ओर से पेशवा के जीते जी कोई विरोध नहीं किया गया, इसलिए मेरे अधिकारों को मंजूर किया जाए।"

कंपनी के गवर्नर जनरल डलहौजी ने नाना साहब के इस प्रार्थना–पत्र को

नामंजूर कर दिया। तात्या टोपे से सलाह–मशवरा करने के बाद नाना साहब ने अपने विश्वस्त वकील अजीमुल्ला खाँ को ईस्ट इंडिया कंपनी के संचालक मंडल के समक्ष अपील के लिए लंदन भेजा, लेकिन बोर्ड के डायरेक्टरों ने डलहौजी के निर्णय को ही उचित माना। अंग्रेजों की दृष्टि में इस उचित निर्णय के अनुचित पंखों ने खुद कटने के लिए हथियार एकत्र करने का अवसर उपलब्ध कराया।

□

3

डलहौजी का अभियान

प्रथमदृष्टया डलहौजी का अभियान आकस्मिक अन्यायकारी लगता है, किंतु डलहौजी इतिहास के इस काले अध्याय को आरंभ करने वाला पहला व्यक्ति नहीं था। इसकी शुरुआत अंग्रेजों द्वारा भारत में पैर जमाने के प्रथम प्रयास में 1757 से ही हो गई थी। इसका संकेत वारेन हेस्टिंग्स की नीति में साफ झलकता है। उसने 6 फरवरी, 1814 को निजी रोजनामचे में लिखा है—

"हमारा उद्देश्य यह होना चाहिए कि यदि खुले कहकर नहीं तो कम-से-कम अमली तौर पर अंग्रेज सरकार को इस देश का अधिराज बना दिया जाए। देश की बाकी सब रियासतें, यदि कहने के लिए न भी सही तो भी वास्तव में हमारी सत्ता के अधीन, हमारे सामंतों की तरह रहनी चाहिए···उन सबका एक तो यह कर्तव्य होना चाहिए कि जब भी उन्हें बुलाया जाए, वे अपनी सेनाओं सहित अंग्रेज सरकार की मदद करें। दूसरे जब कभी उन रियासतों में कोई आपसी झगड़े हों, तो वे बिना एक-दूसरे के इलाके पर हमला किए उन झगड़ों को सारे देश के अधिराज (हमारी सरकार) के सामने पेश करें···यदि दिल्ली के दरबार को इस देश के अधिराज होने का कोई दावा है तो उस दावे को खत्म करना भी हमारी इस योजना का निस्संदेह एक अंग होगा। इस योजना को पूरा करने के लिए समय और उचित परिस्थिति की आवश्यकता है।"

अपनी कुटिल नीति को हेस्टिंग्स ने भारत की सबसे बड़ी शक्ति मराठे और उर्वर प्रांतों पर लागू की। नेपाल युद्ध के तुरंत बाद पेशवा, भोसले, सिंधिया और होल्कर की पिंडारियों से रक्षा का वास्ता देकर समकक्ष सेना रखना हेस्टिंग्स की कुटिल योजना का एक हिस्सा था।

इस योजना ने सबसे पहले मराठा साम्राज्य के मजबूत स्तंभ में सिंधिया को

कमजोर करना शुरू किया। मिठास की घुन से कमजोर हुए इस शासक का केवल बाहरी आवरण ही शेष रह गया था। महाराजा दौलतराव सिंधिया द्वारा नई संधि पर हस्ताक्षर के बाद सिंधिया के सामंतों की अधीनता और पिंडारियों के दमन का रास्ता बिना किसी युद्ध के साफ हो गया था। अंग्रेजों की कुटिल चालों का आभास सबको था, लेकिन तत्कालिक राजनीतिक-प्रशासनिक परिस्थितियों के चलते कोई कुछ कर नहीं सकता था। यह दशकों से घुमड़ते असंतोष का ही परिणाम था कि 1857 के महासमर में तात्या टोपे के साथ ग्वालियर की जनता अंग्रेजों के विरोध में खड़ी थी।

सिंधिया के बाद रेजिडेंटों की नियुक्ति का कारोबार चला। रेजिडेंट रखने के पीछे छुपे उद्देश्य को स्वयं लार्ड हेस्टिंग्स ने 1 फरवरी, 1814 के अपने रोजनामचे में लिखा है—

"देशी नरेशों के साथ संधियाँ करते समय हम उन्हें स्वाधीन नरेश स्वीकार कर लेते हैं। फिर हम उनके दरबारों में अपने रेजिडेंट भेजते हैं। यह रेजिडेंट बजाय राजदूत का काम करने के दरबार के ऊपर अपना अनन्य अधिकार जमा लेता है, वहाँ नरेश के सारे निजी कारोबार में दखल देने लगता है, प्रजा में लोगों को राज के विरुद्ध भड़काता है और अपने अधिकार का बड़े जोरों के साथ प्रदर्शन करता है। अंग्रेज सरकार की मदद पाने के लिए यह रेजिडेंट कोई-न-कोई झगड़ा (अथवा गद्दी का नया अधिकारी) खड़ा कर लेता है और उस पर इस तरह का रंग चढ़ाता है कि अंग्रेज सरकार पूरे बल से उस मामले को अपने हाथ में ले लेती है, न केवल उस एक बात पर ही, बल्कि रेजिडेंट के सारे व्यवहार पर अपने रेजिडेंट की हर बात का अंग्रेज सरकार पूरी तरह पक्ष लेती है।"

अपनी इसी कूटनीति के तहत अंग्रेज एक तरफ रजवाड़ों में दखल बढ़ा रहे थे और दूसरी तरफ हिंदुस्तानी सिपाहियों के साथ दुर्व्यवहार द्वारा उन्हें हेय साबित करने पर तुले थे। इसी मानसिकता का परिणाम थी बैरकपुर हत्याकांड की वह घटना जो आज भी रोंगटे खड़े कर देती है। बैरकपुर की देशी पलटन को पहले कलकत्ता से रंगून जाने का आदेश दिया गया था। फिर उनमें योजनापूर्वक जातिगत द्वेष फैला दिया गया। समुद्र यात्रा से जाति बाहर किए जाने की आशंका को जब सिपाहियों ने 'कमांडर-इन-चीफ' के सामने रखा तो सांस्कृतिक आस्था के इस भाव के जवाब में क्रूरता की पराकाष्ठा थी कि 1 नवंबर, 1824 को 47 नंबर की हिंदुस्तानी पल्टन को परेड के लिए बुलाकर तोपखाने से गोले बरसाकर भून दिया गया, इस घटना का वर्णन करते हुए जान के. ने लिखा है—

"उन्हें किसी तरह की सूचना नहीं दी गई थी और न ही सावधान किया गया फौरन पीछे के तोपखाने से उनके ऊपर गोले बरसाने शुरू हो गए। असहाय हिंदुस्तानी सिपाही इतना डर गए कि अपने हथियार फेंककर नदी की ओर भागे। अधिकांश वहीं खेत हुए, कुछ नदी में डूब गए और जो बच निकले उन्हें बाद में कमांडर-इन-चीफ की आज्ञा से फाँसी पर लटका दिया गया।"

इस क्रूर घटना पर मेटकॉफ ने लिखा है—"अपनी सेनाओं को अपने ही तोपखाने से उड़ा देना, खासकर उन सेनाओं को जिनकी वफादारी पर हमारे साम्राज्य का अस्तित्व निर्भर है, अत्यंत भीषण कार्य है।"

ऐसा नहीं था कि अंग्रेजों की इन चालों को, उनकी क्रूरताओं को और भारततत्त्व को दास बनाने के प्रयत्नों से भारत अनभिज्ञ था। उनके अधीन देशी राजा, सैनिक और अन्य संबंधित जन सब जान गए थे। यह भारतीय मानस का दोष रहा है कि संपूर्ण देश संगठित और आक्रामक नहीं होता। वे सहकर समाधान की उम्मीद करते हैं, जो कभी नहीं होता।

लॉर्ड क्लाइव से डलहौजी तक सभी वायसराय एक ही रास्ते पर चले। सबके मन में एक ही भाव था भारत, भारतीयता और भारतीयों को अपमानित करना, दमन करना और दास बनाकर रखना। हुआ भी वही बस स्वरूप में अंतर था, कोई देशी राजा के रूप में अंग्रेजों की खुशामद में डूबा था तो कोई सैनिक रूप में उन्हें सैल्यूट मार रहा था।

अंग्रेजों ने भारतवासियों से रोजगार छीना, बेगमों और रानियों के महलों में घुसकर उन्हें लूटा, अपमानित किया, उनके स्वत्व और स्वाभिमान को मिट्टी में मिला दिया। डलहौजी ने साम्राज्य प्राप्ति के लिए सभी मर्यादाएँ तोड़ दी थीं। संधियाँ करके मुकर जाना उसका स्वभाव था। उसने पंजाब के समृद्ध प्रांत को हथियाने के लिए महाराजा रणजीत सिंह की संधि का उल्लंघन कर पंजाब पर हमला किया। लाहौर दरबार में फूट डाली, दलीप सिंह और उसकी विधवा माँ महारानी झिंदा कौर को देश-निकाला किया। फूट डालने में माहिर इसी डलहौजी ने जहाँ बर्मा युद्ध कर पेगू के प्रांत को बर्मा से अलग किया, वहीं भारतीय गोद लेने की प्रथा को अमान्य कर सतारा, पंजाब, झाँसी, नागपुर, पेगू, सिक्किम, संबलपुर आदि रियासतों को हड़प लिया।

1856 में कुशासन के झूठे बहाने गढ़कर नवाब वाजिद अली शाह को कैद करके कलकत्ता निर्वासित किया और अवध को हथिया लिया। इसी क्रम में भारत

की सैकड़ों जागीरों और ताल्लुकों को छीन लिया।

अंग्रेजों ने दिल्ली सम्राट् के दरबार में लगातार साजिशें रचीं और कंपनी का वर्चस्व बढ़ाया। अंततः शहजादों में फूट डालने में कामयाब हुए। इस संदर्भ में गवर्नर जनरल द्वारा रेजिडेंट को लिखे पत्र का वर्णन ख्वाजा हसन निजामी ने अपनी कृति देहली की जांकनी में किया है। पत्र में लिखा है—

"सम्राट् के ऊपरी वैभव और ऐश्वर्य के अनेक भ्रम उतर चुके हैं, जिससे उस वैभव की पहले सी चमक-दमक नहीं रही और सम्राट् के वे अधिकार जिन पर तैमूर के कुल वालों को घमंड था, एक-दूसरे से लड़ने के बाद छिन चुके हैं, इसलिए बहादुरशाह के मरने के बाद कलम के एक डोब में 'बादशाह' की उपाधि का अंत कर देना कुछ भी कठिन नहीं है। बादशाह की नजर जो गवर्नर जनरल और कमांडर-इन-चीफ देते थे, बंद हुई। कंपनी का सिक्का बादशाह के नाम से ढाला जाता था, वह भी बंद कर दिया गया। गर्वनर जनरल की मोहर में जो पहले बादशाह का फिदवी (बादशाह का खास नौकर) ये शब्द रहते थे, वे निकाल दिए गए और हिंदुस्तानी रईसों को मनाही कर दी गई कि वे भी अपनी मोहरों में बादशाह के प्रति ऐसे शब्दों का प्रयोग न करें। इन सब बातों के बाद अब अंग्रेज सरकार ने फैसला कर लिया है कि दिखावे की कोई भी ऐसी बात बाकी न रखी जाए, जिससे हमारी गवर्नमेंट बादशाह के अधीन मालूम हो। इसलिए दिल्ली के 'बादशाह' की उपाधि एक ऐसी उपाधि है, जिसका रहने देना हमारी गवर्नमेंट की इच्छा पर निर्भर है।"

गवर्नर जनरल द्वारा शहजादे जराबख्त के स्थान पर मिर्जा कोयाश के युवराज होने की घोषणा, बादशाह के स्थान पर शहजादा का संबोधन, दिल्ली किले को खाली करना और एक लाख के स्थान पर मात्र 15 हजार मासिक खर्च देने की तमाम बातों से सुल्तान बहादुरशाह जफर और दिल्ली की जनता भड़क उठी। सन् 1856 की इस घटना से भारत का छठा और अंतिम शासक क्षुब्ध होकर भारत को आजाद करने के उपाय सोचने लगा। इस तरह भारत के प्रथम स्वाधीनता संग्राम के मूल कारण थे—

- दिल्ली दरबार में अंग्रेजों का दखल और सम्राट् का अपमान।
- अवध के नवाब और प्रजा के साथ नाइन्साफी।
- डलहौजी की राज्य हड़प नीति।
- अंतिम पेशवा बाजीराव के दत्तक पुत्र नाना साहब पेशवा के साथ धोखा।
- सेना में ईसाइयत का प्रचार और जोर-जबरदस्ती देशवासियों को ईसाई बनाया जाना।

'कांग्रेस ऑफ द इंडियन रिवोल्ड' पत्रिका के संपादक कमल लुइन ने भारतीयों के साथ अंग्रेजों के व्यवहार को अपनी भूमिका में लिखा है—

"समाज के सदस्य की हैसियत से हम, यानी अंग्रेज और हिंदुस्तानी, एक-दूसरे से अनभिज्ञ हैं, हमारा एक-दूसरे से वही संबंध रहा है, जो मालिक और गुलाम में होता है। हमने हर ऐसी चीज पर अपना अधिकार जमा लिया है, जिससे देशवासियों का जीवन सुखमय हो सकता था, हर ऐसी वस्तु जो देशवासियों को समाज में उभार सकती थी या मनुष्य की हैसियत से उन्हें ऊँचा कर सकती थी, हमने उनसे छीन ली है। हमने उन्हें जाति-भ्रष्ट कर दिया है। उनके उत्तराधिकार के नियमों को हमने रद्द कर दिया है। उनके विवाह की संस्थाओं को हमने बदल दिया है। उनके धर्म के पवित्रतम रिवाजों की हमने अवहेलना की है। उनके मंदिरों की जायदादें हमने जब्त कर ली हैं। अपने सरकारी उल्लेखों में हमने उन्हें काफिर (हीदन) कहकर कलंकित किया है। उनके देशी नरेशों के राज हमने छीन लिये हैं और उनके अमीरों और रईसों की जायदादें जब्त कर ली हैं। अपनी लूट-खसोट से हमने देश को बरबाद कर दिया है और लोगों को सता-सता कर उनसे मालगुजारी वसूल की है। हमने संसार के सबसे प्राचीन उच्च कुलों को निर्मूल कर देने और उन्हें गिराकर पैरिया बना देने का प्रत्यन किया है।"

इस तरह अंग्रेजों ने भारतीयों पर धार्मिक, सामाजिक, आर्थिक तथा नैतिक रूप से आक्रमण किए। अंग्रेजों की अन्यायपूर्ण अनाचारी नीतियों से देश में असंतोष व्याप्त हुआ। राजा, नवाब, जमींदार, व्यापारी, सैनिक और आम जन अंग्रेजों के अत्याचारों से छुटकारे का विकल्प तलाश रहे थे। अंग्रेजों ने खुद जनता की आहत भावना के विस्फोट के बीज रोपे थे। तलाश थी किसी योग्य नेता की, जो विदेशी शासन को उखाड़ फेंके।

□

4

1857 : एक सैनिक का सेनापति में रूपांतरण

भारत में अंग्रेज जितनी तेजी से अपना शिकंजा कस रहे थे। उनसे मुक्ति के लिए उतनी ही तीव्र छटपटाहट होने लगी। भारतीयों को अंग्रेजों का रूप, स्वरूप और अस्तित्व असहनीय लगने लगा था। इस राष्ट्रव्यापी संकट से मुक्ति का संकल्प लिया गया कानपुर के निकट बिठूर में। नेतृत्व किया नाना साहब पेशवा, बाला साहब और तात्या टोपे ने। संगठन की सोच, परिकल्पना और सैन्य शक्ति की संकल्पना के मूल में तात्या टोपे की अवधारणा थी। यह तात्या के उदय से सेनापति बनने का समय था, भारत का सौभाग्य था कि उसे विलक्षण सेनापति मिला। अगर संगठन का अभाव और देशद्रोहियों की सेंध न होती तो भारत 100 वर्ष पहले 1857 में ही स्वतंत्र हो जाता। पराधीनता के विनाश के लिए उठे इस सेनापति ने पूरे दो वर्षों तक दर्जनों अंग्रेज सेनाओं और सेनापतियों के साथ युद्ध किया। इस योद्धा ने जिस वीरता के साथ युद्ध किया और क्रांतिकारी सेनाओं के संगठन कार्यों को संचालित किया वह विलक्षण था। अनेक बार सेनाएँ एकत्र करके युद्ध करना, युद्ध जीतना और संगठन समाप्ति के बाद अगले मोर्चे पर सेना का संगठन खड़ा कर देना और हर मोर्चे पर उसी ऊर्जा, आत्मविशवास और धैर्य के साथ खड़ा हो जाना। कार्य की यह असाधारण शैली तात्या टोपे की मौलिक थी जिसका न इससे पूर्व और न ही भविष्य में उपयोग हुआ।

1857 की क्रांति योजना के लिए तपोभूमि बिठूर में नाना साहब पेशवा के दरबार में नाना साहब, तात्या टोपे, बाला साहब, बाबा भट्ट, राव साहब, ज्वाला प्रसाद और अजीमुल्ला खाँ की लंबी विचार मंत्रणा चली। सबने अपने विचार रखे। तात्या टोपे का स्पष्ट मत था कि क्रांति के लिए संयुक्त संगठन बहुत जरूरी है। संपूर्ण आयोजना एक सेना, एक नेता की निष्ठा में हो। बिखराव और विक्षोभ

की उन परिस्थितियों में कोई चेहरा कोई नाम ऐसा न था, जिसे सामने रखकर इस महाक्रांति का सूत्रपात किया जा सके। यदि पेशवा या किसी अन्य शक्तिशाली सेनापति को सामने रखकर युद्ध किया जाता तो आशंका थी कि अंग्रेज अपनी कूटनीति से मुसलमान शासकों और सैनिकों को अपने पक्ष में करके योजना को असफल कर देते जैसा उन्होंने शाह आलम के समय महामंत्री सिंधिया को दरबार से बाहर करने में किया था, अतएव तय हुआ कि क्रांति का आह्वान मुगल साम्राज्य के हरे-झंडे तले ही होना चाहिए। मुगल बादशाह के नेतृत्व में ही अंग्रेजों के विरुद्ध देश भर में एक साथ युद्ध किया जाए और सफलता प्राप्ति के बाद तमाम विजेता सैनिक दिल्ली जाकर अपने सम्राट् का अभिवादन करें। विचार सर्वमत से स्वीकार्य हुआ और इस पर कार्य आरंभ हो गया।

देशव्यापी संगठन बनाने की आयोजना को आकार देने के लिए कार्यों को विभक्त किया गया। बाबा भट्ट ने पत्र-व्यवहार सँभाला। ज्वाला प्रसाद को अंग्रेजी सेना में संगठन बनाने का जिम्मा सौंपा गया। अजीमुल्ला खाँ जनता के मानस को क्रांति के लिए तैयार करने में जुटे। नाना साहब पेशवा इस संपूर्ण योजना के प्रमुख थे और उनके विश्वसनीय सलाहकार थे—तात्या टोपे। असल में क्रांति संगठन बनाने में तात्या टोपे की अहम भूमिका थी। नाना साहब के कारोबार का वास्तविक संचालन तात्या टोपे ही करते थे। कार्ययोजनाओं में तात्या की मौलिक शैली थी।

क्रांति की योजना को लेकर जब नाना साहब, तात्या टोपे और अजीमुल्ला खाँ के मध्य चर्चा चल रही थी, तभी अजीमुल्ला खाँ ने लंदन में रंगो बापूजी से हुई मुलाकात के बारे में बताया। क्रांति के विचार को सामने रखा। तात्या शांत चित्त से सुन रहे थे। वह आयोजना का समानांतर तालमेल था। भारत में क्रांति की जो रूपरेखा तात्या टोपे के मस्तिष्क में थी, वही लंदन में रंगो बापू और अजीमुल्ला खाँ की बातचीत में। जब राष्ट्रीय उद्‍देश्य और राष्ट्रहित की बातें योजनाकर्ता सोचता है, वह संपूर्ण परिवेश की मानसिकता और भूमिका होती है। यही वजह थी कि तात्या टोपे की नीतियाँ और योजनाओं में लोगों ने भरपूर साथ दिया, क्योंकि यह उनके अपने लिए थीं। राष्ट्र-हित में थीं। इसी योजना के आरंभिक बिंदु को आकार देने को रंगो बापू दक्षिण के नरेशों से मेल-मिलाप के लिए चल दिए और अजीमुल्ला खाँ यूरोप में अंग्रेजों की आंतरिक स्थिति जानने के लिए अन्य देशों के भ्रमण पर चले गए। टर्की की राजधानी कुस्तुनतुनिया में रूस और अंग्रेजों के बीच होने वाले युद्ध तथा सेबस्तेपोल की लड़ाई में अंग्रेजों की पराजय की सूचना मिलते ही वे रूस

पहुँचे। संभवत: यह नाना साहब और तात्या टोपे द्वारा अंग्रेजों के विरुद्ध रूस के साथ संधि की पहल हो। संयोगवश वहाँ लंदन के अखबार 'टाइम्स' के संवाददाता रसैल से मुलाकात हुई। अजीमुल्ला खाँ ने अंग्रेजों और रूसियों की लड़ाई को प्रत्यक्ष देखा, यहाँ तक की तोप का एक गोला अजीमुल्ला खाँ के पैर के पास आकर फटा। इसी गोले के धमाके ने अजीमुल्ला खाँ के मस्तिष्क में एक विचार जगाया—"हम भी यह धमाका कर सकते हैं।" और इसी संयोग की आकांक्षा से अजीमुल्ला खाँ ने इटली, रूस, टर्की, मिस्र आदि की यात्राएँ कीं।

जब अजीमुल्ला खाँ यात्रा-वृत्तांत सुना रहे थे तो तात्या टोपे ने अपना मत व्यक्त किया कि क्यों न रूस के साथ संधि कर ली जाए। विदेशी संधियों को लेकर तात्या टोपे के इस कथन की पुष्टि उस अफवाह से भी होती है कि "1857 के समय इटली के सेनापति गैरीबाल्डी ने लाव-लश्कर के साथ भारत आने का प्रयास किया था पर आतंरिक समस्याओं के कारण विलंब हो गया, और जब सेना सामान सहित जहाज से रवाना होने लगी, तभी यह सूचना मिली की भारत की क्रांति शांत हो चुकी है।"

तात्या टोपे की सलाह और नाना साहब के क्रियान्वयन से इस बात का अंदाजा लगाया जा सकता है कि 1857 की योजना मात्र धूल में लट्ठ मारने तक सीमित नहीं थी, इसके लिए तात्या टोपे की वह विदेश नीति स्पष्ट होती है, जिस नीति की हर युग में आवश्यकता है। क्रांति की आयोजना को आकार देने के लिए नाना-साहब, अजीमुल्ला खाँ और तात्या टोपे के बीच लंबा विचार-विमर्श चला।

तात्या टोपे ने अपना मत रखा कि क्रांति की तैयारी पूरे हिंदुस्तान में की जाए। एक दिन, एक समय पर पूरे देश में एक साथ क्रांति हो। इस तरह गुप्त संगठन संयोजन का शुभारंभ आयोजनकर्ताओं की तपोभूमि बिठूर में हुआ। देशव्यापी विशाल संगठन की परिकल्पना करना और उसका निर्वहन उसी परिकल्पना के आधार पर अक्षरश: किया जाना यह विश्व इतिहास की अनूठी घटना थी। इस युद्ध की मौन तैयारी इतनी व्यवस्थित और पूर्ण थी कि अंग्रेजों को इसकी भनक तक न लगी। जबकि अंग्रेज अति जागरूक और सचेत थे, क्योंकि उन्होंने हमारे देश को बलात् हथिया लिया था और आतंक के बल पर शासन कर रहे थे। इस तरह की साम्राज्यशाही नीतियों की प्राथमिकता जागरूकता रहती है। अंग्रेजों की इस चौकस व्यवस्था को भनक तक न लगे, ऐसी आयोजना को गढ़ना और लागू करना 1857 की युद्ध नीति का पहला अध्याय था, जिसे तात्या टोपे की योजनापरक बुद्धि ने

जन्मा था। उन्होंने सोच-विचार के बाद एक ऐसी कार्यशैली खोज निकाली, जिससे मौन अभियान चले। ठीक प्रकृति की तरह। इस अभियान की अपनी शैली थी, जिसमें कार्य बिना आवाज के गाँव-गाँव तक पहुँच गया। एक प्रतीक बनकर। वे प्रतीक थे रोटी और कमल। प्रचार और संगठन का यह ताना-बाना सिर्फ तात्या ही रच सकते थे। यह व्यवस्था कुछ दिन न चलकर लगभग एक वर्ष तक चली। इसके संचालन को लेकर 1857 के पहले नाना साहब, तात्या टोपे और अजीमुल्ला खाँ ने अपने दूत दिल्ली से मैसूर तक सभी भारतीय राजे-रजवाड़ों के पास भेजे।

गुप्त प्रचारकों ने अलग-अलग स्तर पर कार्य किया। वे एक तरफ राजे-राजवाड़ों के पास पहुँचे, दूसरी तरफ फौज में, तीसरी तरफ आम जनता में। योजनानुसार राष्ट्रीयता का बोध भारतीय मानस के आस्था के प्रतीक साधु-संतों, फकीर-मौलवियों के द्वारा अपनी धर्म-संस्कृति के आधार पर कराया गया। प्रचारकों के प्रारंभिक जत्थों ने विचार के बीज रोपने की भूमि तैयार की। फिर नाना साहब पेशवा के पत्रों ने राजाओं, नवाबों, जागीरदारों के मानस को झकझोरा, अंग्रेजों द्वारा किए गए अपमान से आहत स्वाभिमान का भान कराया। देशी रियासत को हड़पकर देश को पराधीन करने की अंग्रेजों की कुटिल चाल को मुखरित किया। स्वधर्म, स्वराज्य और संस्कृति की रक्षा के लिए उठ खड़ा होने का मानस दिया। अंत में भावी क्रांति में शामिल होने का आमंत्रण। पत्र-व्यवहार के दौरान संकेतपूर्ण गुप्त लिपि भी ईजाद हुई।

उस काल खंड में भारत सीधा-सीधा दो भागों में विभाजित था। एक वे जो अंग्रेजों की सेविकाई में सुविधाएँ तलाश रहे थे। दूसरे वे जो अंग्रेजों से पीड़ित और प्रताड़ित थे। लेकिन अंग्रेजों से मुक्ति की छटपटाहट सबके मन में थी, फिर भी उसके विकल्प के रूप में कोई विचार नहीं था। तात्या टोपे ने उस अंतस् को विकल्प दिया कि "हम क्रांति कर सकते हैं।" अंग्रेजों से युद्ध की परिकल्पना के अंकुर का प्रस्फुटन इस क्रांति का अहम प्रश्न था, जिसे तात्या की युद्ध नीति ने उर्वरक बना दिया था और यह अपने स्थान पर शत प्रतिशत रहा। साथ चलने से पहले, साथ चलने का मानस बनाना और यात्रा के ध्येय-संकल्प को समझना-समझाना, क्रियान्वयन की स्थिति तक ले जाना एक असाधारण कार्य है, जिसे तात्या टोपे ने कर दिखाया। इस बात को अंग्रेज इतिहासकार सर जान ने लिखा है—"महीनों से बल्कि बरसों से ये लोग सारे देश के ऊपर अपनी साजिशों का जाल फैला रहे थे। एक देशी दरबार से दूसरे दरबार तक विशाल भारतीय महाद्वीप

के एक सिरे से दूसरे सिरे तक, नाना साहब के दूत पत्र लेकर घूम रहे थे, इन पत्रों में होशियारी के साथ और शायद रहस्यपूर्ण शब्दों में भिन्न-भिन्न धर्मों के नरेशों और सरदारों को सलाह दी गई थी और उन्हें आमंत्रित किया गया था कि आप लोग आगामी युद्ध में भाग लें।"

पत्र में एक-एक बिंदु वही था, जो राजे-रजवाड़े महसूस कर रहे थे अत: पत्र के उत्तर का क्रम आरंभ हो गया, धीरे-धीरे क्रांति की तैयारी अपना आकार लेने लगी। दिल्ली के सम्राट् बहादुरशाह जफर उनकी बेगम जीनत महल इस योजना के प्रमुखकर्ता बने। बहादुरशाह जफर ने देश भर के नरेशों को पत्र भेजा।

बहादुरशाह जफर का संदेश

ऐ हिंदुस्तान के फरजंदो! अगर हम इरादा कर लें, तो बात-की-बात में दुश्मन का खात्मा कर सकते हैं, हम दुश्मन का नाश कर डालेंगे और अपने धर्म और अपने देश को, जो हमें जान से भी ज्यादा प्यारा है, खतरे से बचा लेंगे।

कुछ समय बाद सम्राट् की ओर से एक दूसरा ऐलान प्रकाशित हुआ, जिसकी प्रतियाँ सारे भारत के अंदर यहाँ तक कि दक्षिण के बाजारों और छावनियों में भी हाथोहाथ बँटती हुई पाई गईं। इस ऐलान में लिखा था—

तमाम हिंदुओं और मुसलमानों के नाम—हम महज अपना धर्म समझकर जनता के साथ शामिल हुए हैं। इस मौके पर जो कोई कायरता दिखलाएगा या भोलेपन के कारण दगाबाज फिरंगियों के वायदों पर ऐतबार करेगा, वह जल्दी ही शर्मिंदा होगा और इंगलिस्तान के साथ अपनी वफादारी का उसे वैसा ही इनाम मिलेगा, जैसा लखनऊ के नवाबों को मिला। इसके अलावा इस बात की भी जरूरत है कि इस जंग में तमाम हिंदू और मुसलमान मिलकर काम करें और किसी प्रतिष्ठित नेता की हिदायतों पर चलकर इस तरह का बर्ताव करें, जिससे अमनो-अमान कायम रहे और गरीब लोग संतुष्ट रहें, और उनका अपना रुतबा और उनकी शान बढ़े। जहाँ तक मुमकिन हो सके, सबको चाहिए कि इस ऐलान की नकल करके आम जगहों पर लगा दें।

एक और तीसरा ऐलान बहादुरशाह की तरफ से बरेली में प्रकाशित हुआ, जिसमें लिखा था—

हिंदुस्तान के हिंदुओ और मुसलमानो—उठो! भाइयो, उठो! खुदा ने जितनी बरकतें इंसान को अता की हैं, उसमें सबसे कीमती बरकत 'आजादी' है। क्या वह

जालिम नाकस, जिसने धोखा दे-देकर यह बरकत हमसे छीन ली है, हमेशा के लिए हमें उससे महरूम रख सकेगा? क्या खुदा की मर्जी के खिलाफ इस तरह का काम हमेशा जारी रह सकेगा? नहीं, नहीं! फिरंगियों ने इतने जुल्म किए हैं कि उनके गुनाहों का प्याला लबरेज हो चुका है। यहाँ तक कि अब हमारे पाक मजहब को नाश करने की नापाक ख्वाहिश भी उनमें पैदा हो गई है। क्या तुम अब भी खामोश बैठे रहोगे? खुदा अब यह नहीं चाहता कि तुम खामोश रहो, क्योंकि उसने हिंदुओं और मुसलमानों के दिलों में अंग्रेजों को अपने मुल्क से बाहर निकालने की ख्वाहिश पैदा कर दी है और खुदा के फजल और तुम लोगों की बहादुरी के प्रताप से जल्दी ही अंग्रेजों को इतनी कामिल शिकस्त मिलेगी कि हमारे इस मुल्क हिंदोस्तान में उनका जरा भी निशान न रह जाएगा। हमारी इस फौज में छोटे और बड़े की तमीज भुला दी जाएगी और सबके साथ बराबरी का बर्ताव किया जाएगा, क्योंकि इस पाक जंग में अपने धर्म की रक्षा के लिए जितने लोग तलवार खीचेंगे, वे सब एक समान यश के भागी होंगे। वे सब भाई-भाई हैं, उनमें छोटे-बड़े का कोई भेद नहीं। इसलिए मैं फिर अपने तमाम हिंदुस्तानी भाइयों से कहता हूँ कि उठो और ईश्वर के बताए हुए इस परम कर्तव्य को पूरा करने के लिए मैदाने-जंग में कूद पड़ो।

इस संदेश से देश में खलबली मच गई। ठीक वैसी जैसी तात्या ने सोची थी। तात्या टोपे जानते थे कि भारतीय चित्त में आज भी राजा राम आदर्श हैं। यह राम की प्रजा है। अत: देश का राजा उनका प्रतीक है। इसलिए भारत के अंतिम मुगल सम्राट् के आह्वान पर कार्य में तेजी आ गई। फिर दिल्ली के बहादुरशाह जफर ने देशवासियों को झंडा थमाया, लखनऊ की बेगम हजरत महल, झाँसी कीं रानी लक्ष्मीबाई, बिहार के कुँवर सिंह ने देश भर में क्रांति-सूत्र-संयोजन शुरू किया, फैजाबाद के जमींदार मौलवी अहमदशाह ने गाँव-गाँव फेरी लगाकर क्रांति की अलख जगाई तथा घूम-घूमकर जन-जन को जोड़ने का सघन अभियान चलाया, अपनी सौ वर्षों की पराधीनता से अवगत कराया। उनके एक व्याख्यान पर लगभग दस-दस हजार हिंदू-मुसलमान एक साथ स्वाधीनता संग्राम में शामिल होने की शपथ लेते थे।

क्रांति के प्रमुख केंद्र थे दिल्ली, बिठूर, लखनऊ, कलकत्ता। इन केंद्रों के माध्यम से देश भर में क्रांति का प्रचार हुआ। गोपनीयता का विशेष ध्यान रखा गया। इन गुप्त संगठनों के विषय में अंग्रेज लेखक जैकब ने लिखा है—

"जिस आश्चर्यजनक गुप्त ढंग से यह समस्त षड्यंत्र चलाया गया, जितनी दूरदर्शिता के साथ योजनाएँ की गईं, जिस सावधानी के साथ इस संगठन के विविध

समूह एक-दूसरे के साथ काम करते थे, एक समूह का दूसरे के साथ संबंध रखने वाले लोगों का किसी को पता न चलता था और इन लोगों को केवल इतनी ही सूचना दी जाती थी, जितनी काम के लिए आवश्यक होती थी, उन सब बातों को बयान कर सकना कठिन है। और ये लोग एक-दूसरे के साथ आश्चर्यजनक वफादारी का व्यवहार करते थे।"

क्रांतिकारी साथी, पंडित-मौलवी बन क्रांतिपाठ का उपदेश देते थे। चेतना से आरंभ चेष्टा ने छावनियों में क्रांति के गुप्त केंद्र स्थापित किए। सभी केंद्रों के आपसी सामंजस्य की अनूठी व्यवस्था थी। घटनाक्रम चाहे जहाँ भी हो, सूचना हर सिपाही को रहती थी। पारंगत फौजियों के हाथों युद्ध के क्रियान्वयन की परिकल्पना सिर्फ तात्या टोपे ही कर सकते थे। कितनी व्यापक थी तात्या टोपे की वह दूरदृष्टि कि युद्ध में प्रशिक्षित दुश्मनों से लड़ने के लिए प्रशिक्षित मुकाबला करने वाले चाहिए। यह प्रशिक्षण सिर्फ सिपाहियों के पास था। विशेषता यह थी कि यह प्रशिक्षण अंग्रेजों द्वारा दिया गया था, अर्थात् उस प्रशिक्षण में अंग्रेजों की अपनी युद्ध नीति और रीति समाई थी। रीति जाने बिना किसी भी कार्य की पूर्णता संभव नहीं है। चाहे वह युद्ध रीति हो या कोई सामाजिक अभियान। अत: अंग्रेजों की युद्ध नीति, उनके उपकरण और उनका अर्थ-लाभ, दबाव या भ्रम जो भी हो इससे सिपाहियों को मुक्त किया जा सकता था। जब बात नीजि स्वत्व से उठकर लोकव्यापी हो जाए तो व्यक्तिगत लाभ-हानि गौण हो जाती है, यही भाव व्यक्ति को निज से उठाकर समाज और राष्ट्र का बना देता है। तात्या टोपे ने उन्हें राष्ट्र का बना दिया।

क्रांति आयोजना के दिनों में ही अवध को अंग्रेजी राज में मिला दिया गया। इस घटना ने आम जनता के मन में सुरक्षा को लेकर प्रश्न उठाने शुरू कर दिए और इन प्रश्नों का उत्तर तात्या टोपे ने दिया। इतिहासकार जान के. ने लिखा है कि "इस घटना से नाना को बहुत सहायता मिली।"

अंग्रेजों के इस अंतिम राज अपहरण का इतना प्रबल प्रभाव पड़ा कि लोग एक-दूसरे से पूछने लगे कि अब कौन सुरक्षित रह सकता है? यदि अंग्रेज सरकार ने अवध के नवाब जैसे वफादार दोस्त और मददगार का राज छीन लिया, जिसने आवश्यकता के समय अंग्रेजों को मदद दी थी तो अंग्रेजों के साथ वफादारी करने से क्या लाभ? कहा जाता है कि जो राजा और नवाब उस समय तक क्रांति में भाग लेने से पीछे हट रहे थे, वे अब आगे बढ़ने लगे और नाना साहब को अपने पत्रों का यथेच्छ उत्तर मिलने लगा।

नवाब वाजिद अली शाह, उनका वजीर अली नकी खाँ, अवध के ताल्लुकेदार, जमींदार, बेगम हजरत महल सब क्रांति के झंडे तले एक साथ आ खड़े हुए। वजीर अली नकी खाँ के निमंत्रण पर हजारों हिंदू सिपाहियों और उनके अफसरों ने गंगाजल लेकर और मुसलमानों ने कुरान हाथ में लेकर राष्ट्रीय संग्राम में भाग लेने और अंग्रेजों को देश से बाहर निकालने की शपथ ली।

बैरकपुर से पेशावर तक और लखनऊ से सतारा तक क्रांति का प्रचार राजा, नवाब, साधु-संन्यासी, फकीर, फौजी, आमजन सभी कर रहे थे। सत्ता, शक्ति और जन तीनों का सामर्थ्य देश को आजाद कराने की दिशा में चल पड़ा था। मुख्य केंद्रों को पंक्तिबन्द्र करने के लिए नाना साहब पेशवा, तात्या टोपे, बाला साहब, अजीमुल्ला खाँ महान् तीर्थयात्रा पर निकले। यह यात्रा देखने में हिंदू-मुसलमानों की एक साथ तीर्थ और दरगाह के दर्शन के लिए जान पड़ती थी। इस विशुद्ध राजनीतिक यात्रा को धार्मिक यात्रा के रूप में प्रस्तुत करने का सुझाव तात्या टोपे के सिवाय कौन दे सकता है ? शायद यही आयोजना का वह भाव है, जिसके तहत युद्ध की पूर्ण तैयारी के बाद योजक एक बार अंतिम अवलोकन जरूर करता है।

लोगो से संपर्क, संगठन का निर्माण, फौज की शक्ति को शामिल करना और क्रांति के दिन तिथि निर्धारण यात्रा का मुख्य उद्देश्य था। और फिर तीर्थ यात्रा के बहाने नाना साहब, बाला साहब, अजीमुल्ला खाँ और तात्या टोपे निकल पड़े, संगठन को सुदृढ़ करने।

दिल्ली, शिमला, अंबाला, दक्षिण भारत, झाँसी, कालपी, लखनऊ सभी शहरों के राजाओं, नवाबों, जागीरदारों, पंडितों, पुजारियों, मौलवियों से मुलाकात की। योजना को समझाया, भारत की आजादी का उद्देश्य सामने रखा। यात्रा अभियान में एक नीति अपनाई गई, जिसके तहत नाना साहब अंग्रेजों से सम्मानजनक व्यवहार करते थे, सौहार्दपूर्ण मिलते थे, वहीं अजीमुल्ला खाँ की निरीक्षण में चौकस निगाह थी। तात्या टोपे छावनी के अधिकारियों से क्रांति सूत्र जोड़ते और स्थानीय क्रांति केंद्र स्थापित करते थे और फिर संगठनकर्ताओं को जिम्मेदारी सौंप आगे चल देते। इस यात्रा में दिल्ली के सम्राट् बहादुरशाह जफर से गुप्त मंत्रणाओं का दौर चला और क्रांति के शंखनाद की तारीख तय हो गई। वह तारीख थी—"31 मई, 1857 एक दिन, एक समय, सारे देश में।"

दिल्ली से जब यात्रियों का दल अपने अगले पड़ाव के लिए चल पड़ा तो रास्ते में तात्या टोपे ने नाना साहब को सुझाव दिया कि क्रांति तिथि की सूचना

सबको न देकर हर केंद्र के अग्रणियों तथा हर पलटन के दो या तीन अफसरों को ही देना चाहिए, ताकि बात न खुले, गोपनीयता बनी रहे। बाकी सारे लोग इस तिथि को बिना जाने उद्‌देश्य के आधार पर नेताओं अथवा प्रमुखों की आज्ञा का पालन करें। वरिष्ठ के आदेश पालन की तात्या टोपे की यह नीति ठीक वैसी ही है जैसी रणभूमि में अपने अग्रणी कमांडर के आदेश का पालन सेना करती है। युद्धभूमि में परिस्थिति चाहे जो भी निर्मित हो, परंतु कोई भी एक्शन तब तक नहीं होता, जब तक वरिष्ठ का आदेश नहीं होता। इसकी मूल वजह यही है, जो तात्या ने ईजाद की थी, असल योजना, असल प्रहार के ठिकाने और उसके परिणाम की दूरदृष्टि सिर्फ आयोजनकर्ताओं को ही रहती है। तात्या टोपे की इस समझ ने नाना साहब पेशवा के मन में उनके लिए सेनापति के भाव जगा दिए। नाना बोले—

"तुम मेरे अघोषित सेनापति हो।"

पग-पग पर तात्या टोपे की बुद्धि से उपजी योजनाएँ और नाना साहब को दिए जाने वाले सुझावों का ही परिणाम था क्रांति संगठन में जबरदस्त सामंजस्य। हर घटना की सूचना अंग्रेजों से पहले छावनी के एक-एक सिपाहियों तक पहुँच जाती थी, देशव्यापी संगठन और संगठन में समान सामंजस्य योजनाकर्ताओं के प्रयत्न का प्रमाण था।

गोपनीयता के कारण ही 1857 की तैयारी की भनक युद्ध होने तक विशाल अंग्रेज फौज-फाटे को नहीं लगी। सारे देश में लाल कमल, सेना की एक छावनी से दूसरी छावनी में घूमने लगा। लाल कमल के स्पर्श ने भावी क्रांति की शृंखला बना ली और कड़ियाँ जुड़ती चली गईं। एक-एक कर देश में संपूर्ण शृंखला बन गई। उसके केंद्र में थे अंग्रेज और सिर्फ अंग्रेज। जिन्हें बाहर निकालना था। क्रांति के प्रचार का दूसरा मूक हथियार था चपाती। एक गाँव का चौकीदार मुखिया को चपाती देता और पूरा गाँव प्रसाद के रूप में उसे ग्रहण करता इसका सर्वमान्य अर्थ था, पूरे गाँव का क्रांति से जुड़ जाना। रोटी स्वत्व का संकेत बनकर दूसरे गाँव में चली जाती। इस तरह चपातियों द्वारा मूक संदेश की शृंखला गाँव-गाँव, जन-जन में चली। उसी के समानांतर कमल के फूल का मूक हथियार छावनियों, राजे-राजवाड़ों से लेकर किसानों तक पहुँच चुका था।

जहाँ क्रांति सूत्र-संयोजन-संचालन जोरों पर था, वहीं अंग्रेज गुलाम भारत में अपने साम्राज्यवाद के अमन-चैन के नशे में चूर, नित नई यातनाओं का स्वाँग रच रहे थे। गोपनीयता के इस अनूठे गोपनीय अभियान के संदर्भ में वेस्टर्न इंडिया पुस्तक

में जेकब ने लिखा है—"इस षड्यंत्र का संगठन जितने गुप्त ढंग से हुआ, जितनी दूरदर्शिता से योजना बनाई गई, जिस सतर्कता से षड्यंत्रकारी क्रांति कार्य करते थे, इन केंद्रों में सामंजस्य स्थापित करने वाले जिस गुप्त रूप में रहते थे, जितनी उनके लिए आवश्यक थी, इन सबका वर्णन करना कठिन है।"

यात्रा का पहिया आगे घूमा। अंबाला से होकर जब वे 18 अप्रैल को लखनऊ पहुँचे तो नाना साहब का जुलूस निकाला गया, धूमधाम से हुए स्वागत-सत्कार ने प्रांत के गवर्नर के मस्तिष्क में शंका के बीज रोप दिए। तुरंत कानपुर छावनी के जनरल व्हीलर को चौकस रहने के आदेश जारी हुए। क्रांति यात्रा लखनऊ से बिहार पहुँची वहाँ कुँवर सिंह से क्रांति योजना पर विचार-विमर्श हुआ और क्रांति यात्री वापस ब्रह्मावर्त यानी बिठूर आ गए। ब्रह्मावर्त आने के बाद नाना साहब ने तात्या से कहा कि हमें योजना के क्रियान्वयन के लिए लगातार संपर्क और बैठकें करनी चाहिए। बैठकों के स्थान को लेकर तात्या टोपे ने अपना सुझाव रखा कि हम अपनी बैठकें गंगा के बीचोबीच नाव में करेंगे। इसे सुनकर नाना साहब बोले—

"तात्या गोपनीयता युद्ध नीति का अति महत्त्वपूर्ण तत्त्व है, इस पर तुम्हारी पारखी समझ देखकर लगता है, हमारे सेनापति का चुनाव शत प्रतिशत सही है, आज से तुम हमारे घोषित सेनापति हो।"

यात्रा से लौटकर तात्या टोपे बिठूर और उसके आस-पास सघन प्रचार अभियान में जुट गए। क्रांति योजना का प्रबंधन बिठूर से होता था और क्रांति केंद्र कानपुर था। कानपुर सन् 1801 में अवध के नवाब और ईस्ट इंडिया कंपनी के बीच संधि उपरांत कंपनी के अधिकार में आया। 24 मार्च, 1803 को कानपुर को जिला घोषित कर कचहरी भी स्थापित की गई। 15 परगनों में बँटे कानपुर के प्रबंधन के लिए कमांडिंग ऑफिसर जनरल यू व्हीलर को नियुक्त किया गया। फौजी प्रबंधन में वहाँ बंगाल तोपखाने की कुछ टुकड़ियाँ थीं। 32 नंबर, 84 नंबर पलटन के सिपाही थे। एक नंबर में मद्रास फ्यूजीलियर्स के सैनिक थे। देशी फौजों में रिसाला, नंबर 2, पैदल पलटन-1, 53 और 56 टुकड़ी थीं। फौज के अफसर टीका सिंह, ज्वाला प्रसाद ने शमसुद्दीन के साथ मिलकर सैनिकों को युद्ध में शामिल होने के लिए प्रेरित किया।

कार्य-योजना सुचारु चल रही थी, लेकिन तभी कलकत्ता के निकट बैरकपुर छावनी की 19 नंबर की पैदल सेना के सिपाही मंगल पांडे के सब्र का बाँध टूट गया। कारण था एनफील्ड नामक बंदूकों के प्रयोग के लिए जोर-जबरदस्ती। इससे

पूर्व फौजियों द्वारा ब्राउन बेन नामक बंदूक का प्रयोग किया जाता था। सन् 1853 में कंपनी ने नई कारतूस एनफील्ड प्रचलित की, एनफील्ड को उपयोग से पूर्व ऊपर के कागज को दाँतों से काटना पड़ता था। कारतूस पर लगे कागज को चिकना करने के लिए गाय और सूअर की चर्बी का उपयोग होता था। बैरकपुर के पास ही कारतूस बनाने का कारखाना था, जिससे यह जानकारी बैरकपुर छावनी तक जा पहुँची। फौजियों को झूठी तसल्ली व विश्वास दिलाया गया। कारतूसों के संदर्भ में इतिहास लेखक जान के. ने लिखा है—"इसमें कोई संदेह नहीं कि इस चिकने मसाले को बनाने में गाय की चर्बी का उपयोग किया गया था।"

मिस्टर फारेस्ट की रिसर्च में भी कारतूसों में उपयोग का तथ्य स्पष्ट है—"मिस्टर फारेस्ट ने भारत सरकार के कागजों की जाँच की, उस जाँच से साबित होता है कि कारतूसों को तैयार करने में जिस चिकने मसाले का उपयोग किया जाता था, वह मसाला वास्तव में दोनों निषिद्ध पदार्थों, यानी गाय की चर्बी और सूअर की चर्बी को मिलाकर बनाया जाता था और इन कारतूसों के बनाने में सिपाहियों के धार्मिक भावों की ओर इतनी बेपरवाही दिखाई जाती थी कि जिसका विश्वास नहीं होता।"

अंग्रेजों ने कारतूस के उपयोग का प्रचलन धीरे-धीरे बढ़ाया। जब बैरकपुर की 34 नंबर की पलटन को कारतूस उपयोग का आदेश हुआ तब परेड के दौरान मंगल पांडे ने अंग्रेज अफसर सरजेंट मेजर ह्यूसन पर गोली दागकर यह साबित कर दिया कि हम भारतीय अपने धर्म और स्वत्व की रक्षा के लिए बड़े से बड़ा जोखिम उठा सकते हैं।

29 मार्च, 1857 को क्रांति के श्रीगणेश की इस चिंगारी पर कोर्ट मार्शल हुआ। 30 मार्च को प्रकरण बना, 6 अप्रैल को सजा सुनाई गई और 8 अप्रैल, 1857 को मंगल पांडे को फाँसी पर चढ़ा दिया। अन्य सिपाहियों को आतंकित करने के उद्देश्य से यह फाँसी सरेआम हुई। बैरक के तमाम सैनिकों को वहाँ उपस्थित रहने के आदेश दिए और फाँसी के बाद प्रत्येक सैनिक को कतार में उस स्थान से गुजारा गया जहाँ मंगल पांडे फाँसी के तख्ते पर लटके हुए थे।

क्रांति के इस प्रथम बलिदान ने क्रांति की ज्वाला प्रज्वलित की। मंगल पांडे की शहादत की गूँज देश भर की छावनियों में प्रतिध्वनित होने लगी। जहाँ क्रांति की चिंगारी ज्वाला की परिणति में अग्रसर हुई, वहीं अंग्रेजों ने अनुशासनहीनता को नष्ट करने के लिए कड़ी कार्रवाई शुरू की। इसका प्रभाव देश भर में था। अप्रैल माह

में जब भारतीय सेना कानपुर स्टेशन से होकर गई तो कारतूस की सूचना ने वहाँ के सैनिकों को विचलित कर दिया। वे उत्तेजित हो उठे। तात्या टोपे ने उन्हें बमुश्किल साधे रखा।

बैरकपुर की ही तरह मेरठ में भी कारतूसों के प्रयोग के लिए सिपाहियों पर दबाव डाला गया। 6 मई, 1857 को मेरठ में 90 घुड़सवार सैनिकों को कारतूसों के उपयोग का आदेश दिया गया। इस आदेश का उल्लंघन करने वाले 80 घुड़सवारों को यातनाएँ व कठोर कारावास की सजा सुना मेरठ की जेल में ठूँस दिया गया। मेरठ छावनी के सिपाहियों का सब्र टूट रहा था, अब 31 मई तक रुकना असंभव था। रात भर हुई बैठक के बाद 10 मई को क्रांति की तोप दागना निश्चित हो गया।

मेरठ के क्रांतिकारी सिपाहियों के साथ ग्रामवासी भी अपनी स्वतंत्रता के लिए खड़ग लेकर चल दिए। सर्वप्रथम घुड़सवार सेना ने जेलखाने की दीवारें ढहा कर कैदी साथियों की बेड़ियाँ काट दीं, कुछ साथी क्रांतिकारियों के साथ हो लिये। सिपाहियों व ग्राम-नगरवासियों ने बस्ती के अंग्रेजों पर हमला बोला। लोगों के मन में सुलग रही चिंगारी आग बनकर फूट पड़ी। 'हर-हर महादेव', 'दीन-दीन', 'मारो फिरंगी को' घोष की ध्वनि शहर और छावनी में गूँज उठी। योजनानुसार तार काट दिए गए। रेलवे लाइन पर क्रांतिकारियों का पहरा था। मेरठ में अंग्रेजी सत्ता समाप्त हो गई। क्रांतिकारी 'दिल्ली चलो' के नारे लगाते हुए दिल्ली की ओर बढ़े और 11 मई को दिल्ली पहुँचे। मेरठ की क्रांतिकारी घटना को लेकर जे.सी. विल्सन ने लिखा है कि—

"वास्तव में मेरठ शहर की स्त्रियों ने वहाँ के सिपाहियों को समय से पहले भड़काकर अंग्रेजी राज को नष्ट होने से बचा लिया।"

मेरठ में बगावत शुरू होते ही भारत में प्रंचड आग भड़क उठी। दो हजार सशस्त्र हिंदुस्तानी सवार मेरठ से चलकर 11 मई को आठ बजे सवेरे दिल्ली पहुँच गए। दिल्ली के नेताओं को उनके आने की सूचना पहले से थी, किंतु अंग्रेजों को इसका अंदाजा न था। अंग्रेज अफसर कर्नल रिपले दिल्ली में कंपनी की फौज के आने का समाचार पाते ही 54 नंबर की देशी पलटन को जमा करके मेरठ के क्रांतिकारियों का मुकाबला करने के लिए बढ़ा। आमना-सामना होते ही जिस समय मेरठ के सवारों ने 'अंग्रेजी राज का क्षय' और 'सम्राट् बहादुरशाह की जय' के नारे बुलंद किए, दिल्ली के सिपाही तुरंत हमला करने के बजाय आगे बढ़कर अपने मेरठ के भाइयों के साथ गले मिलने लगे। कर्नल रिपले घबरा गया, उसे तुरंत

वहीं पर मार डाला गया। दिल्ली की सेना के सब अंग्रेज अफसर भी मार डाले गए। अब संयुक्त सेना ने कश्मीरी दरवाजे से दिल्ली में प्रवेश किया। दरियागंज के तमाम अंग्रेजी बँगले जला दिए गए। दिल्ली के किले पर तुरंत क्रांतिकारियों का कब्जा हो गया।

जब मेरठ की पैदल सेना और तोपखाना दिल्ली पहुँचा तो किले में प्रवेश करते ही बहादुरशाह जफर के नाम पर 21 तोपों की सलामी दी गई। अब तक बहादुरशाह जफर नेतृत्व सँभालने को लेकर दुविधा में थे। मेटकाट ने लिखा है—सम्राट् ने सिपाहियों से कहा—"मेरे पास काई खजाना नहीं है, मैं आप लोगों को तनख्वाह कहाँ से दूँगा!"

सिपाहियों ने उत्तर दिया—"हम लोग हिंदुस्तान भर के अंग्रेजी खजाने लाकर आपके कदमों पर डाल देंगे।"

सैनिकों की प्रार्थना और उत्साह का बहादुरशाह जफर ने स्वागत किया और नेतृत्व स्वीकार लिया, किला सम्राट् की जयघोष्र से गूँज उठा। क्रांतिकारियों ने लाल किले की प्राचीर से पराधीनता का प्रतीक यूनियन जैक का झंडा फाड़ दिया और क्रांति का हरा झंडा फहरा दिया गया।

दिल्ली में स्वाधीनता की घोषणा की सूचना 15 मई को कानपुर पहुँची। तात्या टोपे के मन में देश की स्वतंत्रता का झंडा गड़ने की प्रसन्नता तो थी, लेकिन चिंता अधिक थी। उनका स्पष्ट मत था कि योजनानुसार एक दिन, एक ही समय सारे देश में एक साथ दुश्मन पर आक्रमण किया जाए, तभी प्रभावकारी परिणाम होंगे। सुदृढ़ आक्रमण के आगे अंग्रेज टिक नहीं सकते। ठीक यही बात मालेसन, व्हाइट और विलसन तीनों अंग्रेज इतिहास लेखक स्वीकारते हैं कि "मेरठ में क्रांति का समय से पहले आरंभ हो जाना अंग्रेजों के लिए बरकत और भारतीय क्रांतिकारियों के लिए हानिकर साबित हुआ।" मालेसन ने लिखा है—"यदि पूर्व निश्चय के अनुसार एक साथ, एक तारीख को ही सारे भारत में स्वाधीनता का युद्ध शुरू हुआ होता तो भारत में एक भी अंग्रेज जिंदा न बचता और भारत में अंग्रेजी राज का उसी समय अंत हो गया होता।"

समय आकार ले चुका था। तात्या टोपे देश की घटनाओं से सजग हो क्रांति योजना को अंतिम रूप देने में लग गए। क्रांतिकारियों का सूचना तंत्र इतना व्यवस्थित था कि दिल्ली में क्रांति की सूचना नाना साहब को 15 मई को लगी, लेकिन अंग्रेजों को 18 मई को। क्रांति के आरंभ की अवस्था पर अंग्रेज लेखक ने लिखा है—"अब

तक दिल्ली के क्रांतिकारियों की घोषणा का समाचार अंग्रेज सेनापति व्हीलर के पास न पहुँचा था, इसी मौके पर एक दिन किसी हिंदुस्तानी सिपाही का एक लड़का अपने स्कूली साथियों से कहता जा रहा था कि "हमारे पिता की पलटन मेरठ के क्रांतिकारी सैनिकों का साथ देने के लिए तैयार हो रही है।" उस लड़के की यह बात तुरंत अंग्रेज सेनापति व्हीलर के पास पहुँचाई गई। व्हीलर ने सावधानी से काम लिया। सबसे पहले उस भारतीय पलटन को गोरे सिपाहियों की बैरकों में भेज दिया और उसके ऊपर सावधानी के साथ नजर रखने के लिए अंग्रेजी फौजी अफसर को हिदायत दी गई। साथ ही कानपुर शहर के अंग्रेज परिवारों को फौजों के द्वारा सुरक्षित स्थानों में बुला लिया। इस तरह की अफवाहों से भयभीत होकर अंग्रेज सेनापति व्हीलर ने कानपुर के अंग्रेजों की जान बचाने के इंतजाम कर लिये थे, एक सुरक्षित किला भी बनवा लिया था।

कानपुर की स्थिति अति संवेदनशील थी। जहाँ सेनापति व्हीलर और दूसरे अंग्रेज अधिकारी सुरक्षा की व्यवस्था में लगे थे वहीं नाना साहब और तात्या टोपे वातावरण का निरीक्षण कर क्रांतिकारियों को संयमित कर रहे थे। क्रांति की ज्वाला कभी भी भड़क सकती थी। तात्या टोपे, अजीमुल्ला खाँ, नाना साहब पेशवा की लगातार बैठकें हो रही थीं। योजनानुसार एक साथ दुश्मन पर प्रभावी आक्रमण होता तो अंग्रेजों की हार निश्चित थी। संगठित आक्रमण के आगे अंग्रेज टिक नहीं पाते, लेकिन समय पूर्व-क्रांति से क्या योजना के व्यापक परिणाम आ पाएँगे। तात्या टोपे इसी पशोपेश में थे। जितनी तेज गति उनके विचारों में थी, उतनी ही तीव्रता से वे क्रांति योजना का निरीक्षण-परीक्षण कर अंतिम रूप देने में लगे थे।

समय पूर्व चिंगारी के भड़कने से अव्यवस्था जरूर हुई, किंतु शीघ्र ही स्थिति एकाकार हो गई; क्योंकि देश के राजनीतिक परिवेश में क्रांति चक्र चल रहा था। देश भर में क्रांति के प्रतीक रोटी और कमल घूम चुके थे। तैयारी हर जगह थी, चिंगारी पड़ते ही ज्वाला धधक उठती थी।

16 मई, 1857 को भारत की राजधानी पूरी तरह स्वतंत्र हो गई। बहादुरशाह जफर ने सम्राट् की गरिमा को पुनः प्राप्त कर लिया। देश भर में क्रांतिकारियों का उत्साह बढ़ गया। जहाँ भी मेरठ और दिल्ली की स्वतंत्रता के समाचार पहुँचते, वहाँ क्रांति का झंडा गाड़ दिया जाता था। 16 मई से 30 मई तक अलीगढ़, मैनपुरी, इटावा, नसीराबाद में। 31 मई को बरेली, शाहजहाँपुर, मुरादाबाद तथा लखनऊ में। 1 जून से 14 जून तक बदायूँ, आजमगढ़, सीतापुर, कानपुर, प्रयाग, झाँसी,

फैजाबाद, सुलतानपुर, जालंधर, बस्ती, ग्वालियर आदि में क्रांति का शंखनाद हुआ। सभी स्थानों से अंग्रेजी राज समाप्त हो गया। क्रांतिकारियों का शासन स्थापित हुआ।

बिहार से पंजाब तक क्रांति की आग प्रज्वलित थी। खान बहादुर खाँ के नेतृत्व में रुहेलखंड जला तो फैजाबाद के मौलवी अहमदउल्ला खाँ, रानी हजरत महल, बेनी माधव ने अवध को थामा। बिहार का संचालन कुँवर सिंह ने किया। झाँसी की रानी लक्ष्मीबाई ने बुंदेलखंड को नेतृत्व दिया। गोरों की सत्ता मिटाने के लिए क्रांतिवीर बदली परिस्थिति में भी डटे हुए थे।

क्रांति संगठन के समय ब्रह्मावर्त राष्ट्रीय क्रांति का केंद्र था। क्रांति संयोजन में नाना साहब के साथ तात्या टोपे, अजीमुल्ला खाँ, बाबा भटट्, ज्वालाप्रसाद आदि थे। कानपुर की घुड़सवार व पैदल टुकड़ी पूर्ण तैयारी में थी। तभी नाना साहब ने गुप्त बैठक के लिए अजीमुल्ला खाँ और तात्या टोपे को बुलाया। विचारणीय प्रश्न यह था कि सेनापति व्हीलर ने पत्र भेजकर नाना साहब से सहायता माँगी थी। वस्तुस्थिति संवेदनशील थी। क्रांति नेताओं की प्रेरणा से सैनिक कमान हाथ में लिये खड़े थे। आम-जन क्रांति योजना में साथ खड़े थे। ऐसे में क्या निर्णय लिया जाए? तात्या टोपे ने साम-दाम, दंड-भेद की नीति अपनाने का परामर्श दिया। बैठक के निर्णयानुसार नाना साहब ने सेनापति व्हीलर के पत्र का उत्तर देते हुए सहायता करना स्वीकार किया। साथ ही सैनिकों का मनोबल बनाए रखने के लिए गंगा के बीचोबीच नाव में सिपाहियों के प्रमुख के साथ गुप्त मंत्रणा की गई। गंगा की धार में होने वाली इस बैठक में नाना साहब, तात्या टोपे, अजीमुल्ला खाँ, ज्वालाप्रसाद सिपाहियों की ओर से सूबेदार टीकासिंह, हवलदार मेजर गोपाल सिंह, शमसुद्दीन, शेख बुलानी आदि उपस्थित थे।

22 मई, 1857 को नाना साहब पेशवा अंग्रेजों की सहायतास्वरूप क्रांति योजना के अगले पड़ाव के लिए रवाना हुए। उनके साथ दो बड़ी तोपें व दो सौ सैनिक थे। तात्या टोपे सहित कानपुर आकर नवाबगंज के पास कैंप डाला गया। कानुपर की अंग्रेजी सेना के सेनापति व्हीलर के पास तीन हजार देशी और लगभग सौ अंग्रेज सैनिक थे। मजिस्ट्रेट ने कानपुर का मेगजीन और खजाना भी नाना के जिम्मे कर दिया। अंग्रेजों को नाना साहब पर पूर्ण विश्वास था। अंग्रेज मजिस्ट्रेट हिलसर्डन ने लिखा है—"नाना साहब कानपुर की प्रमुख क्रांतिकारियों की बैठकों में जाया करता था और मुझे वे खबरें खूब मालूम थीं। लेकिन मैंने कभी उस पर संदेह नहीं किया। नाना साहब और तात्या टोपे के संबंध में मैं यह विश्वास करता

था कि दोनों क्रांतिकारियों की बैठकों में जाकर और शामिल होकर, क्रांति को दबाने का काम कर रहे हैं। क्योंकि मुझे यह भी मालूम था कि उन बैठकों में नाना साहब, तात्या टोपे के अलावा सूबेदार टीकासिंह और सूबेदार शमसुद्दीन भी शामिल होते हैं। उन दिनों में भी नाना साहब का ऐसा व्यवहार था, जिस पर मैं अविश्वास नहीं कर सका।" एक तरफ व्हीलर ने कानपुर में किला बनाकर अंग्रेजों के रहने का इंतजाम किया था तो दूसरी और क्रांतिकारियों की हलचल चल रही थी।

कानपुर के अंग्रेज इतने आंतकित थे कि उन्होंने 24 मई, 1857 को महारानी विक्टोरिया के जन्मदिवस पर तोपों की सलामी नहीं दी, जबकि अंग्रेजी राज में जन्मदिन लंदन में मनता था और सलामी भारत में दी जाती थी। हिंदुस्तानी सिपाहियों के भड़कने के डर से यह रस्म तोड़ दी गई। अंग्रेजों के डर के विषय में एक अंग्रेज अफसर ने लिखा है—

"जिस समय क्रांति की कोई झूठी अफवाह भी नगर में उड़ जाती थी, तुरंत शहर के सब अंग्रेज भागकर अपने बाल-बच्चों समेत जनरल व्हीलर के नए किले में जमा हो जाते थे।" यह वही दुर्ग था, जिसे अजीमुल्ला खाँ अक्सर 'निराशा का किला' कहकर व्यंग्य किया करते थे।

क्रांति की योजनानुसार 31 मई का दिन निश्चित था, लेकिन क्रांति का सैलाब निर्धारित दिन और समय से पूर्व ही फूट पड़ा था। कानपुर में 4 जून की आधी रात को रणभेरी बज उठी। छावनी में तीन फायर हुए। युद्ध के शंखनाद का संकेत मिलते ही दो नंबर की सेना ने सशस्त्र होकर अन्य सेनाओं को शामिल किया। क्रांति के नारे लगाते हुए सैनिक एकत्र हो गए, अंग्रेजों के घरों में आग लगाकर, नाना साहब पेशवा की जयकार करते हुए नवाबगंज में क्रांतिकारियों से जा मिले। 5 जून को सुबह तक अंग्रेजों का खजाना और मेगजीन क्रांतिकारियों के अधिकार में था। क्रांतिकारियों ने जेल का फाटक तोड़ कैदी साथियों को स्वतंत्र कर लिया। कचहरी की इमारत नष्ट कर दी गई। सरकारी इमारतों पर हमला किया। कुल मिलाकर वहीं हमले किए गए, जहाँ अंग्रेजों के राजकार्य का संचालन होता था अथवा उनके द्वारा भारतीयों पर किए जानेवाले अत्याचारों के ठिकाने थे। देखते-देखते कानपुर शहर पर क्रांतिकारियों ने अधिकार कर लिया। शहर के समस्त अंग्रेज व्हीलर के बनाए किले में जा पहुँचे। क्रांतिकारियों ने सरकारी इमारतों से कंपनी का झंडा हटा दिया और क्रांति का हरा झंडा फहराया गया।

नाना साहब, तात्या टोपे, अजीमुल्ला खाँ आदि के साथ सभी क्रांतिकारी एकत्र

होकर दिल्ली के लिए रवाना हुए। लेकिन तात्या टोपे दुविधा में थे। इस तरह कानपुर छोड़कर जाना उन्हें उचित नहीं लगा। तात्या टोपे के मन में उठा यह विचार यूँ ही नहीं था। उनके द्वंद्व का मूल कारण था, कानपुर की महत्त्वपूर्ण भौगोलिक स्थिति। कलकत्ता-दिल्ली का ग्रांड ट्रक रोड कानपुर से ही जाता था। कानपुर के गंगा पुल से होकर ही अवध के लिए मार्ग था। क्रांतिकारियों द्वारा कानपुर को छोड़कर चले जाने से अंग्रेजों को सुरक्षित आवागमन मिल जाता और वे दिल्ली पहुँच चारों ओर से आक्रमण कर सकते थे। तात्या टोपे का मानना था कि एक ही स्थान पर क्रांतिकारी एकत्र करने से बेहतर महत्त्वपूर्ण भौगोलिक क्षेत्रों में किलेबंदी ज्यादा आवश्यक है। ताकि दुश्मन दिल्ली तक न पहुँच सके। इस विषय को लेकर पहले तात्या टोपे व अजीमुल्ला खाँ के मध्य विचार-विमर्श चला और फिर नाना साहब को बताया गया कि सिपाहियों को कारण स्पष्ट कर वापस कानपुर ले जाया जाए, ताकि अंग्रेजों को आगे जाने से रोका जा सके।

तात्या टोपे का यह विचार ठीक उसी तरह था, जिस तरह युद्ध के समय जगह-जगह फौजी बैरकें स्थापित कर दुश्मन को राज्य में घुसपैठ करने से रोका जाता है। क्रांति की शक्ति को एक स्थान दिल्ली में केंद्रित करने के लिए अन्य स्थानों को न छोड़ने की युद्ध नीति नाना-साहब को उपयुक्त लगी। उन्होंने तुरंत कानपुर में ही रहने की घोषणा की।

आज्ञानुसार क्रांतिकारी कल्याणपुर से वापस लौटे। शहर के लोगों व क्रांतिकारियों ने नाना साहब पेशवा को अपना राजा घोषित किया। शहर में सम्राट् बहादुरशाह जफर का जुलूस निकाला गया। अराजकता न फैले इसलिए नाना साहब के नाम से हिंदी व उर्दू में शांति बनाए रखने की प्रार्थना की गई तथा सभा बुलाई गई, जिसमें शहर के गण्यमान्यजनों की उपस्थिति में अधिकारियों का चुनाव हुआ। न्याय विभाग की स्थापना की गई। हुलसराय को मजिस्ट्रेट नियुक्त किया। उन्हें लोगों के जान-माल की जिम्मेदारी सौंपी गई। ज्वालाप्रसाद और अजीमुल्ला खाँ को न्यायाधीश बनाया। न्याय विभाग के अध्यक्ष थे—बाबा भट्ट। तात्या टोपे को सेना के संगठन का दायित्व सौंप सेनापति बनाया गया। टीकासिंह को जनरल व दलगंजन सिंह तथा गंगादीन को कर्नल नियुक्त किया गया।

तात्या टोपे सेना के संगठन कार्य में जुट गए। आस-पास के जमींदारों, ठाकुरों तथा चंदेल राजपूतों, नानामऊ के मोतीसिंह, शिवराजपुर के राजा सतीप्रसाद, संचेडी के राजा दुर्गाप्रसाद, नार के दरियावचंद आदि तात्या टोपे के आमंत्रण पर क्रांति के

लिए कानपुर में एकत्र हुए। अपने आस-पास के क्षेत्रों के क्रांतिकारी तथा सैनिकों दोनों को मिलाकर तात्या ने एक विशाल समृद्ध सेना एकत्र कर ली। अंग्रेजों के शस्त्रागार व खजाने का उपयोग सुरक्षा के सभी उपायों के लिए किया गया। अब तात्या टोपे के पास विशाल सेना भी थी और स्पष्ट उद्देश्य भी। उन्होंने नाना साहब से चर्चा करते हुए अपनी बात रखी कि "जब तक अंग्रेज इस किले में है। यह अधूरी विजय होगी। यदि दुश्मन क्षेत्र के भीतर एक बिंदु के रूप में भी उपस्थित हो तो वह कभी भी सेंध लगा सकता है। इसलिए दुश्मन को जड़ सहित बाहर निकालना आवश्यक है।" सलाह उपयुक्त थी नाना साहब ने तुरंत 6 जून, 1857 को व्हीलर को पत्र लिखा कि "आज ही आप किला क्रांतिकारी सेना के सेनापति को सौंप दें अन्यथा शाम को किले पर हमला कर दिया जाएगा।"

जनरल व्हीलर पत्र पढ़ अवाक् था, उसने किला इस बात को ध्यान में रखकर बनाया था कि जिस प्रकार देश भर के क्रांतिकारी शहर में क्रांति कर दिल्ली की ओर चल पड़ते हैं, उसी तरह कानपुर में भी होगा। लेकिन व्हीलर यह कैसे चूक गए कि नाना साहब के साथ तात्या टोपे जैसा योजक सेनापति है, जो किसी युद्ध नीति पर चलता नहीं है, बल्कि परिस्थिति अनुसार स्वयं युद्ध नीति और योजना बनाता है। तात्या टोपे की इसी आयोजना ने व्हीलर के होश उड़ा दिए।

जनरल व्हीलर की वह योजना ध्वस्त हो गई थी, जिसके तहत क्रांतिकारियों के दिल्ली जाते ही कानपुर को पुनः विजित कर लेना था। पत्र पढ़ते ही वह समझ गया! सर्वनाश निश्चित है। सामना करने के लिए युद्ध की तैयारी में जुट गया। उसने किले के अंदर चारों ओर तोपें लगा दीं और पहरे पर अंग्रेज सैनिक बैठा दिए। किले में स्त्री, पुरुष, बच्चे सहित कुल एक हजार अंग्रेज थे।

क्रांतिकारियों ने 6 जून की शाम किले पर आक्रमण किया। अंग्रेजों ने भी अंदर से प्रत्युत्तर दिया। तोप-गोलों की मार दोनों ओर से जारी थी। क्रांतिकारियों की घुड़सवार सेना तथा पैदल सेना ने किले में घुसने की कोशिश की, पर अंग्रेज तोपखाने ने पीछे धकेल दिया। तात्या टोपे समझ गए कि अंग्रेजों की रसद समाप्त होने तक यही स्थिति रहेगी। वे अपने साथियों को व्यर्थ खोना नहीं चाहते थे। अतः उन्होंने दूर से ही तोपों तथा बंदूकों से आक्रमण जारी रखा। साथ ही तात्या टोपे ने किले में स्थित कुएँ पर ध्यान केंद्रित किया। जैसे ही कुएँ से पानी निकालने का प्रयास किया जाता बाहर से गोलियों की बौछार होती थी। पानी भरने वाला या तो मर जाता अथवा भाग जाता। दोनों ही परिस्थितियों में किले में स्थित अंग्रेजों पर दबाव

बढ़ रहा था। क्रांतिकारियों ने एक कमरे की छत पर निशाना साधा, जिससे छत ध्वस्त हो गई। जून माह की गरमी और लू से अंग्रेज बेहाल हो गए।

23 जून, 1857 को प्लासी के युद्ध की शताब्दी को याद करते हुए तात्या टोपे ने आह्वान किया, जिसे सुनते ही क्रांतिकारियों ने अत्यंत वेग से प्रबल आक्रमण किए, घमासान जारी रहा। तात्या टोपे के नीतिगत प्रभावी आक्रमणों के क्रम में योजनापूर्वक हमले, अंदर अंग्रेजों की मौतें, रसद की समाप्ति से अंग्रेजों ने हथियार डाल दिए। 20 दिन के युद्ध के बाद 25 जून, 1857 को व्हीलर ने सुलह का सफेद झंडा फहराया। तात्या टोपे ने क्रांतिकारी सेना को युद्ध रोकने की आज्ञा दी। दोनों पक्षों की वार्त्ता के पश्चात् सेनापति व्हीलर ने आत्मसर्पण किया। किला तोपखाना, युद्ध के समस्त अस्त्र-शस्त्र और खजाना क्रांतिकारियों के सुपुर्द किया गया। प्रत्येक अंग्रेज को एक बंदूक और 60 कारतूस रखने की अनुमति दी गई। नाना साहब ने किले के अंग्रेजों को प्रयाग सकुशल पहुँचाने का वादा किया। कानपुर की संवेदनशील स्थिति को देखते हुए नाना साहब ने रात को ही रवाना होने को कहा पर अंग्रेजों ने रात को जाना स्वीकार नहीं किया। रात भर में किले के अंग्रेजों से सुलह होने तथा उन्हें सुरक्षापूर्वक प्रयाग पहुँचाने की व्यवस्था का समाचार सब ओर फैल गया।

प्रसंग को आगे बढ़ाने से पूर्व उन स्थितियों, परिस्थितियों व संभावनाओं पर दृष्टांत करना जरूरी है, जिसका आगे के घटनाक्रम से गहरा संबंध है। वह है बनारस और इलाहाबाद में जनरल नील के अत्याचारों का। बनारस में दमन चक्र शुरू होते ही पहले गिरफ्तारी और फिर फाँसियाँ दी जाने लगीं। निरपराध जनता को फाँसी पर चढ़ाया गया। फाँसी के तख्तों पर दिन-रात 24 घंटे फाँसी दी जाती थी। फाँसी पर लटकने वालों की संख्या इतनी ज्यादा थी कि फाँसी के तख्ते कम पड़ गए। तख्तों के लिए खंभों की पंक्तियाँ खड़ी की गईं। वह भी कम पड़ गए तो बड़े पेड़ों की डाली का फाँसी के तख्ते के रूप में उपयोग किया गया। यही नहीं फाँसी पर अमानवीय तरीके से चढ़ाया जाता था। जिसका वर्णन अंग्रेज इतिहासकार जान के. और मालेसन ने इस तरह किया है—"नेटिवों को पहले हाथी पर बैठाया जाता फिर हाथी को ऊँचे पेड़ की शाखा तक ले जाया जाता और उसके ऊपर बैठे नेटिव की गरदन शाखा से बाँधने के बाद हाथी को हटा लिया जाता। हाथी निकल जाने पर छटपटाकर मरते लोगों के शव लटके रहते थे। इसे देखकर वहाँ से गुजरते अंग्रेजों को एक मनहूस सभ्यता दिखाई दी, इसलिए नेटिव को पेड़ पर सीधे लटकाकर

फाँसी देने की बजाय अलग-अलग आकृति बनाकर टाँगा जाता था। कोई नेटिव आठ (8) जैसा बाँधा जाता तो कोई (9) जैसा।"

इधर फाँसी पर चढ़ाने का तांडव चला उधर गाँव के गाँव जला दिए गए। जलाने के पूर्व गाँव के बाहर तोपें लगा दी जाती थीं और समस्त पुरुषों, स्त्रियों, बच्चों, पशुओं सहित भस्म कर दिए जाते थे।

चार्ल्स बाल ने लिखा है—"गाँव में आग इतनी जल्दी और पूरी तरह से लगाई जाती थी कि उसमें से बाहर निकलने की कल्पना भी नहीं की जा सकती थी। गरीब किसान, विद्वान् ब्राह्मण, निरापराध मुसलमान, बच्चे, वृद्ध, विकलांग सारे आग की ज्वाला में जलकर राख हो जाते। गोद के दूध-पीते बच्चे के साथ उनकी माताएँ जलकर राख हो जातीं। बिस्तर से लगी बूढ़ी औरतें और पुरुष अपने चारों ओर धधकती आग की ज्वाला में जरा सी सरकने की शक्ति न होने से बिस्तर पर ही जलकर राख हो जाते।

ऐसा कोई एकाध गाँव ही नहीं जलाया गया था, अंग्रेजों ने अलग-अलग दिशाओं में अलग-अलग टोलियाँ गाँवों को जलाकर राख करने के लिए भेजी थीं। ऐसी टोलियों के अनेक नायकों में से एक नायक अपने अनेक हमलों में से एक हमले के बारे में लिखता है—"you will however be greatified to learn that 20 villages all razed to ground." (हमने बीस गाँव राख कर दिए हैं—यह सुनकर आपको संतोष हुए बिना नहीं रहेगा।)

एक अंग्रेज अफसर ने स्वयं की प्रशंसा में लिखा है—"मैंने एक बड़े गाँव में आग लगाई। उस गाँव में लोग भरे हुए थे। हमने उन्हें घेर लिया और जब वे आग की लपटों में से निकलकर भागने लगे तब हमने उन्हें गोलियों से उड़ा दिया।" जनरल नील के आदेश पर एक दिन में अनेक लोगों में बँटी नील की फौज के एक भाग द्वारा 20-20 गाँवों को नष्ट कर दिया जाता था।

इंडियन म्युटिनी में इतिहास लेखक जान के. ने लिखा है—"फौजी और सिविल दोनों तरह के अंग्रेज अफसर अपनी-अपनी खूनी अदालतें लगा रहे थे, अथवा बिना किसी तरह के मुकदमे का ढोंग रचे और बिना पुरुष-स्त्री या बच्चों का विचार किए, भारतवासियों का संहार कर रहे थे। इसके बाद खून की प्यास और अधिक भड़की। भारत के गवर्नर जनरल ने जो पत्र इंग्लैंड भेजे, उसमें हमारी ब्रिटिश पार्लियामेंट के कागजों में यह बात दर्ज है कि "बूढ़ी औरतों और बच्चों का उसी तरह वध किया गया है, जिस प्रकार उन लोगों का, जो विद्रोह के अपराधी थे।

इन लोगों को सोच-समझकर फाँसी नहीं दी गई, बल्कि उन्हें उनके गाँव के अंदर जलाकर मार डाला गया, शायद कहीं-कहीं उन्हें मौके-बेमौके गोली से भी उड़ा दिया गया। सड़कों, चौराहों पर और बाजारों में जो लाशें टँगी हुई थीं, उनको उतारने में सूर्योदय से लेकर सूर्यास्त तक मुर्दे ढोने वाली आठ-आठ गाड़ियाँ बराबर तीन-तीन महीने तक लगी रहीं और इस प्रकार एक स्थान पर 6000 मनुष्यों को झटपट खत्म कर दिया गया।"

जनरल नील मौत का तांडव रच बनारस से इलाहाबाद की ओर बढ़ा। बनारस इलाहाबाद के रास्ते असंख्य ग्रामवासियों को जलाते हुए इलाहाबाद पहुँचा। 17 जून को इलाहाबाद के खुसरो बाग पर हमला किया गया। मौलवी लियाकत अली के नेतृत्व में क्रांतिकारियों ने वीरता से संघर्ष किया। नील की विशाल सेना के सामने जीत असंभव देख लियाकत अली 17 जून को ही कानपुर की ओर निकल गया। 18 जून को नील ने नगर में प्रवेश किया और अत्याचार शुरू किए। इलाहाबाद चौक के नीम के सात वृक्षों की डालों पर लगभग 800 निर्दोष नगरवासियों को फाँसी पर लटकाया गया। इन सात वृक्षों के अलावा इलाहाबाद व आस-पास के सैकड़ों वृक्षों पर फाँसी का सिलसिला जारी था, इससे सहज ही अंदाज लग सकता है कि कितनों को अकारण फाँसी हुई होगी। इस सर्वव्यापी संहार में महिलाएँ, बच्चे, बूढ़े, अपाहिज भी शामिल थे।

अंग्रेज लेखक होम्स ने इस पर खेद व्यक्त करते हुए लिखा कि "बूढ़े आदमियों ने हमें कोई नुकसान नहीं पहुँचाया था, असहाय स्त्रियों ने जिनकी गोद में दूध-पीते बच्चे थे, उनसे हमने उसी तरह बदला लिया, जिस तरह बुरे-से-बुरे अपराधियों से।"

लगभग छह हजार भारतीयों का नरसंहार अकेले इलाहाबाद में किया गया, जितना 1857-58 में संपूर्ण भारत में अंग्रेज, स्त्री-पुरुष, बच्चों का नहीं हुआ। लेखक कैंबेल ने लिखा है—"और मैं जानता हूँ कि इलाहाबाद में बिल्कुल बिना किसी तमीज के कत्लेआम किया गया था। वे काम किए जो कत्लेआम से भी अधिक मालूम होते थे, उसने लोगों को जानबूझकर इस प्रकार की यातनाएँ दे-देकर मारा जिस प्रकार की यातनाएँ, जहाँ तक हमें प्रमाण मिले हैं, भारतवासियों ने कभी किसी को नहीं दीं।"

सन् 1857 में संपूर्ण हिंदुस्तान में जितने अंग्रेजों का कत्ल नहीं हुआ, उतने कत्ल नील ने केवल इलाहाबाद में भारतीयों के किए। अकेले नील ही नहीं उसकी

तरह सैकड़ों नील हजारों गाँवों में कत्ल कर रहे थे। अत्याचारों की पराकाष्ठा थी कि एक अंग्रेज की मौत का बदला लेने के लिए हिंदुस्तान का एक गाँव जीवित जलाया गया।

तीन मास तक आठ शव ढोने वाली गाड़ियाँ सूर्योदय से लेकर सूर्यास्त तक उन शवों को एकत्र करने के लिए चक्कर लगाती थीं, जो राजमार्गों और बाजारों में लटकाए जाते थे। इस प्रकार लगभग छह हजार व्यक्तियों को सामान्य सुनवाई के उपरांत प्राणदंड देकर चिरनिद्रा में सुलाया गया था।

कानपुर में स्वाधीनता के ध्वज को नमन करने दूर–दूर से सैनिक व जन एकत्र हो रहे थे। इस आवक में प्रयाग और काशी के सिपाही भी थे, जिन्होंने अंग्रेजों के नील के अत्याचारों को देखा था, अमानवीयता को सहा था। 27 तारीख को कानपुर के नागरिक गंगा किनारे सुबह से ही एकत्र हो गए। लहराते राष्ट्र ध्वज के नीचे अपनों को दी गई यातनाओं का दर्द सहने वाले ये लोग तब विचलित हो उठे, जब नाना साहब ने कानपुर के अंग्रेजों को सकुशल इलाहाबाद भेजने का वचन ही नहीं दिया, बल्कि 40 नौकाओं को इस कार्य के लिए आदेश भी दे दिया। नदी तट पर नौकाओं की तैयारी और भगीरथी की हिलोरों से उनके मस्तिष्क में रासायनिक परिवर्तन होने लगा। अजीमुल्ला खाँ, बाबा साहब और सेनापति तात्या टोपे घाट के पास स्थित मंदिर के चबूतरे पर मूक खड़े थे।

नील के अत्याचारों और जुल्मों के समाचार वहाँ उपस्थित सिपाहियों के मस्तिष्क में दृश्य बनाने लगे। इलाहाबाद के अत्याचारों के उस भयानक दृश्य से खून में उबाल आना स्वाभाविक था। 'खून का बदला खून से' के प्रचंड वेग ने घाट पर ही अंग्रेजों पर आक्रमण कर दिया। अनेक अंग्रेज मारे गए, कइयों ने गंगा में कूदकर जान बचाने की कोशिश की। सत्तीचोरा घाट के कत्ल की सूचना मिलते ही नाना साहब ने स्त्रियों व बच्चों को हाथ न लगाने के आदेश दिए। शेष 125 अंग्रेज बीबीगढ़ भेज दिए गए।

कानपुर में अंग्रेजों का शासन पूर्णरूप से मिट चुका था। 28 जून को शहर में बड़ा दरबार लगाया गया। उपस्थित सैनिकों की परेड बुलाई गई। सैनिकों को इनाम दिए गए। मुगल सम्राट् के सम्मान में 101 तोपें, नाना साहब के सम्मान में 51 तथा तात्या टोपे और टीकासिंह के नाम 11–11 तोपों की सलामी दी गई।

1 जुलाई, 1857 को ब्रह्मावर्त में नाना साहब का राज्य अभिषेक हुआ। इधर नाना साहब की ताजपोशी का विजयोत्सव था, उधर हेवलाक 1400 अंग्रेज

सिपाहियों, 600 हिंदुस्तानी सिपाहियों तथा 8 तोपों के साथ पूर्व में भेजी मेजर रेनाड की सेना के साथ फतेहपुर के पास जा मिला। सूचना मिलते ही क्रांतिकारी, उत्सव को विराम दे युद्ध की तैयारी में जुट गए और कानपुर की ओर चल पड़े। युद्ध व्यवस्था की जिम्मेदारी तात्या टोपे की थी।

नाना साहब ने ज्वालाप्रसाद को फतेहपुर भेजा, साथ में टीकासिंह, बाबा भट्ट, प्रयाग की क्रांति के नेता लियाकत अली भी थे। फतेहपुर में अंग्रेजों की विशाल सेना थी, जिसे देख युद्ध पूर्व परिणाम का आकलन किया जा सकता था। दोनों तरफ से घमासान के बाद फतेहपुर पर अंग्रेजों ने कब्जा कर लिया। फतेहपुर की पराजय के बाद बाबा साहब के साथ क्रांतिकारी सेना की औंक के युद्ध में भी पराजय हुई। अहिखाँ का युद्ध कानपुर के लिए अत्यंत महत्त्वपूर्ण था। पैदल घुड़सवारों तथा गोलंदाजों की पाँच हजार सेना के साथ नाना साहब ने तात्या टोपे, टीकासिंह और ज्वालाप्रसाद को लेकर मोर्चा लिया।

कानपुर से चार मील दूर अहिखाँ नामक गाँव के निकट तात्या टोपे ने व्यूह रचना रची। ग्रांड ट्रक रोड तथा छावनी से आने वाली सड़क मिलने के स्थान पर दोनों सड़कों को काटता हुआ अर्द्धचंद्राकार घेरा बनाया गया, जिसके दोनों सिरों तथा मध्य में तोपे थीं। दोनों सड़कों को खोदकर खाई बना दी गई, ताकि सड़क पर सीधी बढ़ती सेना पर प्रहार किया जा सके। जिससे सेना सहज ही घेरे में आ जाएगी। हेवलाक व्यूह को देखकर समझ गया कि यह साधारण योजना नहीं है। युद्धशास्त्र की दृष्टि से इतनी दूरदर्शी और कुशल रचना कोई कुशल सेनापति ही कर सकता है। वह जान गया कि निश्चित ही क्रांतिकारियों में कोई कुशल सेनापति है। अब यह नहीं कहा जा सकता कि भारतीय सेनापति में कुशलता की कमी है।

इतिहासकार जान के. ने इस व्यूह की प्रशंसा में लिखा है—"राष्ट्रीय सेना का व्यूह इस चतुरता से बनाया गया कि अंग्रेज सेनानी को जिसने आजीवन युद्धशास्त्र का अध्ययन किया था, अपनी पूरी बुद्धिमत्ता और शक्ति लगाना पड़ी।" इस विलक्षण रचना को तात्या ने तत्काल रच दिया था। तात्या टोपे की विलक्षण क्षमता व युद्धशास्त्र की पारंगत दृष्टि से हेवलाक का सामना पहली बार हुआ था। उसे समझते देर न लगी कि यह युद्ध इतना आसान नहीं है।

युद्ध आरंभ होते ही क्रांतिकारी सेना तोप गोले बरसाने लगी। अंग्रेज तोपखाना कमजोर पड़ रहा था। हेवलाक संकट में था उसने आग उगलती तोप पर अधिकार के लिए आक्रमण किया। तात्या टोपे की यही नीति थी कि सामने वाली सेना पर

इतना दबाव बढ़े कि दुश्मन सीधा आक्रमण के लिए विवश हो और हुआ भी वही। हेवलाक की सेना व्यूह के चक्र में चारों ओर से फँसती जा रही थी। हेवलाक ने आत्मरक्षा के लिए आक्रमण बाईं ओर से किया। दुर्भाग्य से नाना साहब की घुड़सवार सेना इस आक्रमण का मुकाबला न कर सकी और भाग खड़ी हुई। तात्या टोपे की व्यूह रचना खंडित हो गई। अंग्रेज मैदान जीत गए। पराजय उपरांत नाना साहब ब्रह्मावर्त आ गए। अपने कुटुंब की स्त्रियों और पुरुषों के साथ फतेहपुर चौरासी के ताल्लुकेदार चौधरी भूपालसिंह की गढ़ी में, तात्या टोपे, बाला साहब, राव साहब तथा उनके भाइयों की पत्नियाँ तथा माताएँ, बहन कुसुमवती के साथ विश्राम किया। सूचना मिलते ही बेगम हजरत महल नाना साहब को ससम्मान लखनऊ ले गईं। नाना साहब ने शीघ्र ही फतेहपुर चौरासी वापस आकर भावी आयोजना का केंद्र बनाया।

अहिखाँ के युद्ध में नाना साहब की हार के बाद कानपुर अंग्रेजों के हाथ में था। कानपुर में अत्याचार ढाए गए। कानपुर चीत्कार उठा। रोंगटे खड़े करने वाले अत्याचारों का क्रम चला। तब बीबीगढ़ में 125 अंग्रेज महिला व बच्चे कैद थे। यह वही बीबीगढ़ था, जिसे अंग्रेजों ने अपनी हिंदुस्तानी रखैल के लिए बनवाया था। कानुपर के अत्याचार से आहत लोगों का बीबीगढ़ की अंग्रेज स्त्रियों और बच्चों से बदला लेने का कदम उठना स्वाभाविक था। कानपुर की एक वेश्या ने अपनी बिरादरी से सालों की चीख-पुकार की गाथा सुनी थी। कहा जाता है, उसने एक कसाई को ले जाकर अंग्रेज स्त्री, बच्चों को मरवा डाला और मृत देह कुएँ में डाल दिए गए। अंग्रेजों ने इस हत्याकांड का मेमोरियल वेल बनवाया। हेवलाक के कानपुर पर अधिकार करने के बाद क्रोध से पागल अंग्रेजों ने पाशविक अत्याचार किए।

17 जुलाई को हेवलाक की विजय सेना ने उल्लास ने साथ कानपुर में प्रवेश किया। कानपुर विजय की इसी घटना ने अंग्रेजी राज के इतिहास में उसे अमर किया। क्रोधाग्नि और प्रतिशोध में जनरल हेवलाक ने जो अत्याचार किए उसे चार्ल्स बाल ने लिखा है—"जनरल हेवलाक ने सर ह्यू व्हीलर की मृत्यु के लिए भयंकर बदला चुकाना आरंभ कर दिया। हिंदुस्तानियों के गिरोह फाँसी पर चढ़ गए। मृत्यु के समय कुछ विप्लवकारियों ने जिस प्रकार चित्त की शांति और अपने व्यवहार में ओज का परिचय दिया, वह उन लोगों के लिए सर्वथा योग्य था, जो किसी सिद्धांत के नाम पर शहीद होते हैं। वे बिना तनिक सी भी घबराहट के ठीक इस प्रकार फाँसी के तख्ते पर चढ़ गए, जिस प्रकार एक योगी अपनी समाधि में प्रवेश करता है।"

अत्याचार की पराकाष्ठा थी कि बीबीगढ़ जमीन पर लगे खून के धब्बों को ब्राह्मणों को चटवाया, उन्हीं के द्वारा झाड़ू से धोकर साफ करवाया और फाँसी के तख्ते पर चढ़ाया गया। इस अनोखे दंड के उद्‍देश्य को लेकर अंग्रेज अफसर का तर्क था—"मैं जानता हूँ कि फिरंगियों के खून को छूने और फिर उसे मेहतर की झाड़ू से साफ करने से एक उच्च जाति का हिंदू धर्म से पतित हो जाता है। केवल इतना ही नहीं चूँकि मैं यह जानता हूँ, इसलिए मैं उनसे ऐसा कराता हूँ। जब तक हम उन्हें फाँसी देने के पहले उनके समस्त धार्मिक भावों को पैरों तले न कुचलेंगे, तब तक हम पूरा बदला नहीं ले सकते, ताकि उन्हें यह संतोष न हो सके कि हम हिंदू धर्म पर कायम रहते हुए मरें।"

कानपुर पर क्रूरता बरपाकर हेवलाक ने कानपुर की जिम्मेदारी ब्रिगेडियर नील को सौंपी और लखनऊ की ओर चल दिया। हेवलाक लखनऊ रेजीडेंसी में फँसे अंग्रेजों को मुक्त करने के लिए विजय अभियान पर निकला तब उसे नहीं मालूम था कि उसे क्रांतिकारियों से सामना करना पड़ेगा। हेवलाक का सामना सागर की 42 नंबर की उस सेना से हुआ, जिसने कानपुर के पास यमुना पार कर अकबरपुर में नाना साहब से नेतृत्व माँगा था। नाना साहब ने कुशल सेनापति तात्या टोपे को नेतृत्व का दायित्व सौंपा। यह पहला अवसर था, जब तात्या टोपे ने स्वतंत्र रूप से किसी सेना का अधिनायकत्व किया। सेना का मोर्चा थाम तात्या सचडी और शिवराजपुर को विजित कर ब्रह्मावर्त पहुँचे।

तात्या टोपे के साथ क्रांतिकारी एकत्र होने लगे और सेना का आकार बढ़ने लगा। जैसे ही नील को तात्या के ब्रह्मावर्त आने की सूचना मिली, उसने हेवलाक को 11 अगस्त को पत्र लिखा—"ब्रह्मावर्त में पाँच तोपों के साथ चार हजार सेना एकत्र हो चुकी है। मैं इसका सामना अकेले नहीं कर सकता। अगर मुझे शीघ्र सहायता न मिली तो यह सेना कानपुर में घुस आएगी तथा हमारे यातायात के मार्ग बंद हो जाएँगे।"

अंग्रेजों के लिए कानपुर सामरिक दृष्टि से अत्यंत महत्त्वपूर्ण स्थान था, जिसे हर हाल में बचाना था। अत: हेवलाक लखनऊ के रास्ते से वापस लौटा। 13 अगस्त को नील के साथ तात्या टोपे से युद्ध के लिए विशाल सेना ब्रह्मावर्त भेजी। पहली मुठभेड़ कानपुर के पास हुई। तात्या की सेना ने ब्रह्मावर्त में मोर्चा लिया। 16 अगस्त को हेवलाक स्वयं सेना लेकर आ पहुँचा। दोनों तरफ से गोलाबारी हुई। क्रांतिकारी सेना की कुशलता को देख हेवलाक ने कहा—(प्रथम सिख युद्ध)

फिरोजपुर रणसंग्राम के बाद आज मैं प्रथम बार प्रशंसनीय गोलाबारी देख रहा हूँ। अंग्रेजी सेना के लिए कठिन घड़ी थी। हेवलाक ने तात्या की तोपों पर अधिकार करने का आदेश दिया। अनेक बलिदानों के बाद दो तोपों पर अधिकार कर ही लिया गया। तात्या टोपे पीछे हटे और सीधे नाना साहब के पास फतेहपुर जाकर सारा वृत्तांत कहा। इस तरह कानपुर की पराजय, नाना साहब के अवध पलायन के साथ उत्तर भारत की क्रांति के प्रमुख अभियान को तत्क्षण विराम लगा बावजूद इसके कि कानपुर के मुक्ति संग्राम का सेनापति तात्या टोपे जैसा विलक्षण दूरदर्शी योद्धा था। असल में युद्ध-कौशल होने के बावजूद निर्णय लेने के पक्ष पर तात्या टोपे को पूर्ण स्वतंत्रता नहीं थी। साधनों पर पूर्ण नियंत्रण न था। आस-पास के क्रांतिकारियों को एकत्र करने, उन्हें युद्ध-कला में पारंगत करने और क्रांतिकारी सिपाहियों को संगठित व अनुशासित करने के लिए पर्याप्त समय नहीं मिला। तात्या स्वयं अनुभवहीन नौजवानों को दिए गए प्रशिक्षण से पूर्णतः संतुष्ट न थे। परिस्थितिवश सेना का सुदृढ़ संगठन बनने के पूर्व ही रणभूमि में आना पड़ा।

इन परिणामों में युद्ध पूर्व व युद्ध में तात्या के व्यक्तित्व का पूर्ण उपयोग न होने पर विचार करना आवश्यक है। कानपुर अभियान में तात्या टोपे की स्थिति को हम यूँ ही नहीं छोड़ सकते, कानपुर की पराजय तक तात्या टोपे इस पूर्ण योजना व अभियान में नाना साहब के सेवक की भूमिका में थे। क्रांति आयोजना से लेकर 1857 महासंग्राम के कानपुर अभियान तक उनका योगदान नाना साहब के नाम तले था। फिर भी कानपुर की क्रांति युद्ध की योजना रणनीति में तात्या की योग्यता व नीति की छाप थी। तात्या टोपे प्रत्यक्ष रूप से न होने के बावजूद उनकी कार्यशैली व क्षमता के अप्रत्यक्ष प्रमाण उपस्थित थे।

सुप्रसिद्ध इतिहासकार मलेसन ने लिखा है—"बिठूर के महल में उर्वरा बुद्धिवालों, दृढ़निश्चयी तथा ठोस कार्य करनेवालों की कमी न थी। अक्सर हम लोग उस पराक्रमी व्यक्ति के संबंध में बहुत कम जान पाते हैं, जो हमारे भारतीय शत्रुओं के कैंप में बैठकर घटनाओं का निर्माण किया करता है। यह आवश्यक नहीं कि यह प्रमुख पात्र सदा उच्चवंशीय ही हो और न यह आवश्यक है कि उसके ही नाम से वे कार्य किए जाएँ जो इतिहास का निर्माण करते हैं।"

इस तरह कानपुर की पराजय के साथ ही भारत में एक वीर पराक्रमी शूरवीर योद्धा का उदय हुआ, जिसकी तोपों की गूँज, अद्भुत रणनीति और तलवार की खनक से भारत वर्षों तक गूँजता रहा। वह शूरवीर था तात्या टोपे।

1857 स्वाधीनता संग्राम के अंतर्गत कानपुर का क्रांति अभियान तात्या टोपे की सोच, परिकल्पना, अवधारणा आकार सब कुछ था। क्रांति संगठन के इस महत्त्वपूर्ण केंद्र के पराजित होने से क्रांति का बड़ा स्तंभ टूट चुका था। यह पराजय तात्या टोपे की रणनीति की, उनके शौर्य और नीति की नहीं थी। अपितु क्रियान्वयन के लिए मैदान में डटे सिपाहियों के बिखर जाने की थी, जिसे तात्या की पराजय माना गया। इस असफलता से क्रांति बिखर गई थी और सिपाही दिशाहीन भटक रहे थे। युद्ध की सामग्री दुश्मन के हाथ लग गई थी। क्रांतिकारी निराश हो गए थे। लेकिन तात्या टोपे की उर्वरक बुद्धि ने हार नहीं मानी, दुश्मन के हाथों बंजर होते कानपुर को पुन: पल्लवित करने की आयोजना के बिंदु तात्या टोपे के मस्तिष्क में आकार लेने लगे। तात्या टोपे ने पराजय के पक्षों पर गंभीरता से विचार किया। युद्ध योजना सही थी, रणभूमि का चयन भी उचित था, फिर दुश्मन को क्यों नहीं रोक सके? तमाम प्रश्नों में उलझे तात्या टोपे को लंबे चिंतन के बाद सैनिकों के रणकौशल में कमी और अनुशासनहीनता ये दोनों पक्ष ध्यान में आए। यही वे कारण थे, जिससे परिणाम पक्ष में नहीं रहा। अगले अभियान में सेना की इस कमी से पाटने के लिए उन्होंने विकल्प तलाशा। वह विकल्प था, ग्वालियर।

ग्वालियर का ध्यान तात्या टोपे को इसलिए भी आया, क्योंकि उन्हें अनुशासित व कुशल सेना की आवश्यकता थी और ग्वालियर की सेना में दुश्मन से मुकाबला करने की क्षमता थी। अकुशल व अनुशासनहीन सेना के परिणाम वे कानपुर में देख चुके थे। ग्वालियर की सेना की दूसरी प्रमुख विशेषता थी—ग्वालियर की जनता व सैनिकों में सिंधिया राज्य के स्वदेशी साम्राज्य के प्रति गहरी निष्ठा।

इस आस्था में वर्तमान यथार्थ के साथ राष्ट्रीय स्वराज्य के भाव को रोपित करना आसान था। वहीं सिंधिया राज्य से पुन: मराठाशाही का साम्राज्य आरंभ कर इसे दक्षिण में और विस्तार दिया जा सकता था। इसके लिए आवश्यक था—दिल्ली विजित करना। दिल्ली छावनी में अंग्रेजों का मुकाबला करने की क्षमता सिर्फ ग्वालियर की सेना में थी। तात्या टोपे के मन-मस्तिष्क में पेशवा साम्राज्य को पुन: स्थापित करने के इसी बीज ने हिलोरा लिया और वे ग्वालियर के लिए रवाना हो गए। वे ग्वालियर के निकट मुरार छावनी पहुँचे। छावनी में सिंधिया की पैदल, सवार विशाल सेना और तोपखाना था। तात्या टोपे ने पहले सैनिकों से परिचय किया। एक-एक सैनिक को वर्तमान परिस्थिति में उनके दायित्व का बोध कराया। स्वातंत्र्य के लिए देश भर में संघर्षरत नायकों की शौर्यगाथा से परिचित कराया।

अंग्रेजों के अत्याचार और देशी राजाओं की स्थिति स्पष्ट की। राष्ट्र रक्षा के लिए तात्या टोपे द्वारा दी गई सीख-समझाइश और आह्वान ने सैनिकों को देशहित के लिए उठ खड़ा किया। वे तात्या टोपे के साथ हो लिये। उनके अभियान में गौरव के साथ चल पड़े।

अगले अभियान पर चलने से पूर्व तात्या टोपे ने विचार किया कि एक ऐसा सुरक्षित स्थान होना आवश्यक है, जहाँ शस्त्र आदि रखे जा सकें, विश्राम किया जा सके, मंत्रणा की जा सके। सुरक्षित किले के बिना किसी भी गुप्त योजना का बनाना मुश्किल होता है। किले का विचार आते ही कालपी का किला उपयुक्त लगा। कालपी का किला कानपुर से मात्र 46 मील तथा झाँसी से 102 मील था। अपनी दृढ़ता के लिए प्रसिद्ध यह किला तीन ओर से दीवार तथा चौथी ओर से यमुना से सुरक्षित था। तात्या को लगा यही वह स्थान है, जहाँ बैठकर शक्ति संचय की जा सकती है।

तात्या टोपे के विचार को आकार दे दिया गया। 9 नवंबर को तात्या टोपे ने कालपी के किले को अपने अधिकार में कर लिया। किले को अपनी आयोजना का केंद्र बनाया और सैनिक संगठन बनाने में लग गए। तात्या के संगठन में कानपुर, आस-पास के पराजित केंद्रों प्रयाग, फतेहपुर तथा काशी के सैनिक जुड़ने लगे। उन्होंने आस-पास के राजाओं, नवाबों और जागीरदारों को पत्र लिख अंग्रेजों को पुनः ललकारने के लिए आमंत्रित किया।

अब तात्या ने युद्ध का मन बना लिया था। सोच-विचार के बाद तात्या टोपे इसी निष्कर्ष पर पहुँचे कि इतने दिनों में अंग्रेजों ने कानपुर की व्यवस्था सुदृढ़ कर ली होगी। ऐसी स्थिति में कानपुर को बाहर से रसद, भोजन आदि न मिल पाया तो युद्ध लंबा नहीं चल सकता। सीमित दिनों तक ही होगा। अतः आवश्यक है बाहर से आने वाली सामग्री को रोका जाना। तात्या टोपे यह बात अच्छी तरह से जानते थे कि कानपुर में कितनी स्थानीय व्यवस्था है और कितना आस-पास से आता है। क्षेत्र का यही भौगोलिक ज्ञान तात्या टोपे की अगली योजना में काम आया। उन्होंने बाहर की आवक को समाप्त करने के विचार और नीति को केंद्र में रखकर पहले कानपुर के आस-पास के क्षेत्रों को विजित करने की योजना बनाई। युद्ध का एक व्यवस्थित खाका तैयार किया। तात्या टोपे ऐसे सेनापति थे, जो किसी भी अभियान पर यूँ ही नहीं चल देते थे। वे भूत, वर्तमान, भविष्य की परिस्थितियों का चिंतन कर बाकायदा योजना बनाते थे। यही उनकी श्रेष्ठ योजक क्षमता की विशेषता थी।

तात्या टोपे में धैर्य, पराक्रम, स्फूर्ति और देशवासियों को संगठित करने का अद्वितीय कौशल था, इसीलिए कुछ समय में ही कालपी में सुदृढ़ क्रांति केंद्र स्थापित कर लिया। फर्रुखाबाद, बाँदा के नवाब भी कालपी आ पहुँचे

अब तात्या टोपे के पास विशाल सैनिक संगठन था। वे जल्द-से-जल्द कानपुर पर आक्रमण करना चाहते थे। वे उपयुक्त समय और अवसर की तलाश मे थे। इस तलाश के पीछे भी उनकी अपनी ही युद्ध नीति थी कि शत्रु को कभी भी संगठित स्थिति में पराजित नहीं किया जा सकता। अत: उस पर तभी वार करना चाहिए, जब शक्ति बँटी हुई हो। तात्या टोपे के जासूस भी अत्यंत सक्रिय थे। जैसे ही कानपुर की अंग्रेजी फौज क्रांतिकारियों से युद्ध के लिए लखनऊ रवाना हुई। यह सूचना तुरंत तात्या टोपे को पहुँच गई। इस समय अंग्रेजों का पूरा ध्यान स्थिति को सँभालने के लिए लखनऊ पर था। उनकी सैनिक शक्ति लखनऊ अभियान पर चल दी थी। शायद तात्या टोपे को इसी अवसर का इंतजार था। उन्होंने तुरंत कानपुर पर आक्रमण करने का निश्चय किया। फौज को युद्ध की तैयारी का आदेश दे दिया गया। 10 नवंबर, 1857 को तात्या टोपे 6000 क्रांतिकारी सैनिकों और 20 तोपों के तोपखाने के साथ कानपुर के लिए चल पड़े।

कानपुर विजय पर निकले तात्या टोपे रास्ते में आने वाले गाँवों, कस्बों, परगनों पर से कंपनी की सत्ता समाप्त करते हुए आगे बढ़े। इसके पीछे तात्या टोपे का स्पष्ट मत था कि आस-पास के क्षेत्र को सुरक्षित किए बिना मध्यक्षेत्र को विजित करने के उपरांत भी लंबे समय तक नहीं रहा जा सकता। तात्या टोपे की यह सोच व परिकल्पना चाणक्य के उस मशवरे के समान है, जब चंद्रगुप्त मौर्य ने मध्यक्षेत्र विजय करके चारों ओर से किलेबंदी न किए जाने के कारण राज्य खो दिया था। तब चाणक्य ने यही सलाह दी थी कि मध्यक्षेत्र तभी बच सकता है, जब आस-पास के क्षेत्रों में किलेबंदी हो। यहाँ तात्या टोपे की भी यही नीति थी। तात्या टोपे में धारा को अपने साथ बहा ले जाने का फोर्स था। लोग उनसे अपने आप जुड़ते चले जाते थे। विजय अभियान पर निकले तात्या टोपे ने लोगों से बातचीत कर उन्हें सीख-समझाइश दी। विश्वास दिलाया कि अब भारत में अंग्रेजों की जड़ें नहीं जम पाएँगी। बस सबके सहयोग की आवश्यकता है। उनकी बातों से लोगों में उत्साह जागा। वे आश्वस्त हो तात्या टोपे के साथ हो लिये। लगभग एक सप्ताह के अंदर कानपुर के आस-पास के इलाकों पर विजय प्राप्त कर ली गई।

अपनी दूरगामी योजना के अंतर्गत तात्या टोपे ने सभी स्थानों पर चौकसी के

लिए क्रांतिकारियों की चौकी बैठा दी, ताकि दुश्मन द्वारा पलटवार संभव न हो सके। साथ ही सभी स्थानों से कानपुर की अंग्रेज फौज को दी जाने वाली रसद आदि सहायक साम:ाी 19 नवंबर से बंद कर दी गई। कानपुर शहर के आस-पास की किलेबंदी कर ता/त्या टोपे आगे बढ़े।

इन दिनों कानपुर में अंग्रेजी सेना का सेनापति जनरल विंडहम था। कमांडिंग ऑफिसर सर कालिन कैंपवेल ने लखनऊ अभियान पर जाने से पूर्व कानपुर में जनरल विंडहम के नेतृत्व में 500 अंग्रेज सैनिकों और सिखों की एक पलटन छोड़ी थी। लेकिन तभी कलकत्ते से अंग्रेजी सेना आ जाने के कारण जनरल विंडहम की शक्ति कई गुना बढ़ गई।

कानपुर से जाते समय जनरल कैंपवेल ने विंडहम को आदेश दिया था कि गंगा तट पर नावों के पुल के पास 7 फीट ऊँची तथा 12 फीट चौड़ी दीवार से जो घेरा बनाया गया है। आक्रमण होने की स्थिति में उसी के अंदर सुरक्षित रहना। पर कलकत्ता की सेना के आते ही विंडहम का आत्मविश्वास बढ़ गया। वह सेनापति कैंपवेल के आदेश की परवाह किए बिना न सिर्फ घेरे से बाहर निकला, बल्कि तात्या टोपे की सेना से मुकाबले का निर्णय भी ले लिया। अति आत्मविश्वास के कारण विंडहम कैंपवेल के आदेश का उल्लंघन कर युद्ध के लिए चल पड़ा। इधर तात्या टोपे कानपुर से 7 मील दूर पांडू नदी के तट पर 2500 पैदल सिपाहियों, 500 घुड़सवारों, 6 तोपों के साथ मोर्चा लिये खड़े थे।

जनरल विंडहम की सेना ने कानपुर शहर के बाहर जाकर कालपी रोड तथा ग्रांड ट्रंक रोड के बीच मैदान में तंबू गाड़ा।

तात्या टोपे को जैसे ही पता चला कि विंडहम की सेना ने कालपी रोड के पास मैदान में मोर्चा जमाया है। उन्होंने दो दिनों तक रास्ते में ही रुकने का निर्णय लिया। युद्ध के लिए चल पड़े योद्धा का आगे न बढ़ रास्ते में दो दिन तक विश्राम करना सबकी समझ से परे था। लेकिन यहाँ भी तात्या टोपे की अपनी ही योजना और व्यवहार था। उनका सोचना था कि किसी भी उत्साह और आवेग का असर कुछ समय बाद मद्धिम हो जाता है। तात्या टोपे ने इसी पक्ष को ध्यान में रखकर यह निर्णय लिया। युद्ध में जितनी देरी होगी उतना ही उत्साह ठंडा होगा। रणभूमि में जाने के बाद अगर युद्ध का बिगुल न बजे तो सैनिक का जोश कम होने लगता है। सतर्कता व सजगता ढीली पड़ती है। तात्या का यह इंतजार दुश्मन की सेना पर एक मनोवैज्ञानिक प्रयोग था, जिसका परिणाम क्रांतिकारियों के पक्ष में था। इसी बीच

24 नवंबर को अवध की ओर से बड़ी संख्या में क्रांतिकारी सैनिक तात्या टोपे की सेना में आ मिले।

24 नवंबर को ही विंडहम की सेना मैदान से नहर की तरफ आगे बढ़ी और भौंती के पुल पर जाकर मोर्चा लिया। जबकि तात्या टोपे की सेना अकबरपुर में ही थी। जहाँ उनका खुफिया तंत्र पल-पल की सूचना पहुँचा रहा था। क्रांतिकारी सेना अकबरपुर से सचेंडी तक पहुँची और इधर अंग्रेजी सेना क्रांतिकारियों की बाट देखते हुए परेशान हो रही थी। क्रांतिकारियों ने सचेंडी से आगे पांडो नदी की घाटी में जाकर मोर्चा जमाया। दोनों सेनाओं के बीच ज्यादा दूरी शेष नहीं थी। दोनों की पूर्ण तैयारी थी। बस आक्रमण का इंतजार था।

तात्या टोपे अंग्रेजों की युद्ध नीति व चाल को अच्छी तरह समझते थे। उन्हें यह बात स्पष्ट थी कि अंग्रेजी सेना का युद्ध के आरंभ में ही आक्रामक व्यवहार रहता है। वह पहले प्रहार में ही पूरी ताकत के साथ टूट पड़ेगी। उनका यह आक्रमण आवेग में कदापि नहीं होता है। यह योजनापूर्वक सोच-समझकर शत्रु के मनोबल को तोड़ने की नीति है। ताकि शत्रु पक्ष की सेना डर जाए और हिम्मत हारे। अंग्रेजों ने छल-बल से ही राज्य छीने थे, यही भाव उनकी नीति व व्यवहार में रहा और रणभूमि में भी। तात्या टोपे ने उसी तेवर के साथ अपनी तैयारी कर रखी थी, ताकि दुश्मन की हर चाल का जवाब दिया जा सके। उन्हें जैसे ही सूचना मिली कि अंग्रेजी सेना आगे बढ़ रही है। वे क्रांतिकारी सेना के साथ सचेत थे।

अंग्रेजी सेना ने अचानक आगे बढ़कर आक्रमण किया। सेनापति तात्या टोपे ने मुकाबले की मोर्चाबंदी की। लेकिन तात्या की फौज में प्रबलता की कमी थी। अंग्रेजी सेना का दबाव बढ़ने लगा। भारी पड़ते अंग्रेज फौजी आगे बढ़े। जनरल विंडहम को लगा कि क्रांतिकरी सेना के पैर उखड़ रहे हैं। तात्या टोपे की सेना पीछे हटने लगी। विंडहम ने हालात का जायजा लिया। उसे अपनी सेना आगे बढ़ती दिखी। इसे देख उसका उत्साह दुगुना हो गया। उसने आक्रमण को और प्रभावी किया। वार-पर-वार होने लगे। पीछे हटती तात्या टोपे की फौज को देख उसने अनुमान लगाया कि अब सेना भागने ही वाली है।

अंग्रेजी सेना के आक्रमण भयानक हो गए। पीछे हटती तात्या टोपे की सेना अपनी तीन तोपें भी छोड़ गई। जनरल विंडहम के चेहरे पर विजय मुसकान थी। जिस तात्या टोपे से भयभीत होकर कानपुर के घेरे से बाहर न निकलने की हिदायत दी गई थी, उसी तात्या टोपे को उसने इतनी आसानी से पीछे हटा दिया था। विंडहम को

लगा शायद अब तात्या टोपे में लड़ने की क्षमता शेष नहीं रही। लेकिन वास्तविकता वह नहीं थी, जो देखी जा रही थी और जिसे देखकर विंडहम अनुमान लगा रहा था।

अंग्रेजी सेना ने कुछ दूर तक क्रांतिकारियों को पीछे धकेला और उनकी तीन तोपों को कब्जे में लिया और कुछ देर के लिए वहीं विश्राम किया। बस यही थी तात्या टोपे की यृद्ध नीति जिसे विंडहम पहचान न सका। अपनी सेना को पीछे हटाना, दुश्मन को जीत का एहसास दिलाकर क्षण भर के लिए आवेग शून्य करने की मनोवैज्ञानिक तकनीक का इस्तेमाल करने में तात्या टोपे माहिर थे। वे युद्ध आरंभ होने के पूर्व दुश्मन की चाल का बारीकी से अध्ययन किया करते थे। इस युद्ध में भी उन्होंने ऐसा ही किया, अध्ययन के बाद उन्होंने युद्ध क्षेत्र के दो भाग किए। अगले भाग पर दुश्मन को वार करने दिए और बचाव के लिए पलायन का रास्ता अपनाया दूसरे भाग में अपनी संपूर्ण ताकत का प्रयोग तब किया, जब दुश्मन थक चुका था। ऐसी विलक्षण युद्ध रचना विदेशों में विशेष प्रशिक्षण प्राप्त अंग्रेज जनरल के मस्तिष्क से परे थी। यह तात्या टोपे की अपनी योजक दृष्टि थी, जिससे वे हर मोर्चे पर तत्काल योजनाएँ रचते थे।

योजनानुसार भौंती के पास सड़क से कुछ दूरी पर घने जंगल में विशेष तोपें पहले से ही लगा दी थीं। तात्या टोपे जानते थे कि अंग्रेजी सेना जोरदार हमला करने वाली है। हमला होते ही क्रांतिकारी सेना ने उसी दिशा में पीछे हटना शुरू किया, जहाँ जंगल में पहले से ही तोपें लगा रखी थीं। तात्या टोपे के जंगल पहुँचते ही अंग्रेजी सेना को लगा वे बाजी जीत गए, सेना में विजय का उल्लास छा गया। वे निश्चिंत हो गए। अंग्रेजी सेना का यह युद्धविराम ही तात्या टोपे के युद्ध का आरंभ था। उनकी सेना ने आगे बढ़कर जोरदार हमला किया और युद्ध आरंभ हो गया।

इस युद्ध का वर्णन इतिहास लेखकों के शब्दों में उद्धृत है—"अंग्रेजी सेना क्रांतिकारी सेना को पीछे भगाकर विजय की खुशियाँ मना रही थी। उसी समय सेनापति तात्या टोपे की सेना तीन ओर से अंग्रेजी सेना पर टूट पड़ी और इतने जोरों के साथ मार-काट की कि अंग्रेजी सेना को भागने के सिवा और कुछ न सूझा।"

कुछ दूर भागने के बाद अंग्रेजी सेना उसी स्थान पर जाकर रुकी, जहाँ उन्होंने तात्या टोपे से युद्ध के लिए कैंप लगाए थे। इस स्थान पर एक बार फिर क्रांतिकारी सेना के साथ घमासान प्रारंभ हुआ। यह युद्ध काफी समय चला। इसी बीच शिवली, शिवराजपुर व अन्य स्थानों पर जहाँ तात्या टोपे ने अपने सैनिक छोड़े थे, वे सब क्रांतिकारी सेना में शामिल हो गए। तात्या टोपे ने सेना को दो भागों में बाँट दिया,

एक भाग ने अंग्रेजी सेना के दाहिनी और दूसरी ने बाईं ओर से हमला बोला। तोप गोले भी बरस रहे थे। तभी विंडहम ने महसूस किया कि अब क्रांतिकारी सेना के सामने टिकना मुश्किल है। अंग्रेजी सेना ने तो जवाब दे दिया, लेकिन अंग्रेजों के साथ आई सिखों की पलटन ने हिम्मत बाँधे रखी। आखिरकार सिख सिपाही भी तात्या टोपे की फौज के सामने पस्त हो गए। जनरल विंडहम ने हिम्मत बाँधने का बहुत प्रयास किया, लेकिन अंग्रेजी सेना बिखरने लगी। हारकर विंडहम ने सेना को आदेश दिया कि वे गंगा किनारे बने संरक्षित घेरे में जाकर एकत्र हो जाएँ।

अंग्रेज सैनिक बेकाबू हो हड़बड़ाकर भाग रहे थे। उन्हें इस तरह भागते देख किले का सिख चौकीदार आश्चर्यचकित था। पादरी मूर ने अंग्रेज सैनिकों की घबराहट का वर्णन इस प्रकार किया है—"अंग्रेज सैनिक नियंत्रण से बाहर हो गए थे और अव्यवस्थित ढंग से किले की ओर भागने लगे थे। फाटक पर एक सिख सरदार ने उन्हें रोकने का प्रयत्न किया, ताकि वे कतार बनाकर किले में घुसें, पर वे उसे धक्का देकर आगे बढ़ गए।" सरदार ने कहा—"तुम लोग उन लोगों के भाई नहीं हो, जिन्होंने खालसा फौज पर विजय पाकर पंजाब को जीता था।"

तात्या टोपे ने अपने 14 हजार क्रांतिकारी सिपाहियों के साथ अंग्रेजी सेना का पीछा किया। विंडहम ने भागकर अपनी सेना के साथ किले में शरण ली। यह युद्ध 24 नवंबर को आरंभ हुआ था और 28 नवंबर को समाप्त हो गया। कानपुर पर सेनापति तात्या टोपे का फिर अधिकार हो गया। युद्ध में तात्या टोपे ने अनेक तोपें, 11 हजार कारतूसों की पेटियाँ, पाँच लाख रुपए के अलावा अंग्रेजों के पाँच सौ कैंपों पर अधिकार कर लिया। तात्या टोपे ने कंपनी का झंडा उखाड़ फेंका। कानपुर पर क्रांतिकारियों का हरा झंडा फिर लहराने लगा।

तात्या टोपे इसी कानपुर से हार के उपरांत अकेले गए थे और आज हजारों सैनिक और शस्त्र से समृद्ध सेना के साथ विजय प्राप्त कर पुनः प्रवेश किया। इतने बड़े अभियान के लिए विशाल सेना एकत्र करना और विजयश्री प्राप्त करने जैसा असाधारण कार्य सिर्फ सेनापति तात्या टोपे ही कर सकते थे। इतिहास के इस विलक्षण चरित्र को जानने के बाद गर्व भी होता है और आश्चर्य भी। मानव क्षमता का इतना बड़ा परिप्रेक्ष्य जो हमारे पूर्वजों में उपस्थित था, इससे ज्यादा गर्व की बात और क्या हो सकती है? गर्व करने और सीखने का उपक्रम शायद ही कहीं हो। जिस युद्ध में अनेक अंग्रेज अफसर उपस्थित हों, विशाल सेना हो हार की जरा भी आशंका न हो। वहाँ विजय प्राप्त करने का विलक्षण इतिहास रचा गया। युद्ध में

अंग्रेजों की धन, युद्ध सामग्री की क्षति के अलावा अंग्रेजी सेना के प्रसिद्ध लड़ाके ब्रिगेडियर कैप्टन मार्फो, मेजर स्टरलिंग, लेफ्टिनेंट निविंग्स आदि फौजी अफसर और 500 सिपाही मारे गए। यह विजय तात्या टोपे के असाधारण कौशल की साक्षी कानपुर के इतिहास का उजला पक्ष है।

इस युद्ध के प्रसंग पर इतिहास लेखक मालेसन ने लिखा है—"क्रांतिकारी सेना का सेनापति मूर्ख न था। जनरल विंडहम ने जिस प्रकार की युद्ध चालों से शत्रु सेना को भयभीत करने की कोशिश की, उसके रहस्य को विद्रोही सेना का सेनापति तुरंत समझ गया। जनरल विंडहम ने जिस नीति का प्रयोग किया, वह नीति सेनापति तात्या टोपे के नेत्रों से छिप न सकी। एक खुली हुई पुस्तक की तरह उसने सेनापति विंहडम की चाल को पढ़ लिया। इसमें संदेह नहीं कि तात्या टोपे में एक अच्छे सेनापति के सभी गुण मौजूद थे। इसीलिए जनरल विंडहम की चाल को समझकर पूरा फायदा उठाया।"

सभी विस्मित थे कि अंग्रेजों की इतनी बड़ी सेना, प्रचुर युद्ध सामग्री, प्रशिक्षित फौजी अफसर होने के बावजूद पराजय कैसे हुई? इस पराजय पर एक अंग्रेज अफसर ने लिखा है—"आज की पराजय का समाचार सचमुच आश्चर्यजनक है। इस पराजय की खबर सुनकर आपको मालूम हो जाएगा कि अंग्रेज सेना किस प्रकार अपनी विजय पताका, अपने ऊँचे आदर्श और बहादुराना कार्य के साथ-साथ पीछे हटी और लड़ाई के मैदान से भाग खड़ी हुई। आश्चर्य तो यह है कि जिन भारतवासियों को हम कमजोर समझते हैं, हम जिनको नीच और अयोग्य मानते हैं, उन्हीं भारतवासियों ने युद्ध के क्षेत्र में अंग्रेजी सेना के मुकाबले में लड़कर और भगाकर अंग्रेजी सेना के कैंप, उसका सामान और उसका सभी कुछ छीन लिया। अब वे इस बात को कहने के अधिकारी हो गए कि भारत में फिरंगी मारे गए और उस मार के सामने वे अपनी सेना का सब सामान छोड़कर भाग गए। इसमें संदेह नहीं कि आज की यह पराजय अत्यंत शोकजनक और अपमानपूर्ण है।"

जब यह घटनाक्रम घटा, कमांडिंग ऑफिसर कालिन कैंपवेल लखनऊ में था। 17 नवंबर को सेनापति कैंपवेल ने लखनऊ को विजित किया। रेजीडेंसी में घिरे अंग्रेजों को बाहर निकाला। लखनऊ को नियंत्रित किया। अब वह लखनऊ को छोड़ने की स्थिति में था। इसी बीच कानपुर पर तात्या टोपे के अधिकार की घटना से उसे गहरा आघात लगा। कानपुर पर क्रांतिकारियों का अधिकार बना रहना अंग्रेजों के लिए चिंता का विषय था।

कानपुर का भौगोलिक, सामरिक दोनों ही दृष्टि से अत्यंत महत्त्वपूर्ण स्थान था। एक बार विजित करने के उपरांत कानपुर पुनः क्रांतिकारियों के पास चले जाने की घटना ने उसे विचलित कर दिया। स्मरण रहे 16 जुलाई को जनरल हेवलाक की सेना ने कानपुर पर कब्जा किया था। नाना साहब, भतीजे राव साहब और महल की सभी स्त्रियों को लेकर बिठूर से फतेहगढ़ पलायन के लिए विवश हुए। इन विपरीत परिस्थितियों में भी तात्या टोपे ने हार नहीं मानी। विशाल सेना खड़ी की और फिर से कानपुर को हासिल किया। यह सिर्फ तात्या टोपे की योजक दृष्टि थी, जिसने कानपुर छोड़ते समय ही पुनः आक्रमण की योजना बनाई थी, और उसका अनुसरण कर विजय प्राप्त की। कानपुर के विजित होते ही बिठूर में अंग्रेजों का आतंक समाप्त हो गया। नाना साहब पेशवा भी फतेहपुर से बिठूर आ गए और फिर कानपुर आकर नेतृत्व सँभाला।

कानपुर की सूचना मिलते ही सेनापति कैंपवेल ने लखनऊ विजय उपरांत वहाँ की व्यवस्था जनरल आउट्रम को सौंपी और तीन हजार सेना के साथ कानपुर की ओर बढ़ा। जब तात्या टोपे को कैंपवेल के आने की सूचना मिली, तब नाना साहब भी वहाँ आ चुके थे। तात्या टोपे ने तुरंत युद्ध के लिए सेना तैयार की और अपनी सेना को गंगा का पुल तोड़ने के लिए भेजा। इसी पुल को पार कर दुश्मन की सेना कानपुर में प्रवेश करने वाली थी। गंगा पुल के पास तोप सहित एक सैनिक टुकड़ी भी लगा दी गई, जो लखनऊ से आने वाली सेना को रोक सके, इसके अलावा गंगा के सभी किनारों पर भी सैनिकों का जाल बिछा दिया गया।

अंग्रेजों ने पुल के इतर रास्तों से गंगा पार करने का प्रयास किया, लेकिन सफलता नहीं मिली। फिर कैंपवेल ने क्रांतिकारी सेना पर गोले बरसाने शुरू किए। क्रांतिकारियों ने जवाबी गोले दागे पर अंग्रेजी सेना के वार प्रखर थे। क्रांतिकारी सिपाही भाग खड़े हुए, जिससे अंग्रेजी सेना का गंगा पार करने का रास्ता साफ हो गया। कैंपवेल की विशाल सेना ने कानपुर में प्रवेश किया।

इस समय कानपुर पर तात्या टोपे का अधिकार था। गंगातट पर क्रांतिकारी चौकन्ने थे। जगह-जगह चौकियाँ स्थापित थीं। विजय प्राप्ति से सेना में उत्साह और आत्मविश्वास था।

तात्या टोपे कैंपवेल के शहर प्रवेश की सूचना मिलते ही ग्वालियर की सेना के पाँच हजार तथा दस हजार अन्य क्रांतिकारी सैनिकों को लेकर आगे बढ़े। नहर किनारे के मैदान में दोनों सेनाओं ने कूच के लिए मोर्चा लिया। अंग्रेजी सेना के

नेतृत्व में जनरल कैंपवेल होपग्रांट, वालपोल तथा विंडहम जैसे अनुभवी सेनानी थे तो भारतीय सेना का नेतृत्व तात्या टोपे कर रहे हैं। तात्या टोपे की नेतृत्व क्षमता को लेकर इतिहासकार मालेसन ने लिखा है—"सेनापति की हैसियत से तात्या टोपे बहुत होशियार और दूरदर्शी थे। उनकी योग्यता की सभी लोगों ने प्रशंसा की है।"

एक दिसंबर को दोनों ओर से मार शुरू हुई। सैनिक शक्तियाँ लगभग बराबर थीं। दोनों तरफ के नेतृत्वकर्ता योग्य थे। एक की आयोजना की काट दूसरे के पास थी। शुरुआत में दूर से ही गोलियाँ दागी गईं, फिर सेनाएँ पास आईं। कभी क्रांतिकारी सेना का पलड़ा भारी पड़ता तो कभी अंग्रेजी सेना का। आगे बढ़ने के क्रम में भी दोनों सेनाएँ लगभग बराबर थीं, 4 दिसंबर को आधा दिन तक अंग्रेजी सेना बढ़ी; लेकिन दोपहर बाद तात्या टोपे ने जोर मारा और अंग्रेजी सेना को पीछे धकेला।

युद्ध पाँचवें दिन तक किसी निर्णय तक नहीं पहुँच सका। छठे दिन क्रांतिकारी सेना थकान महसूस कर रही थी। तात्या टोपे को अपने सैनिकों की अवस्था समझते देर न लगी। उन्होंने स्वातंत्र्य का जयघोष किया। सैनिकों को प्रोत्साहित किया। उनके आह्वान ने सेना में जान फूँकी। सेना पूरे जोश के साथ आगे बढ़ी। अंग्रेजी सेना पीछे हटने लगी। लेकिन कुछ ही देर बाद अंग्रेजी सेना तोप से गोले बरसाने लगी। क्रांतिकारियों ने भी गोलाबारी की। 6 दिसंबर की इस मारकाट को देख कैंपवेल परेशान हो गया। उसे अपनी पराजय दिखने लगी। दोनों सेनाओं के आगे-पीछे जाने का क्रम जारी था। कोई भी पीछे हटना नहीं चाहता था। लग रहा था मानो यह कानपुर का निर्णायक युद्ध होगा। अब कैंपवेल ने सेना को दो भागों में बाँटा एक तरफ कैंपवेल ने मोर्चा लिया दूसरी ओर विंडहम ने। दोनों अंग्रेज सेना के सेनापति क्रांतिकारियों पर दो तरफ से वार कर रहे थे।

यही नहीं, कैंपवेल ने समस्त अंग्रेजी सेना को कई भागों में बाँटकर प्रत्येक सेना को अलग-अलग अफसरों का नेतृत्व सौंपा। इन सभी सेनाओं ने चारों ओर से आक्रमण किए। तात्या टोपे को विजय प्राप्त करना कठिन था। फिर भी उन्होंने पूरी शक्ति लगा दी। कैंपवेल ने इस प्रकार आक्रमण किया कि ग्वालियर की सेना धीरे-धीरे पीछे हटी और मैदान छोड़ने लगी। अब तात्या टोपे के पास वे क्रांतिकारी सैनिक शेष थे, जो अर्धशिक्षित थे। अंग्रेजों के पारंगत अफसरों और फौज का मुकाबला प्रशिक्षित ग्वालियर की सेना ही कर सकती थी। ऐसी अवस्था में तात्या टोपे का मैदान में उपस्थित रहना खतरे से खाली न था। 6 दिसंबर को ही उनकी कई तोपें अंग्रेजों के कब्जे में चली गईं। उनके तोपची मारे गए। इस युद्ध में इतना

नरसंहार हुआ कि गंगा किनारे से शहर तक लाशें ही लाशें बिछी थीं। हर तरफ खून–ही–खून। मानो क्रांति का रंग भूमि पर चढ़ गया हो। यह संकेत था प्रलय का इसके बाद निर्माण होना ही था। जिसे अंग्रेज जीत समझ रहे थे, वह विध्वंस एक नई चेतना का आरंभ था।

तात्या टोपे के पास अब बहुत कम सैनिक थे। इस स्थिति में अंग्रेजों के साथ युद्ध जारी रखना संभव न था। तभी अंग्रेजी सेना ने घेरना शुरू किया। सैनिक कमजोर पड़ गए, तात्या टोपे के पास पलायन के सिवाय कोई विकल्प न था। वे रणभूमि में संघर्ष का नहीं बाहर जाने पर विचार करने लगे। तीन तरफ से घिर चुके तात्या टोपे की चौकस निगाहों ने आखिर रास्ता तलाश ही लिया और वो था बिठूर की तरफ। उन्होंने बिठूर जाने वाली सड़क की ओर बढ़ना शुरू किया। सैनिकों के अलावा उन्हें युद्ध सामग्री और तोपों की भी चिंता थी। तात्या टोपे वह महानायक थे, जो रणभूमि में होने वाले परिणाम के पूर्व ही अगली आयोजना बना लेते थे। उनकी अगली पृष्ठभूमि में अस्त्र–शस्त्रों की आवश्यकता थी। तात्या टोपे के निर्देशन पर क्रांतिकारी बाहर जाने के लिए बढ़ रहे थे, अंग्रेज रोकने की कोशिश में थे। तात्या टोपे ने गंगा पार कर अवध जाने की कोशिश की, लेकिन होपग्रांट ने पीछा किया। सरैया घाट से गंगा पार करने का प्रयास विफल हुआ और 15 तोपें भी छूट गईं। अब तात्या टोपे कानपुर से दक्षिण की ओर चल दिए।

अंग्रेजी सेना ने लगातार 14 मील तक पीछा किया। अंतत: शिवराजपुर में दोनों सेनाओं के बीच फिर मुकाबला हुआ। इस युद्ध में तात्या टोपे की बड़ी क्षति यह हुई कि उनकी तोपें अंग्रेजों के कब्जे में चली गईं। जो बचा था उसे बचाते हुए तात्या टोपे अपनी शेष सेना के साथ कालपी पहुँचे। क्रांति का प्रमुख गढ़ कानपुर पुन: अंग्रेजों के कब्जे में था।

□

5

सर्वकालीन श्रेष्ठ राजनीति का नायक योद्धा और महानायक

कानपुर पराजय उपरांत तात्या टोपे का कानपुर को विजय कर स्वाधीनता संग्राम का प्रमुख गढ़ बनाने का स्वप्न भले ही टूटा हो, लेकिन उन्होंने हिम्मत नहीं हारी। न निराश हुए और न ही रुके। अपना पूरा ध्यान शेष सेना को जीवंत कालपी लाने में लगा दिया ताकि अगले मोर्चे की रणनीति बन सके। उन्हें इस पराजय से आघात जरूर लगा, लेकिन उन्होंने निराशा की जगह एक-एक पक्ष का बारीकी से अवलोकन किया। इतनी व्यवस्थित योजना आखिर असफल कैसे हो गई ? लगातार सोच-विचार के बाद वे इस निष्कर्ष पर पहुँचे कि अगर ग्वालियर की सेना हिम्मत न हारती तो निश्चित ही परिणाम सकारात्मक होते। वस्तु-स्थिति, परिस्थिति और परिणाम को यहीं छोड़ वे अगली आयोजना में जुट गए।

तात्या टोपे लगातार युद्ध से थकी सेना को विश्राम की आज्ञा देकर वर्तमान के हल पर विचार करने लगे। युद्ध में सैनिक व युद्ध सामग्री की काफी क्षति हुई थी। वर्तमान सेना का खर्च, पुनः नई सेना खड़ा करना, अच्छा तोपखाना और अन्य युद्ध सामग्री एकत्र करने जैसी अनेक समस्याएँ थीं। तात्या टोपे इस गुत्थी को सुलझाने में लग गए। क्रांति को पुनः आकार देने की योजना में सहायता के लिए चारों ओर नजरें दौड़ाईं, उनका ध्यान देशी रियासतों पर केंद्रित हुआ। कुल मिलाकर अगर ये क्रांति न होती तो अंग्रेजों ने हड़प की हुई अन्य रियासतों की तरह शेष बची रियासतों का भी अंग्रेजी राज्य में विलय हो जाता, ऐसी परिस्थिति में देशी रियासतों के लिए यह जरूरी है कि वे भी बिना डरे क्रांति में सक्रिय भागीदार बनें। यह विचार आते ही तात्या टोपे की निगाह सर्वप्रथम चरखारी राज्य पर गई। झाँसी से 95 मील की दूरी पर स्थित

चरखारी बुंदेलखंड की छोटी सी रियासत थी। वहाँ का राजा रतनसिंह असमंजस की स्थिति में था। जब हमीरपुर की क्रांति के नेता अलीबख्श ने अंग्रेजी राज की समाप्ति और बादशाह के प्रतिनिधित्व की घोषणा की तो रतनसिंह ने तुरंत अलीबख्श की अधीनता स्वीकारी, साथ ही उसके पूर्वज महाराजा छत्रसाल के राज्य सनद की भी माँग की। दूसरी तरफ हमीरपुर के कलेक्टर लायड को 100 सिपाही भेज सहायता भी पहुँचाई और महोबे की क्रांति होने पर वहाँ से भागकर आए कलेक्टर कार्नी को अपने यहाँ शरण भी दी। यही नहीं, जब बुंदेलखंड में क्रांति के उपरांत राठ, जैतपुर, पनवारी आदि क्षेत्रों में क्रांतिकारियों का अधिकार हो गया था, तब राजा रतनसिंह ने अंग्रेजों के लिए लगान वसूल किया; क्योंकि अंग्रेज क्रांतिकारियों के डर से लगान नहीं वसूल सके। जैतपुर की रानी ने दीवान देशपत बुंदेला की सहायता से जैतपुर को विजित किया था, तब राजा रतनसिंह ने ही अपनी सशक्त सेना के बल पर रानी और देशपत बुंदेला को पलायन के लिए विवश किया। अर्थात् राजा के चरित्र से यह बात स्पष्ट थी कि वह देश की मर्यादा को ठुकराकर अंग्रेज भक्त हो गया था। इस तरह चरखारी राजा का राष्ट्रद्रोह तात्या टोपे के लिए असहनीय था। वे इस गद्दार को सबक सिखाना चाहते थे। तात्या ने जब से चरखारी राजा की लगातार देशद्रोही गतिविधियाँ जानीं, तब से ही वे अवसर की तलाश में थे। और यही वह अवसर था, जब देश के गद्दार को राष्ट्रीयता का अर्थ समझाया जा सकता था। यह सोच तात्या टोपे ने चरखारी पर हमले का निर्णय लिया। राजा अंग्रेजों का मित्र था, लेकिन क्रांतिकारियों से भयभीत भी था। कालपी में तात्या टोपे का अधिकार होते ही राजा रतनसिंह ने क्रांतिकारियों के साथ रहने का आश्वासन दिया। तात्या टोपे राजा रतनसिंह के चरित्र को जानते थे। वे राजा के देशद्रोही व्यवहार से नाराज भी थे, इसीलिए उन्होंने सबसे पहले चरखारी पर आक्रमण की योजना बनाई। इस अभियान में बांदा नवाब और जैतपुर के राजा ने मदद के लिए घुड़सवार सेना भेजी। बानपुर के मर्दनसिंह और शाहगढ़ के राजा बखतबली भी साथ थे।

तात्या टोपे के चरखारी पर आक्रमण करने की सूचना मिलते ही राजा रतनसिंह बौखला गए। उन्होंने गवर्नर जनरल तथा अंग्रेजी सेना के सेनापति से मदद माँगी। उन्होंने जनरल ह्यूरोज को चरखारी की रक्षा करने की सूचना भेजी। लेकिन इस समय ह्यूरोज झाँसी युद्ध अभियान पर चल पड़ा था, उसके लिए चरखारी के राजा की रक्षा से ज्यादा महत्त्वपूर्ण झाँसी विजित करना था। व्यथित रतनसिंह युद्ध की मोर्चेबंदी में जुट गया। पहला मोर्चा शहर से 16 किलोमीटर दूर था। तमाम अवरोधों

को पाटते हुए तात्या टोपे ने 900 सिपाही, 200 घुड़सवार और चार तोपों के साथ मुकाबला किया। 11 दिनों के घमासान के बाद राजा रतनसिंह की सेना भाग खड़ी हुई। तात्या टोपे ने सेना सहित चरखारी में प्रवेश किया। राजा की सेना की ओर से रक्षा के लिए मोर्चे पर डटा ठाकुर जुझारसिंह तात्या टोपे को देखते ही क्रांतिकारियों के साथ मिल गया। नगर पर अधिकार करने के बाद किले पर आक्रमण किया गया। किले में सहायक मजिस्ट्रेट जे.एच. कार्नी, जिसे राजा ने शरण दी थी, युद्ध का प्रत्यक्षदर्शी था, उसने चरखारी युद्ध में तात्या टोपे की युद्ध व्यवस्था की विशेषता का वर्णन करते हुए लिखा है—

"क्रांतिकारी सेना अपना काम अत्यंत व्यवस्थित ढंग से करती थी, वे सहायक जत्थों को संगठित करते थे। जब कुछ सैनिक लड़ते थे तो दूसरे आराम करते थे। युद्ध के समय भी एक जत्था जाता हुआ दिखाई देता तो दूसरा आता हुआ। इस शानदार आक्रमण में बिगुल द्वारा संकेत दिए जाते थे। बंदूकधारियों का प्रत्येक दल अपना निश्चित काम करता था। वे दक्ष सिपाही इसका नेतृत्व करते थे, जिन्हें हमने ही युद्धकला की शिक्षा दी थी। घायलों को ले जाने के लिए अस्पतालों की डोलियों की भी व्यवस्था थी। ऐसा प्रतीत होता था कि उनके अपने सुनियंत्रित बाजार भी थे, जिनमें सभी वस्तुएँ काफी मात्रा में मिलती थीं। संक्षेप में उनके द्वारा युद्ध क्षेत्र की पूर्ण योग्यता प्रकट होती थी।"

अब स्थिति यह थी कि बाहर से राजा को कोई सहयोग नहीं था और किले के सिपाही और अधिकारियों की श्रद्धा क्रांतिकारियों के साथ थी। राजा को किसी भी समय किले का फाटक खुलने की आशंका थी। अत: राजा रतनसिंह ने सुलह का सफेद झंडा फहरा दिया। इस पर तात्या टोपे ने संदेश भेजा कि सहायक मजिस्ट्रेट कार्नी को क्रांतिकारियों को सौंपने के उपरांत ही सुलह पर चर्चा संभव है। तात्या टोपे को शपथपूर्वक आश्वासन दिया गया कि किले में अंग्रेज अफसर कार्नी नहीं है। तब तक कार्नी निकलकर भाग गया था। सुलह की प्रक्रिया में लंबा पत्र-व्यवहार चला।

पत्रों से स्वाभिमान का भाव

पहले चरखारी राजा रतनसिंह ने तात्या टोपे को पत्र लिखा—

श्री राजमान राजे तातिया टोपे जू व श्री सूबेदार बहादुर छत्तासिंह जू व सूबेदार बहादुर इच्छा सिंह जू व श्री सूबेदार बहादुर समसेर खाँ जू व सब सूबेदार बहादुर व सिपाई बहादुर एते श्री महाराजाधिराज महाराजा श्री रतनसिंह बहादुर जू देव के

वांचनै आपर उहाँ के समाचार भले चाहिए, इहाँ के समाचार भले हैं। आपर हम तुम्हारे सब दीन में सामिल हैं और जो लराही होने हती सो हो चुकी, जो कुछ कहौ सो हमको सब तरा मंजूर है, किसी बात में उजुर नाहीं। जो हाल तुमारा सो हमारा। हम तुमारी मदत करने को मुस्तैद हैं और इहाँ से भले मानस पठवाए हैं, जो कुछ हमारी तरफ से जे कहें सो हमारी कही मानवी।

मिती चैत्र बदी 2 संवत् 1914

पत्र के उत्तर में तात्या टोपे ने लिखा कि—

"राजा बिना किसी चालाकी के स्वयं आकर बात करें।"

श्री महाराजाधिराज श्री महाराजा श्री राजा रतनसिंह, बहादुर जू देव एते श्री राजमान राजे श्री तांतिया टोपे जू, श्री सूबेदार बहादुर छत्रसिंह जू, श्री सूबेदार बहादुर दयासिंह जू, श्री सूबेदार बहादुर समसेर खाँ जू, वा सब सूबेदार बहादुर व सिपाही के वांचनै आपके समाचार भले चाहिए, यहाँ के समाचार भले हैं आपर पाती आपकी मुहुर छाप की हाल जाना ताकौ अब जौ तुम दीन में सामिल हो वौ लिखौ व मदित देवे की लिखी वा लिखी कै जो आप कहै सो हमारे मंजूर हैं तो आप फकत हमारे पास चले आइवौ। इसमें आप स्यान करेंगे तो हम लोग तुमको न बचावेंगे सो जरूरत समझनै और जो साहब आप राखे हैं, सो हमकौ सौंप देव नहीं तो साफ जान से मारे जैहो।

चैत्र बदी 2 संवत् 1914

साहब अर्थात् अंग्रेज अधिकारी कार्नी है, जिसे राजा ने किले में सुरक्षित रखा था। उल्लेखनीय है कि यह दोनों पत्र एक ही दिन में लिखे गए थे। फिर राजा ने बीमारी के कारण मिलने की असमर्थता बताते हुए पत्र लिख प्रतिनिधि द्वारा बातचीत का प्रयास किया।

श्री राजमान राजे श्री तांतिया टोपे जू श्री सूबेदार बहादुर छत्ता सिंह जू सूबेदार बहादुर इच्छासिंह जू सूबेदार बहादुर समसेर खाँ जू वा सब सूबेदार बहादुर वा सिपाह बहादुर एते श्री महाराजाधिराज महाराजा श्री रतनसिंह जू देव के वांचनै आपर उहाँ के समाचार भले चाहिजै, इहाँ के समाचार भले हैं आपर पाती आई अहवाल जाने हमारे बुलाने के वास्ते लिखायों सो जब हम आपके सामिल हुए तौ आने में कौन उजर रहा और मुहरा नविसता आपके पास भेज दिया है, फिर अब दीन में सामिल करके हमको तंग करना नामुनासिब है और हम फोड़े के सबब उठने-बैठने से लाचार हैं, अगर आपको ऐतबार न हो तौ किसी अपने मीतबिर को भेज दीजै

वो देख जावै और फोड़ा धोती के भीतर है। मगर लाचारी से दिखा देवेंगे और जो हमने आपका साथ कबूल कीया तौ हमारा कहना और लिखना मंजूर करना चाहिए और अब हमारे ऊपर जासती ना होवे और जो साहिब के वास्ते लिखा, सो साहिब इहाँ नहीं है, जो मीतबिर आपका आवै सो देख जावै जो कोई साहिब होता तो हम भेज देते जहाँ से हम दीन में आपके सामिल हुए तौ हम किसी साहिब को काहे को छिपाते। अब तौ हम अंग्रेजों से बागी हो गए और नविसता मुहरी आपके पास भेजा है, अब किसी तराका सुवहा ना करना।

चैत्र बदी 2 संवत् 1914

तदुपरांत राजा ने यह पत्र भेजा

श्री राजमान राजे श्री तांतिया टोपे जू सूबेदार बहादुर छतर सिंह जू श्री सूबेदार बहादुर समसेर खाँ जू वा सब सूबेदार बहादुर वा सिपाह बहादुर एते श्री महाराजाधिराज श्री राजा रतनसिंह जू देव के वांचनै उहाँ के समाचार भले चाहिजै इहाँ के समाचार भले हैं आपर पाती आई हकीकत जानी। आपनै लिखी है हीला करना नाहक है सो हम किसी तरां सै हीला नहीं करते मगर फोड़े के सबब से लाचार हैं सो आपको ऐतबार ना होवै तो किसी को भेज दीजै सो देख जाइ अरु गाहत्री के पलटन के सूबेदार का पंडित वामनराव जोसी आए हते सो कहत हते कै तांतिया साहब ने कहा है कै जो आप ना चल सकै तो दीमान अन्ना कौ भेज देवें अउ अँगरेजन की जो लिखी सो हमारे पास कोई अँगरेज नहीं है, हम कहाँ से ले आवै सहर तौ आपके अखत्यार में है अउ अपना मीतबिर भेज दीजै तो हम सब किलौ दिखाय देवें और जो लिखी कै भले मानस पठैवों कछू जाहर नहीं सो बातचीत तौ भले मानसन सै होत है, जो आप लिख भेजौ तो हम भले मानस होवै।

चैत्र बदी 3 संवत् 1914

मुखतार हरन हारन को भेजा गया, साथ में पत्र था—

राजमान राजे श्री तांतिया रामचंद्र पांडुरंगजी व श्री सूबेदार बहादुर इच्छासिंह जू व सूबेदार बहादुर समसेर खाँ जू गुनराज सिंह जू वा सब सिपाहियान कौ एते महाराजाधिराज राजा रतनसिंह जू देव के वांचनै उहाँ के समाचार भले चाहिजै, इहाँ के समाचार भले हैं आपर पाती आई बात जानी कामदार व भले मानस हरनाहारन के बुलाइवे याद लिखी सो बहुत अच्छी है ई बखत तौ रात हो गई है, बड़े सवेरे आपके लिखे माफक हरन हारन मुखत्यार पठै हैं सो आपसे सब हवाल कैहें।

चैत्र बदी 2 संवत् 1914

मुखतार राजा का प्रस्ताव स्पष्ट रूप से नहीं रख पाया अत: युद्धक्षति पूर्ति पर भी चर्चा नहीं हो सकी। उसकी वापसी पर दूसरे प्रतिनिधि को भेजा गया।

राजमान राजे श्री तांतिया साहब रामचंद्र पांडुरंग जू श्री सूबेदार बहादुर छतर सिंह जू श्री सूबेदार इच्छासिंह जू व सब सरदार सिपाहियान को एते श्री महाराजा श्री राजा रतनसिंह बहादुर जू देव के वांचनै। वहाँ के समाचार भले चाहिजै इहाँ के समाचार भले हैं, इहाँ ते तुम्हारे लिखे माफिक राजे श्री दीवान राव प्रभाकर राव अन गौरे जू श्री गुसाँई नारायन दास जू पठवाइवे में आए हैं सो इनके कहे से हाल जानवी जो कहै सो मंजुर करवी।

चैत्र बदी 3 संवत् 1914 (मुहुर)

तात्या टोपे द्वारा बातचीत करने का संदेश मिलते ही राजा रतनसिंह ने यह पत्र लिखा—

राजमान राजे श्री तांतिया साहब रामचंद्र पांडुरंगजी एते श्री महाराजाधिराज श्री महाराजा श्री राजा रतनसिंह बहादुर जू देव के वांचनै उहाँ के समाचार भले चाहिजै इहाँ के समाचार भले हैं। आपर पाती आई हकीकत जानी लिखी कै पाँच सरदार भले आवै तो कछू बातचीत वा मुलाखात करहै सो बहुत बेस पाँच जनै सरदार पठवाइ दैवी हमारे भले मानसन के साथ सौ बातचीत भए पै आपके पास पठै है।

चैत्र बदी 5 संवत् 1914

पत्र पढ़कर तात्या टोपे ने अपनी सैनिक कार्य-प्रणाली में लोकतंत्र के आरंभिक मूल्य गढ़े। चरखारी अभियान में सभी सेनाधिकारियों और सिपाहियों से सलाह-मशवरा कर संधि की शर्तें तय करना इसी दिशा में एक कदम था। उन्होंने बैठक में जो आदेश जारी किया, वह आदेश था—

हुकम तांतिया साहेब बहादुर व सिपह बहादुरान पलटन तोपखाना बगैरा की मालुम आगे राजा चरखारी ने एक संदेसौ लिखकर भेजा है, अब सब सिपाह व सरदार जमा होकर तजबीज करैं जो सबको मंजूर होगा वह हमको मंजूर है।

मिती चैत्र बदी 7 संवत् 1914

हस्ताक्षर तात्या टोपे

आज्ञानुसार सैनिक अधिकारी व सिपाहियों के निर्णय को तात्या टोपे के लिपिक पंडित केसोराव द्वारा लिखा गया। सेना के दोनो वर्गों द्वारा दो पत्र लिखे गए वे पत्र थे—

पहला पत्र

तजबीज पलटन गाजी व रजमंट 32 व तोपखाना तीसरा व पाँचवाँ के तरफ से यहाँ हुई कि हमको मंजूर है कि राजा किला से उतर आवे और सात रोज पेसवा बहादुर का अमल किला पर होइ और राजा नालबंदी छै अन्नी देह बाद सात रोज के जैसा मुनासिब आने व सब सिपाह बहादुर की तजबीज होगी उस तरह किया जावेगा। फकत तारीख 19 रज्जब सन् 1270 हिजरी दस्तखत—सब सूबेदारान व सिपाह बहादुर बकलम पंडत केसोराव।

दूसरा पत्र

तजबीज पहेला रजमंट के सूबेदार मातादीन व खुदावक्स हवालदार वा पेमसिंघ नायक सिपाहियान निहाल पांवा परमानंद गगेरा और रजमंट के सूबेदार छत्ता सिंह बहादुर वा रामप्रसाद हवालदार वा सेंष बैराती नायक वा रघुनाथ तिवारी वगेरा सब सरदारान सिपाहियान और रजमंट तीसरा सिवलाल हांड हवलदार व लालसिंह नायक वा सेष मोहोवत हवलदार वा ठाकुरदीन सिपाही व रजमंट व रामवकस सूबेदार ओसिय सिंघ हवलदार और वलदो और रामसहाय सब सरदारान व सिपाहियान भौ रीसाला दूसरा के परमसुब सिंघ सूबेदार व गोपाल सिंह वर्दी मेजर सात के सिले के बलदेव सिंघ हवलदार सब सरदारान व सिपाहियान बहादुरान के तरप से हमको यह मंजूर है कि राजा किल (किले) से उतर आवे और सात रोज पेसवा बहादुर का अमल किले पर होह और राजा नालबंदी छै अन्नी देह बाद सात रोज के जैसा मुनासिब जाने वा सब सिपाह बहादुर की तजबीज होगी उस तरह किया जाएगा।

फकत ता. मिती चैत्र बदी 6 संवत् 1914

माता दी (मातादीन) सूबेदार बगेरा के क: केसोराव

छत्ता सिंह सूबेदार बगेरा के क: केसोराव

सिवलाल पांडे बगेरा के क: केसोराव

लाल रावकस सूबेदार क: केसोराव

परमसुष सूबेदार

बलदेवसिंघ हवालदार क: केसोराव

इच्छासिंघ सूबेदार उपर जो लिखा है उसी माफक हमारी तजबीज सही क: केसोराव

पूरन तिवारी राजमंट चौधर ऊपर लिखे माफत सही क: केसोराव
लाल सिंह हवलदार तोपखाना 2 ऊपर लिखे माफक सही क: केसोराव
रामवस हवलदार पहेला तोपखाना ऊपर लिखा सो सही क: केसोराव

देशभक्तों की इस फौज में गद्दार कोषाधिकारी राजा रतनसिंह के पास गुप्त सूचनाएँ भी भेजता था।

श्री श्री गुसाईं नारायन दास जूवा दिओलिया कुंज बिहारी जू एतें जमुनादास नगायच वा मोहनलाल की दंडवत पहुँचै आपर हाल ऐसा है कि जो तुमने किले पर पाती पहुँचाई सो हाल मालुम भयौ और जो तुमने लिखी सो हमने जानी बाकी वहाँ राजा की फौज है तहाँ हम खर्च पठवाय देत हैं और हुजूर में हमारा मुजरा जाहिर करिऔ और हुजूर का दखल उठ गयौ तब सै हम बहुत दिक होत हैं और हम चाहते हैं कि हुजूर का दखल होय सो हमने उमूम (नजूम) बैठारे हैं सो जय होत है और तांतिया टोपे का खजानची है सो उनको हम खूब मिलाय लिया है सो वे हमको सब हकीकत की खबर पहुँचावत जात हैं और मानस हमारे दो-चार खजानची के पास बने रहत हैं सो तुम जानत हों और जो तुमको कछू खबर मँगावनें भई सो उन मानसन से मँगवाई जैहै और जो परों के रोज मानस आय ते सो खजानची ने खबर भेजी ती।

मिती चैत वदी 5 संवत् 1914 गत मई
(गड़मई)

जिस तरह उत्कृष्ट बीज में झिरी पड़े दाने का अस्तित्व नहीं रहा ठीक वैसे ही कमजोर चरित्र का यह गद्दार विशेष कुछ कर न सका अंततः राजा रतनसिंह ने तात्या टोपे की सभी शर्तें मान्य कर 9 मार्च, 1858 को दंड की राशि देने के लिए तात्या टोपे के लोगों को आमंत्रित किया—

श्री सूबेदार बहादुर दत्तासिंह जू श्री सूबेदार बहादुर इच्छासिंह जू एते श्री महाराजाधिराज श्री महाराज श्री राजा रतनसिंह बहादुर जू देव के वांचनै आपर उहाँ के समाचार भले चाहिजै इहाँ के समाचार भले हैं आपर लाख रुपैया तैयार है सो आप महलन में आइये चार बददारी लै के सो रुपैया ले जाइए और हमारी खातिरी की लिख दीजै जामै हमारी दिल जमही होय फिर अगारी पिछारी कौन हू तकरार वारी ना होय जुबानी पं. श्री बालमुकुंद कहै सो जानवी।

मिती चैत बदी 7 संवत् 1914

पत्र पढ़ते ही तात्या टोपे समझ गए कि लिखे गए 'लाख रुपयै' का अर्थ तो

एक लाख है, जबकि निर्णयानुसार तीन लाख देना निश्चित हुआ था। उन्होंने पुनः राजा के पास लोगों को भेजा और पूरी राशि प्राप्त कर जो लिखा गया, वह है—

श्री गंगा तुलसी इष्ट की मान लिख दई श्री महाराजाधिराज श्री महाराज श्री राजा रतनसिंह बहादुर जू देव को एते श्रीमंत राजे श्री नाना साहब पेसवा साहब बहादुर जू की तरफ से राजमान राजे तांतिया साहब रामचंद्र पांडुरंगजी वा श्री सूबेदार बहादुर छत्तासिंह जू वा श्री सूबेदार बहादुर रध्यासिंह जू वा श्री सूबेदार बहादुर समसेर खाँ जू वा श्री सूबेदार बहादुर गुरराज जू वा सब सूबेदारान वा सिपाहियान ने आपर हमारे अपने मामले के ठहरे रुपैया श्री नगदी तीन लाख अंकन 300000/- सो हम दाम दाम के भर पाए। अब हम फौज समेत कूच करे जात हैं और हमारी तरफ से कौनहू बात की तकरार ना हुई अब जे पलटने आगे ते तकरार ना करहैं छेड़छाड़ कौनहू बात की ना करहैगे ताके दरम्यान श्री जू।

चैत बदीं ... संवत् 1914

चरखारी राजा से तीन लाख रुपए की दंड वसूली के बाद तात्या टोपे की विजय पर 21 तोपों की सलामी दी गई। जीत का शुभ समाचार व सारा वृत्तांत राव साहब के पास भेजा गया। जलौन की ताई-बाई और झाँसी की रानी लक्ष्मीबाई, बांदा नवाबअली बहादुर को भी इस खुशी के अवसर पर तोपों की सलामी देने के लिए पत्र लिखे गए।

चरखारी विजय के बाद अंग्रेजों की प्रतिष्ठा धूमिल हुई। बुंदेलखंड में आस-पास की रियासतों की निगाहें तात्या टोपे पर आकर टिकी थीं। किसी भी युद्ध अभियान की आयोजना अथवा अंग्रेजों के हमले की सूचना मिलते ही मंत्रणा और सहायता के लिए सबसे पहले तात्या टोपे को पुकारा जाता था।

मार्च 1858 में चरखारी विजय के बाद तात्या टोपे किले का अवलोकन करते हुए अगली योजना पर विचार कर ही रहे थे, तभी उनके पास तीन पत्र आए एक कालपी से ठाकुर निरंजन सिंह का और दो शाहगढ़ तथा ठनगन से राजा बखतबली के पत्र थे।

तब की भाषा और लिपि में लिखा गया पत्र उद्धृत हैं—

सिद्ध श्री सर्वोपरि विराजमान सकल गुन निधान राजमान राजे श्री तांतिया साहब रामचंद्र पांडुरंगजी एते श्री महाराजाधिराज कुमार श्री राजा निरंजनसींग बहादुर देव की राम-राम आपके समाचार सदा भले चाहिजै। इहाँ के समाचार आपकी कृपा सै भले हैं अरसा दराज सै आपकी खुसी मिजाज के समाचार नहीं पाए सो

साथ मेहरबानी के लिखना फरमावै जासै हमको कमाल दरजे तसल्ली हासल रहे। हमारे हीआँ से कागद आया तिसमें यह हाल था कि ऐद कै राह व कलटर भागि गए रहे जब भीगिनी (भामौनी) पर छापा मारा था, तब नहीं रहि सकते थे, तब कुँअर जोरसींघ पता परे और जिस समय राड लखन ने रोका जाइ कै और बहोत सी लानती दई के हाकिम आप होके ऐसा करोगे तो लोगों के ऊपर आपका रोब न रहेगा जैसे हाल बने हैं और राउ साहब महाराज आए हैं सो अभी मुलाकाति नहीं हुई लेकिन इरादा है और हम हीआँ बैठे-बैठे क्या करते हैं, जो हुकुम हो तो आपके पास हाजर होवै और जो यह हुकुम न आवे तो हमको सौ दो सौ तिलंगौं का हुकुम होवै तौहु कोसै तिकोसे थाने वगैरा बैठे हुए हैं और अँगरेजों के हिमराहिऔ को मारि-काटि डारि वाह को तब जावेंगे, जब आपका हुकुम होवेगा हाल बैठे-बैठे जेहि काम करै के सवेरे गए साम लौ लौटि आया करेंगे कुछ तो काम हुजूर का बजाया चाहिए, सो आप हुकुम ही भाँ को भेजि देवे तो हम जेहि काम आपका बजाया करै और हमको भरोसा आप ही का है सिवाय आपके हमारा कोई वसीला नहीं है क्योंकि ये और लोग तौ जादा ताबेदारी बजावेंगे लेकिन हमसै जो कुछ बनि पढ़ै सो हम भी बजा दें इसी वास्ते आपको अरज लिखत हों और राजनुनू से भी आज आदमी आया है के अँगरेज लोग खराबी जादातर करने लगे सो वे भी नईं आ रहे और हुकुम होवै तो हमसै जो बनि परै सो करैं जो आपकी मरजी होवै तैसो नुनू कौ हम लिखि भेजै और जो आप मदत हमारी ना करेंगे तो हम किसी काम के ना रहेंगे और सब लोग हँसी करैंगे सो हमारे ऊपर जुदै करकै मेहरबानगी रहे और काम की हमारी तरफ आई सिरफ आप हुकुम करते जावै और हमारा काम देखिए कैसा करता हौं सो आप हमखौ अजमाय लेवै और जबानी हाल मुखत्यार ने अरज किया होगा और अपनी खुसी मिजाज के समाचार लिखते रहै और कुछ हाल चरखारी का फरमावै।

मिती फागुन सुदी 8 सनिवासरे संवत् 1914 बमुरान कालजी

(बमुकाम कालपी खास) खास

शाहगढ़ से राजा बखतबली का पत्र

राजमान राजे पं. तांतिया रामचंद्र पांडुरंग जू एते श्री महाराजाधिराज श्री महाराजा श्री राजा बहादुर बखत बली जू देव के वांचनै। आपर उहाँ के समाचार भले चाहिजै इहा के समाचार भले हैं। आपर हवाल तो इहा कौ आगै लिखौ गयौ है कै आपुन आय कै मदत पहुँचाहीये एसौ सागर कौ खटका मिटा कै थानौ अपनौ करा देई सो आज लौं अपुनन नै ई तरफ की खबर ना करी अब इहा कौ हवाल

ई तरा है कै इंदौर वारे अजंट हमलटीन साहिब फौज लै कै रातगढ़ के ऊपर आए हजारक तौ गोरा हैं हजार तीनक मंदराजी हैं ऐसे चार हजार कौ मजवा (मजमा) है सो रातगढ़ पै छै रोज न्याव भई फेर रातगढ़ के पठान किलौ छोड़ के निकर आए यातौ रातगढ़ में अंग्रेजन कौ हो गयौ और खुरई के ऊपर बानपुर वारे आठ दस हजार फौज लगें मेले हते सो रातगढ़ टूटे पै मुकाबलौ इनसौ भऔ सो नगर बरौदिया पै न्याउ भई सो छैक सात सै आदमी तौ बानपुर बारन के मारे गए तीनक सै गोरा और तिलंगा ऐसे चार-पाँच सौ आदमी अँगरेज के मारे गए सो दोइ तरफ के हजार ग्यारा सौ आदमी मरे बानपुर बारन की मौरा बिचलौ सो नाइकौ आए अँगरेज कौ मौरा बिचले सो रातगढ़ को गए अब सब लई अँगरेज की फौज सागर में तौ कछु नइयाँ परंत फरेब सै ई तरफ के सबरे राजा मिलाए हैं। परना (पन्ना), बिजाउर (बिजावर) टेहरी चरखारी छतरपुर जे सब राजा हुकम उठाए हैं सोइ गड़ बानपुर पै चडनई करै हैं सो अँगरेज जे दोई राज जपत (जब्त) करके फेर झाँसी पै जै है ई तरा विचार अँगरेज कौ है एक न्याउ बानपुर बारन सै होई गई है अब मौरा साहिगढ़ (शाहगढ़) पै जुरौ चाहत है अउ बुंदेलखंड के सब राजा ताबेदारी अजंट की उठाए हैं अउ मदत करै है तासै अब अपुन कौ फौज लै कै इहाँ कौ आए चाहिए जीमें सागर को खटका मिट जाय अउ तीन-चार पलटेंन पठवाइकैं सौ जुर कै अँग्ररेजन कौ बिचलाइ देइ ई में देर ना चाहिए अउ जो अब देर हू हैं तौ साहिगढ़ बानपुर दोऊ राज जौ जफ्त (जब्त) करकै बुंदेलखंड के सब राजन की मदत लै कै अपने ऊपर कौ आहै सो अब अपुन ई तरफ कौ सँवार बहुत जल्दी करौ चाहिए अबै तो धारे में बिचला दऔ जै है और जब सबरे राजा समिट कै आहै तब अपुन सै ना सद है तीसै अब बहुत जल्दी फौज पहुँचावी और अब कौ मौरा मारे सै फेर देखन में अँगरेज कउ नाहीं आउनै सो अब आपुन करार के साथ जानवी फौज पौचावे में चूका ना खैबी बहुत जल्दी पहुँचावी न्याउ सुधरे मैं जे अपुन कौ चार देस खुलासा है।

फागुन वदी 7 संवत् 1914 मुकाम शाहगढ़ (मुहर)

राजा बखतबली ने ठनगन की घाटी से मोर्चा स्थल पर ही पत्र लिखा, जिसमें युद्ध की सूचना के अलावा टेहरी, दतिया और विजावर की डाँक पकड़े जाने का उल्लेख है—

राजामान राजे श्री तांतिया साहिब रामचंद्र पांडुरंग जू एले श्री महाराजाधिराज श्री महाराज श्री राजा बहादुर बखतबली जू देव के वांचनै आपर उहाँ के समाचार भले चाहिजै इहाँ के समाचार भले हैं आपर खत आपकौ आया हवाल मालुम हुवा

लिखइवे में जाही के चरखारी का बंदोबस्त करके आऊना जरूर होगा तिस कौ ठीक ई हाल तौ इस तरफ कौ आगे सब लिखा गयौ है कि अँगरेजन कौ हाल जमाव थोड़ा है हजार तीनक फौज मंदराजी गोरा सवार प्यादे हैं हजार तीनक मदित इस तरफ के रहीसन की है परंत हमारे देस की फौज उसकी न्याव तराही सै वाकिफ नाहीं तासै सामनां दुरस्त कर नाहीं सकत है तिहितै कछुक जिमीन जो मैदान की थी रेगड़ा, कोटा वगैरा सो तौ छूट गही रही अब घाटन के ऊपर न्याव लगाही सो होत जात है परंत पहाड़ है कै हिथक जागा सैरता है सो जो कदाप निकल कै टेहरी पहुँच गयौ तौ तमाम बुंदेलखंड की भीर सामल करीब लाख डेढ़ लाख के होगा तौ फेर जादै सबलरी ठहर है अभी हाल अँगरेज भी थोड़ौ है और रहीसों के दिल भी दुदज में हैं तिहिते अभी इसका बंदोबस्त होने से तमाम बुंदेलखंड के राजा आपकी मदत में सामल होइगे तिहतै आवौ इस तरफ कौ जरूर चाहिए हम आपकौ हाल लिख चुके आयन्दे अखत्यार आपकौ है हम वा बानपुर वारे हैं सो अपने मगदूर भर घाटन पै छेड़े हैं और राहि आपकी देख रहे हैं और डाक इहाँ पकड़ी गही तिसमें टेहरी वा दतिया वा बिजावर के कागद पकड़े गए सो बजिनस (बाजिन्स) भेजे हाल आपको वाकिफ होगा पाती समाचार खुसी के लिखावत रहना।

फागुन सुदी 8 संवत् 1914 मुकाम ठनगन की घाटी।

पत्र पढ़कर तात्या टोपे ने राजा बखतबली को सैनिक सहायता भेजने का फैसला किया, उसी समय राव साहब द्वारा तत्काल कालपी लौटने की सूचना मिलते ही वे सेना सहित कालपी लौटे।

पत्रों के संदर्भ से आगे बढ़ने से पूर्व हमें वीरप्रसु भूंमि बुंदेलखंड के स्वाभिमानी नायकों द्वारा स्वाधीनता के प्रयास में तात्या टोपे को अनेक पक्षों में सहयोग हेतु पत्र लिखे गए थे। इन पत्रों पर दृष्टांत करना आवश्यक है।

बुंदेलखंड के क्रांतिकारियों द्वारा तात्या टोपे को भेजे गए पत्र—

धामौनी से राज मुकुंदसिंह का पत्र जिसमें सागर में अंग्रेजी फौज के होने, अंग्रेजों के सहायक देशी राजाओं तथा तात्या टोपे की अनुकंपा पाने की बातें हैं—
राजमान्य राजे श्री तांतिया साहब रामचंद्र पांडुरंगजी एते श्री महाराज कोमार श्री राजा साहिब मुकुंदसिंह जुदेव वांचनै आपर आपके समाचार भले चाहिजै इहाँ के समाचार भले हैं अपनु की कृपा मिहरबानी से आपर पेस्तर हमने श्री दीवान विकरामाजीत को आपके पास पठवाए हैं सो आपको हाल हमारौ जाहिरईं करी हू हैं तापे दीवाने ने उहाँ से हमको लिखे हैं तासै सब हवाल उनके लिखवे सै मालूम भयौ उनने हमको

बुलावो आपके पास आउने कौ सो हम हाजर होइगे वा अब पहुँच जाइगे अउ जौ सागर में अँगरेजन की फौज है सो जे इस तरह के घाटी बाना के मुहल्ले में तिनकौ बंदोबस्त दोउ मुकामन बना है, परंतु वे आपके बंदोबस्त करने से अउ वे ई तरफ आवे सै अँगरेजन कौ मुहरा न हट है काहे सै कै उनके मदतगार ई देस के राजा बहुत हैं, परंतु उनके ऊपर को डाका छापा की तदवीर होतई जात है अर हक जो है सो अपनी उनतदारी के ऊपर बिगर है और हरेक सूरत से सब तरा आपके भेले हैं और आपकी पनाह सै हमारी जागीर उनतदारी सब हो सकत है सो इसकी हाल दौना मजकूर सब जाहिर कर है और श्री महाराज कोमार श्री दीवान बहादुर देसपत जू देव अउ हम एक हैंई अंग्रेजी में के तो वे बेउनत रहे हैं वा हम बेउनत सौ हमको आखरतई आपकी पनाह से अब हम अपनी उनतकारी व जागीर पा हैं वा हमको खूब सी खातिर हो गई और जब हम आपके पास आवेंगे तब अपना सब हाल आपको जाहिर करेंगे।

फागुन सुदी 9 संवत् 1914

दीवान विक्रमजीत का पत्र जिसमें धामौनी, पन्ना, बिजावर, छतरपुर आदि के समाचार हैं—

राजमान्य राजे श्री तांतिया साहब रामचंद्र पांडुरंगजी एते श्री दीवान विकरमजीत के परनाम वांचनै आपर आपके समाचार सदा भले चाहिए। अपनी मिहरबानगी से इहाँ के समाचार भले हैं। आपर आपने लसगर में श्री श्री राजा साहब गनेश जू देव बने हैंई। अनु अपनी मरजी माफिक हम कुँवरन कौ लिवा के चंदनपुर आए। अनु श्री श्री राजा साहब मुकुंदसिंह जू देव के परवानौ आपको आऔ मुकाम धामौनी सै सो आपके पास पठवाओ हैं तासे हवाल सब जाहिर हू है। अनु लराई भई गोरा लोगन से अनु राजा साहब खूब लराई भई। गोरा लोग खूब मारे सो भगाई सो सागर में गोरौन पै अवधारी कौ बंदोबस्त कर अनु गोरा लोगन दो मुहरा कर सो एक मुहरा तौ राजा सै लराई को लगाय है दूसरो मुहरा करौ सो टीकमगढ़ सै मदत लेके आवन विचारिहै ई तरफ अनु आपकी मदित ऊ तरफ राजा साहब के सामलात होकर सब लही से उनको मारे और साहगढ़ वारे वा बानपुर वारे जे दोऊ राजा वा हमारे राजा साहब सब एक सलाह से लराई करत हैं गोरन से अनु छोटे साहब परना से मदित लेकर वा बिजावर की मदित लेकर राजनगर आए सो छत्रपुर बारन से मदित माँगत के दो जागा की मदित हम लय हैं ऊ तुम मदित देव सो चरखारी पे⋯।

टेरन से राजा गणेश जू देव का पत्र जिसमें तात्या टोपे को मेहमानी के लिए बुलाया गया।

राजमान राजे श्री तांतिया पांडुरंगजी ऐते श्री महाराज कोमार श्री राजा साहेब गनेस जू देव के वांचनै आपर आपके समाचार भले चाहिजै। आपकी मिहरबानगी से इहाँ के समाचार भले हैं। आपर काल के रोज इहाँ से श्री दीवान विकरमजीत को पठवायते अपने पास को सब हवाल जे अपुन से कही आए हैं और आज के रोज हमारे डेरा श्री महाराज कोमार श्री दीवान बहादुर का देसपत जू के मिजमानी को आपने करौ है सोइ सिरस्ता हमारौ है, जो ही माफिक हो जाइ आप हमारे डेरे आइये और हमारौ अपनौ दरबार हो जाइ तो हमारी तजबीज वा आपकी मोरचन की बंदोबस्त लिखे को होइ और जे ठाकुर हमारे संग में है श्री कुँवर बादल जू जिगनये वारे तिनकी मिजमानी हो जाए और सिरस्ता सब ठाकुरन का अपुन करत जैबी तो इनके मन दुरुस्त बने रेहै और काइदे मुलाइजे का इनके बीच परहै तो काम ना हो सकें हैं, तैसो जवाब आप लिखवाइवी।

मिती फागुन सुदी 10 भौम संवत् 1914 मुकाम टेरन।

मोर्चा से स्वामीराव सिंह का पत्र

राजे श्री विराजत राजमान राजे श्री रामचंद्र पांडुरंग टोपे एते श्री महाराज कोमार श्री स्वामीराव सिंध जू देव के वांचनै आपर आपके समाचार भले चाहिजै ता पीछे आपकी सुभ नजर मिहरबानगी ते इहाँ के समाचार भले हैं आपर अपने खुशमिजाजी की खबर लिखवाईवी इंहा अपने अनुग्रहा ते खुसी सौ हैं आपर आपकौ सिर नाहौ और आपसै जो हम नन्नी पतरी बात कहैं तो हमकौ बड़ी चमक कहतन में लगत हैं और जो कछू हमारे पास है सो आप कह घालिए तौ हम ऊसै नजर कर सकत हैं और इतेक असबाब हमारे पास कौ रहै तो हम मोरचन हते सो उहाँ हम मोरचेन सै डेरा कौ निगाही सो आपके ज्वान छेड़े हैं और जो आपको रोष नै आवे तौ आप राखिए बीच में वो नहीं रह सकत हैं और दो ठौर बैल काल उनने छुड़ा लये हैं और जुवानें कुँवर ठाकुरन से कहि लही हैं सो कोउ बोले नहीं चाह। फागुन सुदी 3 संवत् 1914 मुकाम मोर्चा और हम तौ आसरौ जौ करौ तो के पेसवा साब हमकौ कछू देहै सो हमाई गाँठ की फौज ले ले कै जात हैं।

जैतपुर के फौजदार माधौसिंह का पत्र

राजमान राजे श्री तांतिया साहब रामचंद्र पांडुरंगजी एते श्री सवाई फौजदार माधौसिंह जू के वांचै आपर आपके समाचार भले चाहिजै इहाँ के समाचार भले हैं आपर जादा रोजन सै खुस मिजाज की खबर नहीं पाई सो लिखाइवे में आवै अउ

जा माफक इतै चाकरी कौ हुकुम भयौ ता माफक कर रहे हैं अउ जो आपकी फतह भगवत ने करी सो दिल को बड़ी खुसी भई और इहाँ कौ हवाल ठा. देवीसिंह जाहर कर हैं पाती सिखावत हमेसा लिखाइवे में आवै।

मिती चैत्र बदी 5 संवत् 1914 मुकाम जैतपुर।

ककरवई के दीवान उमरानसिंह ने इस पत्र में तात्या टोपे के आने से प्रसन्नता प्रकट की।

राजमान राजे श्री तांतिया साहब रामचंद्र पांडुरंग टोपे जू एते महाराज कुमार श्री दिमान उपराव सिंह जू देव जागीरदार रियासत मौजे अस्तौन ककरवई वारे की परनाम वांचनै आपर आपके समाचार भले चाहिजै इहाँ के समाचार भले हैं आपर आपकी खबर आनंदी की पाई सौ मन को आनंद भये और आपके आवे की खबर पाई सो और अधिक आनंदी भई सो हम भी सिरकार के माफीदार जागीरदार हैं सो हमको हुकुम होवै तो हम अपनी जापता लैकर हाजिर हौ।

फागुन वदी 11 संवत् 1914 मुहुत ककरवई

चरखारी के राजा रतनसिंह का पत्र

श्री राजमान राजे श्री तांतिया टोपे जू श्री सूबेदार बहादुर छत्तासिंह जू व श्री सूबेदार बहादुर इच्छासिंह जू व सूबेदार बहादुर समसेर खाँ जू व सब सूबेदार बहादुर व सिपाहि बहादुर एते श्री महाराजाधिराज श्री महाराज श्री रतनसिंह बहादुर जू देव के वांचनै आपर उहाँ के समाचार भले चाहिजै इहाँ के समाचार भले हैं। आपर कल की मिती की पाती हमने सब हाल लिखकर अपने भले मानस के हाथ भेजी थी सो गंगादीन दीछत ने उनसै कहा कि उस बखत तुम न पहुँच सकोगे हम चिट्ठी लये जाते हैं एक हरकारा साथ देव हम जवाब भिजवा देवेंगे सो अब तक उनके जवाब का इंतजार है और भले मानस हमें आपके पास भेजना है सो आप लिखै तो हम अभी भिजवा देवें और सब हाल गंगादीन दीछत से कह दिया है।

चैत्र बदी 3 संवत् 1914

कालपी से मनीराम सुकुल आदि का पत्र जिसमें घाटों के प्रबंध तथा मोर्चाबंदी और सिपाहियों को नौकरी में लेने के लिए लिखा गया है।

॥ श्री गणेशाय नम: ॥

सिद्ध श्री राजमान राजेश्वर तांतिया साहेब महाराज कौ एते लिखी मनीराम सुकुल तथा गंगाराम दफेदार तथा पुत्तीलाल वा इन सब जनेन कौ नमस्कार पहुँचे

वांचनै आगे दूनो तरफ के समाचार रामजू बनाए राखै आगे समाचार वांचनै इहाँ कौ हवाल ऐसा है आपका परवाना आयौ खातिर जमा में जा आप घाटों की बंदोबस्ती को लिखी घाटों की बंदोबस्ती कर लीनी तो उससे हम घाटे में रहे सो उस पर नावें चारिता में तीनि इस पार खींच लाए एक हती सो ओ ही पार बोराहइ दीती मदत लेके गए तेन पाँच से बंदूक जिमीदारान की बरूआ के वारा वाले मुरचाबंदी के हैं रहे ते फिर मदत देके मिलि गए जिमीदार उभरायसिंह वगैरा बड़ी मदत दीन्हीं हमारे साथ मदत दीन्हीं सुरौली के जिमींदार पनखुरा के जिमींदार मोरा के जिमींदार चंदपुरवा के जिमींदार गाजीपुर के जिमीदार ई सब साथ गय ते चदबारा वगैरा सब तैयारि हैं सुरौली से चदवारा तक हुई हजार बंदूक तयारि रहैं की जो गोली चले तो सब जने धावा करत फिरि गोली नहीं चली मुरचाबंदी रही है, लेकिन मदत देखिकै आइ के मिलिगे अरू लक्षिमन भर रहे अपनी मदत लेके हमीरपुर ते आइ गेते जे आगे जोधासिंध के साथ रहेते अरू महाराज सिंध बहुत मदत देते हैं महाराज सिंध के नाम ले गए चौकी थाना तहसीलदारी व मेकलटर तक मारे हाँके के काँपत हैं महाराज सिंध के राति के अपनी जगा पर कोई नहीं रहते मरे महाराज सिंध के डर ते लेकिन महाराज सिंध के पास खरच की तंगई है अरू भीर कमती है इस बखत एक मीर साहेब के बादा सै आए हैं सुरौली में टिके हैं दुई-चार आदमी मदत को उनके भी गए ते दुई-तीन आदमी सो ईन मार साहेब महाराज सिंध के आदमी अपनामा फेरि लीन्हों इस वास्ते महाराज सिंध की मदत कमती हुई होई गई नहीं बहुत ती। अब महाराज सिंध के साथ थोरे हैं सतरि-भरी आदमी हैं सो खरच के सबब से अरू महाराज सिंध की घाटन की मदत से या अर्ज है आपसे की हुकुम होय तो इहाँ हाजिर है वा हुकुम होई आपके पास हाजिर होई हम हैं, आपके ताबेगीर जहाँ हुकुम होई तहाँ हाजिर हैं अरू जा हुकुम होई सो करैं अरू सिपाही ईसुरी सिंह व आमन सिंह तारीख 15 महीना जमारिसानी ते नौकरी बराबर करत हैं। बडे बहादुर सिपाही हैं अैसे पाँच सिपाही उमेदवार हैं बारा की मदत हाजिर है आगे सुरौली के घाटे में नाँवें रहीं 26 तिसमें इकेस तो जमुना के बहाय दीन्ही बाकी रहीं पाँच तेहमाँ चार अधबनी परी है। बाहसे कुछ काम को नहीं एक है छोटी सी, भाँगे बिधुरे के वास्ते राखी है वा उस पार की खबर मँगावे के वास्ते सो हुकुम होई राखै हुकुम होई बेराइ देई लेकिन वाट टूटत नहीं कबहूँ जब सरकारी काम लागत है तब छूटत है अरू सब जिमींदारान कौ मुचलिका लिखाई कै के वी लछिमन राक के दफ्तर में हाजिर के दीन है बरूआ में जहाँ हमारी केहन तहाँ एक छोटी कतरी उस पार की खबर के मँगवाने के वास्ते राखे हन दुई हरकारा रोज भासवार की खबरि को जाते हैं दुई बेई रोज भाते हैं। बदली-बदली से आगे सब गोरा समिरि के कानपुर

फिरी कानपुर ते गंगापुर तहिके आगे सिखिन की वा मदराजिन की मदत आई ती तेसौ के आगे कानपुर में घोरे हैं वारा अकबरपुर में घोरे आए हैं वास्ते कम्पू उतरने की बंदोबस्ती की जिसमें कालपी से करता उतरे जादा।

सुभ मिती फागुन सुदी शुक्रवार 6 संवत् 1914

रीवा से राजा प्रथपाल का पत्र बाँदा के नवाब के बारे में

राजमान्य राजे श्री रामचंद्र पांडुरंग जनरेलनि पेसवा बहादुरजी एते श्री महाराजाधिराज श्री सदा समर विजैहतौ श्री राज साहेब प्रथपाल सिंह जू देव के वांचनै। आपके तरफ के समाचार भले चाहीजै इहाँ के समाचार भले हैं श्री सीताराम की कृपा से आगे आपकी हवाल श्री महराज कुमार श्री बाबू अनंतसिंह देव ने कही तो सो बहुत खुसी ठहरी सो आप बहुत तरह से खातिर राखव। आपकी मरजी सेवाई दूसरी बात ना होई और सब तरह से आपका घर है और श्री नवाब अली बहादुर का एक ठाँस की पाती जाई की हमारे परगनेन खौ बहोर देई।

फागुन वदी 13 सं. 1914 हाल मुकाम रीवा।

कुलपहाड़ के जमादार तिवारी रामसिंह का पत्र जिसमें एक तोप की माँग की गई।

श्री गनेश जू,

अरजी श्री तांतिया साहब जू की सरकार में ऐते पं. श्री तिवारी रामसिंह जमादार कुलपहाड़ के की भरजबंदगी पहुँचे। आपके सुख समाचार भले चाहिजै ता पीछे इहाँ अच्छे हैं और जो आप हमको राजे श्री बलवंतराव को जो गाँव आप तालुक दीयते सो हम सिपाही गाँव में भेजत हैं सो गाँव वाले कहते हैं हम तुम्हारी बद रवैये न चलइगे और तुम अपना राज कर लेव तब वाकी मानो दस पंद्रह गाँव वाले देहैं उई पैसा सीरकार कौ नहीं देते हैं सो मैं ये आपको अर्ज करहै की जो आप एक तोप पठे देई तो हम पैसा वसूल कर सकते हैं आपकी मरजी से। जादा विनती को लिखे।

मिती फागुन सुदी 6 सं. 1914 कुलपहाड़।

नगनाई शाहगढ़ के मोर्चे से राजा मर्दनसिंह का पत्र

राममान राजे श्री तांतिया साहब रामचंद्र पांडुरंग जू एते श्री महाराजा श्री राजा मर्दनसिंह बहादुर जू देव के वांचनै आपर अपने समाचार भले चाहिजै इहाँ के समाचार भले हैं आपर पाती पेस्तर कई गई तिनमें हाल बातरफ कौ सर्व लिखै गयौ तामे रोसन भयो हू है फौज की आमद देरी देख दुर इहाँ की जरूरत समझ श्री

महाराज कोमार श्री दीवान मुकुंद सिंह जू देव श्री लाला दुलारे लाल अपने मोतविर खास को अपने पास पठुवाए हैं सो वर्तमान इहाँ को जाहर कर है देरी में बहुत से काम हर्ज होत सौ फौज ले के जरूर आइवौ देर करवी।

मिती फागुन सुदी सं. 1914 मुकान नगनाई साहगढ़

गडरौली से दीवान पारीछत का पत्र तो तात्या टोपे के परवाने के उत्तर में लिखा गया।

श्री महाराज पेसुवा साहिब बहादुर जू के सरकार कौ विद्यमान श्री राजे श्री तांतिया साहिब रामचंद्र पांडुरंग जू ऐते श्री महाराज कोमार श्री दीवान बहादुर पारीछतजू देव के वांचनै आपर आपके समाचार सदा भले चाहिजै तो पीछे आपकी सुनजर मिहरबानगी ते इहाँ के समाचार भले आपर परवानो आपको आयौ मिहरबानी जानी रानीपुरा वारन मद्यै लिखाही सो आपकौ तो हक रानीपुरा वारन पे हैं आगे अर्ज लिख पठवाई है के हमसे असाढ़ से बदल गए हैं हमारे कबजे के नहीं आय सो आप रानीपुरा बारन मद्यै हमको ना लिखवाईवौ करीए अउ चाह रानीपुरा वारे आपके पास पहुँच ही गए हौइ सो आप जो चाहिए सो रानीपुरा वारन कौ करिए और हमारे भले आदमी आपके पास हाजिर हो गए हैं, सो सब अर्ज आपसे करहै सो जो हुकुम राय के साथ हमारे भले आदमिन ऐ दै हौ सो हम तामील कर है परवानौ सिखावन मिहरबानगी कर हमेशा लिखवाइवे में आइवो करे।

मिती फागुन बदी 12 सं. 1914 मुफ़ गडरौली।

ठनगना से नवाब सर्फराज का पत्र—

राजमान राजे श्री तात्या साहब टोपे जू एते श्री नवाब साहब सर्फराज वा गांधी के सलाम वांचनै आपर अपने समाचार भले चाहिजै ता पीछे आपकी कृपा मिहरबानगी से इहाँ के समाचार भले हैं आपर आगे जो सरकार में हमारे अपनौ मुंसी भेजना सो पानी सरकार में गुजरी थी तिसके ऊपर हुकुम इंतिकाम तलबी मेरे वास्ते आया था तिसका बरीस जे है के खटला हमारा भोपाल में साज-सामान के व केद मेरी अपनी बमूजिब करवाने के नहीं हुआ था अब अल्ला की मिहरबानगी से खटला आयगौ वा अपनी जान बचा के माल असबाव लखन कारन्दा सौ रहा और हम भी अपकी खिदमत में हाजर होत है एक लड़की बरौदिया पो मरी और दूसरी लड़की मरी पै हम हाजिर हू है और बेगम केहत है के काफरी को बहुत जादा कर दिया। पाती समाचार लिखित रेहवी।

मिती फागुन सुदी 3 सं. 1914 ठनगना।

कुलपहाड़ के बख्शी थोवन का पत्र जिसमें तात्या टोपे की प्रशंसा तथा अन्य समाचार हैं।

राजे श्री मान्य तांतिया टोपे जू साहिब एते श्री बगसी थोबन जू के वांचनै आपर अपुने समाचार भले चाहिजै इहाँ के समाचार भले हैं आपर आपकी तारीफ करने माफिक नहीं जिस राह सै आप करै हैं और डाक चटखारी बारन को लगी है हरकारा होवा महोवे में सो आप जानकार हौ जामें डाक ना चलै छोटे अजट खौ जात है सो तजवीज होकर डाक बंद होई सो करने और राजनगर से अजंट जात रहा या नहीं खबर की कहाँ गयौ परंत पटना की खबर है और राजनगर की मदत माँगत हतौ सो ना दई उनने।

मिती चैत्र बदी 2 सं. 1914 मुकाम कुलपहार।

भांडेर कचहरी से सूबेदार उमरावसिंह ने भांडेर के युद्ध में मारे गए क्रांतिकारी वीरों की सूचना फिरंगियों के भागने और भांडेर में क्रांतिकारियों का थाना स्थापित करने के बारे में समाचार दिया।

श्री राजमान राजले श्री तांतिया साहब बहादुरजी की सरकार में जाहर अर्जायस होवे में आवे सूबेदार उमरावसिंह की अर्ज पहुँचे आपर भांडेर में लड़ाई किहिस तामें भांडेर की फौज में सात आदमी मारे गए अऊ अपनी तरफ के आपके कंदमों के प्रताप ते सब फौज बहुत खुस रहीं फिर दूसरी लड़ाई परी फिर पाँच रोज पीछू फागुन बदी 3 को तामें भांडेर की तरफ का मानस मरा चालीस 40 अउ आपकी फौज में मरे आसामी 3 तामें एक डील बहुत बड़ा मारा गिया झाँसी वारे श्री दीवान जवाहर सिंह जू देव का भाई श्री कुँवर दलीपसिंध पमारी में सिरमौर था सो उनकी आप विनको खातर की पाती आप भेजे तो पाती है अऊ दलीप सिंध मारे गए तिनका एक और भाई श्री कुँवर अरमरदनसिंध साल सै प्यादे पचास सवार से सरकार नौकरी में हाजिर है सो इनकी परवरिस सरकार पर है और फिर हमने फिर लड़ाई की त्यारी करी तीसरे बेर सोई फागुन सुदी 8 सनीचर के रोज दुपैर को सब फौज भडादी फरंगी दुपैर को सब भाज गए भांडेर में ते सोई हम जहाकर मैंने भांडेर में थाना करा आपके नाम का प्रताप बहुत बड़ा है परंतु अब आपका थाना हो तो गिया पर विनतो पै हमारा कुछ काबू नहीं है अऊ हमको किसी रहीस राजा ने मदद न दी वह भांडेर पर कोई आँख करते हैं ताके आप तोपै भेजै तो मेरा बड़ा पारे हैं। किसी का काबू ना चलेगा तोपै बिन मैं बड़ा लाचार हों अर्ज भूलकर लिखी होइ तिसका चूका माफ हमसे रहे।

फागुन सुदी 11 संवत् 1914 मुकाम भांडेर कचहरी।

क्रांति के समय औरतों की रक्षा और उनकी इज्जत की रक्षा के लिए लिखे गए तात्या टोपे के पत्र का उत्तर।

राजमान राजे श्री तांतिया रामचंद्र पांडुरंगजी ऐते श्री महाराज कोमार श्री दिवान नन्हे जू देव के वांचनै आपके समाचार भले चाहिजै इहाँ के समाचार भले हैं आपर पाती अपनी आई परवानों लिखौ के जौ कोई औरतें बेइज्जत करत हैं तिन्हें बखूबी सजा होइगी वा इसी सबब से आपका सिपाही को ताकीद कर वौ चाहिए इतें फेर अब जो दूसरा सजाह होगी सो हम हू को लिखी आवे तो कोई सिपाही वा तिलंग आपके वा हमारे तरफ के मदलत करे ताकौ अपुन माहिवे कौ सिखावन से नैय आवै।

चैत सुदी 4 सं. 1914

और हम लरका ठाकुर हैं आप जेठे हैं सो सम्हार के करही वा अपनौ है और श्री श्री दावजू देसपत जू देव और अपने वास्त एक पीनस मिहरबानगी कर पावे में आवे।

कुलपहाड़ के बख्शी थोवन का पत्र जैतपुर की व्यवस्था के बारे में

श्री गणेश जू,

राजमान्य राजे श्री तांतिया टोपे जू साहब ऐते श्री बगसी थेबनजू के वांचनै। आपर अपुने समाचार भले चाहिजै इहाँ के समाचार भले हैं। आपर बंदानिवाज अपनी खुश खबर लिखाइवे में आवै और मोरचन की खबर लिखावै और कालपी में मदत मँगबाई जाय विसेस करके झाँसी उगेरा जहाँ से आ सके और इतैं हमारे पास मौजे झींझन के कारिंदा आए तिनने बिलवैर हाल जेतपुर की तासील कौ जाहिर करौ हमको सो हमारी सरकार से तीन गाँव हल्के लंबर के रखावे रहे हैं। महुवावाय व रामपुरवा लुहेड़ी सो अब हाल में राजे श्री पंडित जैतपुर के व लाला विहारी ने सवार भेजे उन गाँवन पर सो ऊधम करे है तासै आपको अरज लिखि है कि हाल दिन गदर है सो श्री श्री महाराज कोमार श्री दीवान सवाई देसपंत बहादुर जू देव के मन को रंज ना होय सो अपुन करै रहिवी तामै जैतपुर के तहसीलदार कौ हुकुम हो जाय जामै तीन गाँव में लादे ना जाएँ सो हुकुम होय गयौ हतौ कि तुम अपनी फौज बुलाय लेव सो हम बुलाइ लई और हजूर ने लाला बिहारी कौ ना बुलाव सो उनको बुलवाउ सो जाई।

मिती फागुन सुदी 11 संवत् 1914 मुकाम कुलपहाड़।

शृंखलाबद्ध घमासान

चरखारी से कालपी लौटते ही राव साहब ने तात्या को बताया कि झाँसी पर अंग्रेजों ने आक्रमण कर दिया है। अविलंब तात्या टोपे अपनी बालसखा रानी लक्ष्मीबाई की सहायता के लिए चल पड़े।

झाँसी, उत्तर भारत का केंद्र बिंदु, भौगोलिक दृष्टि से विशिष्ट क्षेत्र था। डलहौजी ने अपनी हड़प नीति के अंतर्गत राजा गंगाधर राव की मृत्यु उपरांत उनके दत्तक पुत्र दामोदर राव को उत्तराधिकार से अमान्य कर दिया। अंग्रेजों ने 1854 से जून 1857 तक झाँसी राज्य को हड़पकर अनेक अत्याचार किए। लोगों की धार्मिक भावनाओं, रानी की मान-मर्यादा को ठेस पहुँचाई।

इन्हीं परिस्थितियों में रानी लक्ष्मीबाई 1857 के महासंग्राम में केंद्रीय भूमिका में थीं। मेरठ, दिल्ली और कानपुर के विस्फोट के बाद झाँसी में भी 7 जून, 1857 को जंग छिड़ी। किले पर क्रांतिकारियों का अधिकार हो गया। क्रांतिकारियों ने दिल्ली की ओर कूच किया। रानी लक्ष्मीबाई ने किले को सुरक्षित किया और जून 1857 से अप्रैल 1858 तक दस माह अत्यंत कुशलता से झाँसी का राज्य सँभाला। उनके शासन में प्रजा खुशहाल थी।

झाँसी का युद्ध

ह्यूरोज का आक्रमण

ह्यूरोज महाक्रांति को कुचलने के लिए उत्तर से दक्षिण की ओर बढ़ रहा था। वह रायगढ़, चंदेरी, सागर, बानपुर को पराजित कर 19 मार्च को चंचलपुर पहुँचा। यह गाँव झाँसी से 14 मील था। विजय से गर्वित ह्यूरोज ने रानी लक्ष्मीबाई, मोरोपंत तांबे, लक्ष्मणराव तथा लालबख्शी को छावनी में नि:शस्त्र उपस्थित होने का संदेश भिजवाया।

रानी ने संदेश का उत्तर दिया—"वह रणक्षेत्र में ही मिलेंगी।" रानी ने युद्ध की तैयारी आरंभ की। बुर्ज पर तोपें चढ़ गईं। झाँसी के आस-पास का क्षेत्र वीरान किया गया, ताकि दुश्मन को रसद न मिल सके। लेकिन टीकमगढ़ और ग्वालियर से रसद पहुँचा दी गई।

23 मार्च को युद्ध प्रारंभ हुआ। रानी ने मर्दाना वेश धारण कर मोर्चा लिया। दस दिनों तक भयानक युद्ध हुआ। दोनों ओर से तोपों से गोलाबारी जारी थी। इधर घमासान चल रहा था उधर तात्या टोपे अपनी सेना के साथ झाँसी की ओर बढ़ रहे

थे। तात्या टोपे का आना ह्यूरोज के लिए बड़ा संकट था। इतिहासकार मलेसन ने दि हिस्टरी ऑफ इंडियन म्यूटिवी भाग पाँच में लिखा है—“उसके सामने अपराजित किला खड़ा था। इसमें युद्ध के जोश से भरे ग्यारह हजार वीर सैनिक थे। उनकी सहायता करने के लिए बीस हजार सैनिकों की टोली आ पहुँची थी, जिसका नेतृत्व एक ऐसा व्यक्ति कर रहा था, जो दो बार कानपुर में अंग्रेजों को हराकर उत्साह से भरा हुआ था। यह एक ऐसी परिस्थिति थी जिसका सामना करने के लिए एक ऐसे व्यक्ति की आवश्यकता थी, जिसमें विशेष साहस, दृढ़ निश्चय, उत्तरदायित्व ग्रहण करने की शक्ति हो। एक भी गलत कदम, एक भी गलत निर्णय घातक सिद्ध हो सकता था।” तात्या टोपे को पूर्ण विश्वास था कि झाँसी की सेना और उनकी सेना दोनों मिलकर अंग्रेजों को पराजित कर देंगी।

तात्या के मोर्चा खोलते ही ह्यूरोज ने इस तरह रचना की कि दोनों सेना मिलने न पाएँ। इस समय ह्यूरोज के छल-बल और भारतीयों की गद्दारी ने अपना असर दिखाया। ह्यूरोज ने किले के अंदर देशद्रोहियों को अपने साथ मिला लिया। सरदार दूल्हासिंह परदेशी और लालताबादी यही वे गद्दार थे, जिन्होंने झाँसी का इतिहास बदल दिया। योजना थी कि जब तात्या टोपे की सेना बाहर से हमला करे तब किले से गोलाबारी तेज हो, किंतु ऐसा नहीं हुआ, योजना के विपरीत किले से गोलाबारी बंद हो गई। यह ह्यूरोज की साजिश के तहत हुआ।

ह्यूरोज ने किले के घेरे से सेना क्रम कर दी और अपना समस्त बल तात्या टोपे से युद्ध में लगा दिया। दो दिन तक भीषण युद्ध हुआ। आखिर तात्या टोपे की सेना को मैदान छोड़ना पड़ा। तात्या टोपे को समझते देर न लगी कि निश्चित ही कोई गद्दार है, वरना किले से हमारी सेना को सहायता क्यों नहीं मिली ? इसी प्रसंग को एक अंग्रेज लेखक ने लिखा है कि “जब तात्या ने महारानी से कहा कि जब हम अपनी सेना के साथ आपकी सहायता को आए थे और जब हमारी सेना तथा अंग्रेजी सेना में युद्ध आरंभ हुआ, उस समय अगर किले से गोले बरसाए जाते तो अंग्रेजों की एक न चलती और जीत हमारी होती। इस पर महारानी ने उत्तर दिया कि किले के लालताबादी नामक हवलदार ने यह कहकर हमें आक्रमण करने से रोका कि अंग्रेज वास्तव में आक्रमण नहीं कर रहे हैं। वे तो आक्रमण का बहाना मात्र कर रहे हैं। ताकि हम लोग किले से बाहर आ जाएँ।”

कंपनी इन सेंट्रल इंडिया में लिखा है कि “जिस समय पेशवा की सेना बाहर से रानी लक्ष्मीबाई की सेना की रक्षा करने का प्रयत्न कर रही थी, उस समय किले

से धावा कर हमारे मोर्चों को नष्ट क्यों नहीं किया गया, यह समझ में नहीं आता। हमारी पैदल सेना तथा गोलंदाज अपने कामों में कितने ही कुशल क्यों न होते, तब भी उनकी संख्या अधिक होने के कारण सफलता उन्हें ही मिलती।"

अर्थात् झाँसी की पराजय का कारण अंग्रेजों की वीरता अथवा क्रांतिकारियों के कौशल में कमी नहीं थी। इस पराजय की वजह थी सिर्फ और सिर्फ भारतीय सरदारों की गद्दारी।

तात्या टोपे अपनी सेना के साथ वापस कालपी लौटे। क्रांतिकारियों की पराजय हुई। तात्या टोपे के कालपी लौटने के बाद ह्यूरोज ने पुनः किले पर भीषण आक्रमण किया। तोप गोलों और आग से झाँसी जल उठी। किले के दरवाजे अंग्रेजों के लिए खुल गए। ये दरवाजे अंग्रेजों के स्वागत के लिए नहीं, बल्कि गद्दारों के कारण देश धरमी को लज्जित करवाने के लिए खुले। दूल्हासिंह परदेशी की गद्दारी से 4 अप्रैल को अंग्रेजों ने शहर में प्रवेश किया। रानी लक्ष्मीबाई समझ गई कि अब जीत असंभव है। उन्होंने 5 अप्रैल की रात को अपने विश्वसनीय सरदारों के साथ पलायन किया।

पुत्र दामोदर राव को पीठ पर बाँध 21 मील की दूरी तय कर मांडेर में विश्राम किया। दिन भर घोड़ा दौड़ाकर रात को कालपी पहुँची। तात्या टोपे और नाना साहब के भतीजे राव साहब से मुलाकात की और कहा कि—

"अब झाँसी के किले पर अंग्रेजों का अधिकार हो गया। झाँसी लूट ली गई और लोगों पर क्रूरतम अत्याचार ढाए गए। लाशों के ढेर लग गए। चारों ओर आगजनी, मार-काट···लगता था शैतानों ने इस देवधरा को रक्त में डुबाने का संकल्प ले लिया था।"

कालपी का केंद्र

अब कालपी क्रांतिकारियों का प्रमुख केंद्र था। इस समय वहाँ तात्या टोपे, राव साहब के अलावा रानी लक्ष्मीबाई, बानपुर के राजा मर्दनसिंह, शाहगढ़ के राजा बखतबली, बांदा नवाब अलीबहादुर, फर्रुखाबाद के नवाब तफज्जुल हुसैन तथा आस-पास के अनेक राजा, नवाब और जमींदार उपस्थित थे। रानी लक्ष्मीबाई को छोड़कर सबकी अपनी-अपनी सेनाएँ थीं। सभी नेताओं में कई दिनों तक विचार-विमर्श चलता रहा, संग्राम की तैयारियाँ हुईं। सैनिकों का प्रशिक्षण, तोपें ढाली गईं, गोले-बारूद बने, लेकिन इतना सब होने, के बाद भी व्यावहारिक पक्ष कमजोर था।

इसकी मूल वजह एक सर्वमान्य नेता का अभाव। किसी भी अभियान अथवा

मोर्चे के लिए सबसे आवश्यक होता है, नेतृत्व की कमान किसी एक को सौंपी जाए तथा अन्य सहयोगी की भूमिका में रहें। लेकिन कालपी में परिस्थिति अत्यंत विपरीत थी। सभी राजा-महाराजाओं और नवाबों का अपना अहंकार दूसरे का नेतृत्व स्वीकार नहीं कर रहा था। कार्य का प्रारूप बातों तक ही सीमित था। सर्वमान्य क्रांतिकारी नेता के अभाव में योजना नहीं बन पा रही थी।

राव साहब अन्य क्रांतिकारी नेताओं को एकत्र कर संगठित और प्रभावी नेतृत्व सँभाल सकते थे। वे नाना साहब के प्रतिनिधि थे तथा कालपी के सारे काम तात्या टोपे के द्वारा उन्हीं के नाम से होता था। परंतु दुर्भाग्यवश राव साहब में नेतृत्व संचालन की क्षमता न थी। झाँसी की रानी लक्ष्मीबाई में कालपी का मोर्चा सँभालने की क्षमता थी। उनमें अदम्य साहस, शौर्य, नेतृत्व कुशलता सब कुछ था; लेकिन क्रांतिकारी नेताओं ने इस वीरांगना का स्त्री होने के कारण नेतृत्व नहीं स्वीकारा।

कालपी में योग्य, पराक्रमी, दूरदर्शी व्यक्ति थे सेनापति तात्या टोपे यह कहना ज्यादा उचित होगा कि वे ही इस अभियान को विजय के परिणाम तक पहुँचा सकते थे, लेकिन इतिहास को कुछ और स्वीकार्य था। दुर्भाग्यवश तात्या टोपे राजवंश के नहीं थे। राजे-महाराजों ने उन्हें आज्ञापालक के रूप में स्वीकारा था, आज्ञाकर्ता के रूप में नहीं। तात्या टोपे में नेतृत्व क्षमता होने के बावजूद किसी ने उनका प्रभुत्व नहीं स्वीकारा। इसी कशमकश में मतभेद उत्पन्न हो गए अन्य राजा और नवाबों को तात्या टोपे का प्रभाव कष्टकर लगा। उन्हें तात्या का मार्गदर्शन खटकने लगा। यह मतभेद ईर्ष्या का चरम था कि तात्या टोपे से उनके सैनिक अधिकार तक ले लिये गए। सिर्फ बातें ही होती रहीं और क्रांति-आयोजना किसी निर्णय पर नहीं पहुँची। संपूर्ण घटनाक्रम से रानी लक्ष्मीबाई और तात्या टोपे आहत थे। वे दोनों ही स्थिति-परिस्थिति और आने वाले संकट को न सिर्फ जानते थे, बल्कि उसका हल भी निकाल सकते थे। भारतीय इतिहास में गद्दारियाँ दो तरह की मिलती हैं, एक तो दूल्हासिंह की तरह सामने आकर किले के दरवाजे खोलती है। दूसरी वह दिखावे के संघर्ष करती हैं, लेकिन संकट के समय मदद दुश्मनों की करती हैं। हो सकता है, ऐसी ही गद्दारी के कारण तात्या टोपे से सैन्य अधिकार छीने गए हों।

तात्या टोपे अत्यंत क्षुब्ध हुए। अनुभव, दूरदर्शिता और नेतृत्व क्षमता होने के बावजूद किंकर्तव्यविमूढ़ थे। उनकी दुविधा थी कि काश वे इस अभियान को सकारात्मक आकार दे पाते! किसी एक के नेतृत्व में संपूर्ण सेना को एक सूत्र में बाँध पाते। एक वृहद् सेना और सबके साझे प्रयास से दुश्मन को हरा दिया जाता।

उन्होंने एक लंबी योजना को आकार देने के लिए ही कालपी के किले को जीता था। इसे क्रांति केंद्र बनाया था। यही वह बिंदु था, जहाँ से कार्य को अब भी विस्तार दिया जा सकता था। साधन और समय दोनों ही क्रांतिकारियों के अनुकूल होने के बावजूद वे कुछ न कर सके। तात्या टोपे ने सोचा था गर्मियाँ समाप्ति पर हैं और कालपी अभियान की सफलता के बाद वर्षा ऋतु के चार महीने मिलेंगे। इन चार महीनों में न सिर्फ उत्तर भारत बल्कि दक्षिण के मराठे, पेशवा, अरब, रुहेलों को एकत्र कर पुन: एक विशाल साम्राज्य खड़ा किया जा सकता है। अंग्रेजों द्वारा क्रांति को अनेक जगह पर दबाए जाने के उपरांत तात्या टोपे की यह योजना उन्हें एक विशिष्ट सेनानायक व दृष्टा के स्थल पर ले जाती है। लेकिन अफसोस वहाँ उपस्थित राजे-महाराजे, नवाब तात्या टोपे की योजना और योजक दृष्टि को पहचान न सके और कुल प्रतिष्ठा जैसे तुच्छ कारणों में उलझे रहे।

तात्या टोपे की उस सोच और परिकल्पना की यही बात मेजर ह्यूरोज ने कालपी पर आक्रमण करने के कारणों में अपनी रिपोर्ट में भी लिखी है, यह वर्णन कालपी पर आक्रमण के समय का है—"कालपी के सामने इस समय, जब गर्मी की ऋतु प्राय: समाप्ति पर थी और वर्षा ऋतु आरंभ होने वाली थी, रुकने से सारे देश में पुन: विद्रोह फैल जाता और कानपुर भी संकट में पड़ जाता। अंग्रेजी सरकार के सेनापति की लंबी रक्षापंक्ति पर पीछे से आक्रमण होने की संभावना हो जाती। दक्षिण के मराठे, अंग्रेज व देशी अरब और रुहेले तथा दक्षिण के नाना साहब के पक्षपाती विद्रोह की ज्वाला भड़का देते।"

इसी समय ह्यूरोज की सेना कालपी की ओर बढ़ी। सेना ने पूँछ नामक स्थान पर अपना मोर्चा जमाया। ह्यूरोज के आने की सूचना इससे पूर्व तब मिली थी जब वह मात्र 42 मील की दूरी पर थी। नेतृत्व को लेकर निर्णय नहीं बन पा रहा था अंतत: राव साहब ने युद्ध की तैयारी शुरू की। पूँछ से 14 मील दूर कोंच नामक स्थान पर क्रांतिकारी सेना ने पड़ाव डाला। पूँछ और कोंच के चौदह मील की दूरी में अनेक किले थे। वे सभी तात्या टोपे के अधिकार में थे। तात्या टोपे ने सभी किलों को खाली कर अपनी संपूर्ण शक्ति को कोंच में एकत्र किया। कोंच के आस-पास स्थित जंगलों और बड़े-बड़े मंदिरों की दीवारों ने रक्षा पंक्ति का कार्य किया यह सारी स्थिति सोच-विचार कर ही कोंच में मोर्चा साधने का निर्णय लिया गया था। लेकिन दुश्मन का सेनापति, ह्यूरोज भी कोंच की भौगोलिक स्थिति को जानता था। उसी अनुरूप युद्ध की योजना बनाई। उसने मेजर मोर के नेतृत्व

में एक टुकड़ी क्रांतिकारियों पर पीछे से आक्रमण के लिए भेजी। एक दल जंगल में भेजा। अत: दोनों ओर से आक्रमण जारी रहे। तात्या टोपे ने इस परिस्थिति में पीछे हटना ही उचित समझा। सेना के पीछे हटने के क्रम व व्यवस्था की प्रशंसा में अंग्रेज इतिहासकार के एवं मेलसन ने हिस्टरी ऑफ इंडियन म्युटिनी के भाग पाँच में लिखा है—"जिस प्रकार तात्या की सेना पीछे हटी उससे अधिक व्यवस्थित ढंग से कोई सेना पीछे नहीं हट सकती थी। वह जल्दी में कोई काम नहीं करती थी। न तो कोई अव्यवस्था ही थी और न पीछे पहुँचने के लिए कोई भगदड़ ही थी। सब कुछ व्यवस्थित ढंग से हो रहा था। यद्यपि सेना का मोर्चा दो मील का था, तथापि एक स्थान पर भी कोई विचलित होता नहीं दिखई दिया। सिपाही गोली चलाते फिर भागकर पिछली कतार में खड़े सिपाहियों के पीछे खड़े हो जाते और अपनी बंदूकें भरते। आगे के सिपाही फिर गोली चलाते और फिर वे बंदूकें भरकर तैयार खड़े सिपाहियों के पीछे आ जाते।"

सेना के पीछे हटने के क्रम व अनुशासन से इस बात का सहज ही अंदाजा लगाया जा सकता है कि तात्या टोपे का प्रशिक्षण कितना शत प्रतिशत था। कोंच के युद्ध का सेनापतित्व राव साहब कर रहे थे। तात्या टोपे और झाँसी की रानी लक्ष्मीबाई तो सिर्फ एक सैनिक की हैसियत से लड़े।

शायद इतिहास की यही चूक थी। रणभूमि में तात्या टोपे की योजना नहीं थी, इसीलिए ह्यूरोज ने घेर लिया। राव साहब ने सामने से ही मोर्चे की मजबूती की। पिछले भाग के बारे में वे सोच ही नहीं पाए। रणक्षेत्र में क्षेत्र, परिस्थिति और दुश्मन को ध्यान में रखकर योजना बनाई जाती है। यह योजना सिर्फ तात्या टोपे बना सकते थे, यही वजह थी कि विशाल सेना होने के बावजूद धराशायी हो गई।

जब व्यक्ति का आकलन योग्यता के आधार पर न होकर कुल के आधार पर हो तो ऐसे परिणाम होना स्वाभविक ही है। घटना घट चुकी थी। सेनाएँ और योद्धा, एक-दूसरे को दोषारोपित करने के सिवाय कुछ न कर सके। युद्ध के परिणाम उपरांत रानी लक्ष्मीबाई ने राव साहब को संकेत दिया कि "जब तक योग्य व्यक्तियों के हाथों में सेना की कमान नहीं सौंपी जाती, तब तक विजय प्राप्त करना संभव नहीं।" राव साहब इस संकेत की गंभीरता को समझ नहीं सके और सेना के अफसरों को एकत्र कर आह्वान किया, लेकिन कोई अर्थ न था। जहाँ-जहाँ राव साहब ने कोंच और कालपी के सीधे रास्ते पर मोर्चे जमाए, ह्यूरोज उन रास्तों को छोड़ दूसरे रास्ते से आया। अगर तात्या टोपे नेतृत्व करते तो क्या ये दूसरे रास्ते उनकी नजर व योजना से छुप पाते? कदापि नहीं…।

गलौली युद्ध

गलौली में दोनों सेनाओं का युद्ध हुआ। गलौली में राव साहब और बांदा नवाब ने बाईं ओर से आक्रमण किया। बाईं ओर की सेना की मदद के लिए अंग्रेजी सेना आई। रानी लक्ष्मीबाई ने दाईं ओर से युद्ध किया। अंग्रेजों ने तोप गोले बरसाने शुरू कर दिए। रानी समझ गई कि तोप गोलों के सामने टिकना कठिन है। अत: वे गोरी सेना को चीरती हुई तोपों की ओर बढ़ी। रानी की वीरता के सामने अंग्रेजी सेना लड़खड़ाने लगी। परिणाम पक्ष में हो सकते थे, लेकिन तभी यमुना पार से ऊँटों के दस्ते ने अंग्रेजी सेना की मदद की। क्रांतिकारी सेना विजय के पास पहुँचकर विजय प्राप्त नहीं कर सकी। सेना को वापस कालपी आना पड़ा।

जब ह्यूरोज और यमुना पार से मेक्सवेल ने कालपी पर गोलाबारी की, तब क्रांतिकारी नेता संदेह की स्थिति में ही रहे। रानी लक्ष्मीबाई ने कालपी की छोटी सेना लेकर अंग्रेजी सेना से मुकाबला कर अंतिम प्रयास किया। अंग्रेजों की विशाल सेना के सामने छोटी सी टुकड़ी का टिकना मुश्किल था। क्रांतिकारियों के पास बाहर निकलने के सिवाय कोई रास्ता शेष न था। 23 मई, 1858 को कालपी अंग्रेजों के अधिकार में थी।

क्रांति संगठन की दुर्बलता और नेतृत्व के सही चुनाव के अभाव में कालपी जैसे सुदृढ़ क्रांति केंद्र का पतन हो गया। कालपी के संदर्भ में डॉ. सिल्वेस्टर ने वर्णन किया है कि "झाँसी की तरह कालपी में गड़बड़ हुई। यहाँ युद्ध से संबंधित सभी सामान थे। बड़े गोले दागने वाली दो तोपें थी। इनके अतिरिक्त 15 तोपें और थीं। गोले और गोलियों का बहुत बड़ा संग्रह था। तोप के गोले और हथियारों की मरम्मत के अनेक कारखाने झोंपड़ियों में चल रहे थे। यहाँ जितने औजार, हथियार, साँचे, हथौड़े आदि थे, वे सब विलायत में बने हुए थे। बंदूकों की मरम्मत बहुत अच्छी तरह होती थी। वास्तव में विद्रोहियों का यह सबसे बड़ा शस्त्रागार था। अगर विद्रोहियों में रक्षा करने की क्षमता होती तो कालपी इतनी सरलता से हमारे हाथ न आती।"

तात्या टोपे द्वारा क्रांति केंद्र के रूप में स्थापित कालपी का किला अंग्रेजों के अधिकार में था। स्वाधीनता युद्ध के लिए एकत्र की गई युद्ध सामग्री अब दुश्मन के हाथ थी। दुर्भाग्यवश किले पर अंग्रेजी झंडे ने क्रांतिकारियों के झंडे का स्थान ले लिया।

ग्वालियर अभियान

कोंच की पराजय के बाद ही तात्या टोपे को यह स्पष्ट हो गया था कि अब कालपी केंद्र दुश्मनों के पास जाने से रोक पाना असंभव है। तात्या अगली योजना

का विचार कर चर्खी पहुँचे। जालौन से चार मील की दूरी पर चर्खी में उनके माता-पिता तथा परिवार था। तात्या ने उन्हें कालपी की स्थिति बताते हुए सुरक्षित स्थान पर चले जाने के लिए कहा और बिना कुछ बताए वहाँ से चल दिए। तात्या टोपे गुप्त रूप से ग्वालियर पहुँचे। यह प्रवास उन्होंने अत्यंत गोपनीय रखा, ताकि ग्वालियर नरेश और उनके दीवान दिनकर राव को इसकी भनक न लगे। अगले मोर्चे के लिए लंबे गुप्त अभियान की आवश्यकता थी। तात्या टोपे एक बार ग्वालियर के मुरार छावनी की सेना को पक्ष में कर कानपुर युद्ध में ले जा चुके थे, उन्हें ग्वालियर की सेना की निष्ठा व संकल्प का पूर्व अनुभव था। ग्वालियर की सेना के प्रति विश्वास ही उन्हें पुन: ग्वालियर लाया था। तात्या टोपे की यही तो विशेषता थी कि वे हर निराशा में आशा और हर असफलता में सफलता के सुराग ढूँढ़ लेते थे। तात्या ने छिपकर लोगों से मुलाकात की और ग्वालियर राज्य की सेना से जाकर मिले। महाराजा की सेना से संपर्क करने पर पता चला कि सेना राजा से असंतुष्ट थी। तात्या टोपे को लक्ष्य तक पहुँचने की पगडंडी मिल गई। सेना के पुरवैये (पूर्विया) लोगों को महाराज अपनी सेना से बाहर कर रहे थे, सैनिक परेशान थे। तात्या टोपे को इसी का लाभ मिला। इसी तथ्य को डॉ. एस.एन. सेन ने अपनी पुस्तक Eighteen Fifty Seven में लिखा है—"थोड़े ही दिन ग्वालियर में रहकर तात्या ने जान लिया कि राजक्रांति के लिए आवश्यक परिस्थितियाँ वहाँ विद्यमान हैं। वे समझ गए कि ग्वालियर के सामने (क्रांतिकारी सेना का) आने का अर्थ था, उस पर विजय प्राप्त करना।"

ग्वालियर की सेना को अपने पक्ष में कर तात्या टोपे क्रांतिकारियों के पास गोपालपुर गए। कालपी के पतन के बाद क्रांतिकारी नेता और उनकी सेना रात को कालपी से बाहर निकल गोपालपुर में एकत्र हो गई थी। राव साहब, रानी लक्ष्मीबाई, नवाब बांदा भी वहाँ पहुँच चुके थे। भावी योजना के लिए तात्या टोपे भी पहुँचे। गोपालपुर में राव साहब की अध्यक्षता में अगले अभियान के लिए विचार-विमर्श चला सबने अपने-अपने तर्क रखे। यह समय क्रांतिकारियों के लिए घोर निराशा का था। कानपुर, झाँसी, कालपी जैसे प्रमुख केंद्र अंग्रेजों के हाथ में थे। एक विचार दक्षिण की ओर बढ़ने का आया, लेकिन दक्षिण पहुँचना इतना आसान न था उसके लिए विशाल संगठन और वृहद सेना की आवश्यकता थी। अंग्रेजों ने हर तरफ दमन चक्र चला रखा था, ऐसी परिस्थिति में यह संभव न था।

बुंदेलखंड के झाँसी, कोंच, कालपी, बानपुर आदि केंद्र नष्ट हो चुके थे, ऐसे

में बुंदेलखंड सुरक्षित नहीं रह गया। परिस्थिति विकट थी तभी तात्या टोपे ने अपना सुझाव रखा कि हमें ग्वालियर को अपना केंद्र बनाना चाहिए। सबकी निगाहें तात्या टोपे पर आकर टिकीं। तात्या ने स्पष्ट किया कि ग्वालियर नरेश अंग्रेजों के साथ होने के बावजूद वहाँ की सेना क्रांतिकारियों के साथ है। राष्ट्रभक्ति ने व्यक्ति (राजा) को मात दे दी है। हमें ग्वालियर कूच पर विचार करना चाहिए।

तात्या टोपे ने सैनिकों से होने वाली बातचीत का सारा वृत्तांत सुनाया। सबको आश्चर्य हुआ, क्योंकि तात्या की ग्वालियर जाने की जानकारी किसी को न थी, वे सब तो यही जानते थे कि तात्या टोपे अपने परिवार वालों से मिलने चर्खी गए हुए हैं। रानी लक्ष्मीबाई ने तात्या टोपे की इस बात का समर्थन किया कि पहले ग्वालियर विजित किया जाए। वहाँ से प्राप्त सैनिक, युद्ध सामग्री और खजाना आदि के बल पर दक्षिण की ओर बढ़ा जाए। सभी तात्या के प्रस्ताव पर एकमत हो गए।

गोपालपुर से जाने के उपरांत ग्वालियर के निकट पहुँचते ही राव साहब के हस्ताक्षर से महाराजा ग्वालियर तथा राजमाता बायजाबाई के पास पत्र भेजा गया कि हम लोग मित्रवत् भाव से जुड़ना चाहते हैं। हमारे आपके पुराने संबंध हैं। हम ग्वालियर पर अधिकार कर लंबे समय तक रुकना नहीं चाहते। हम तो आपसे मिलकर दक्षिण की तरफ निकल जाएँगे।

राव साहब, तात्या टोपे, रानी लक्ष्मीबाई, नवाब बांदा अपनी सेना के साथ ग्वालियर की ओर बढ़े, जैसे ही ग्वालियर नरेश जयाजी राव सिंधिया को यह सूचना मिली तो उन्होंने मित्रता का हाथ न बढ़ाकर छह हजार पैदल सेना, डेढ़ हजार घुड़सवार तथा आठ तोपों के साथ मुरार से चार मील दूर मोर्चा लिया। राव साहब की सेना का सामना होते ही उन्होंने अपनी सेना को गोले बरसाने का आदेश दिया। गोलंदाजों ने पहले तोप दागने का अभिनय किया। बाद में स्पष्ट मना कर दिया। क्रोधित राजा ने स्वयं तोप चलाई। इसके उत्तर में रानी लक्ष्मीबाई ने घुड़सवार सेना के साथ तोपों पर आक्रमण कर तोपें ठंडी कर दीं। जब पैदल और घुड़सवार सेना का आमना-सामना हुआ तो आक्रमण की जगह सैनिक गले मिल गए। महाराजा जयाजीराव अवाक् थे। उन्होंने अपना घोड़ा रणक्षेत्र से मोड़ा और आगरे की ओर दौड़ाया। बाद में दीवान दिनकर राव तथा अन्य सरदार भी आगरा पहुँच गए। 31 मई, 1858 को ग्वालियर के किले पर पेशवा का झंडा फहरा दिया गया। ग्वालियर में लूटमार न करने तथा जयाजीराव सिंधिया के कर्मचारियों को यथावत् कार्य करने के लिए कहा गया।

ग्वालियर की विजय अत्यंत महत्त्वपूर्ण थी। यहाँ का सुदृढ़ किला, विशाल

प्रशिक्षित सेना, सैन्य सामग्री, सब कुछ क्रांतिकारियों के अधिकार में था। कौन जानता था कालपी की पराजय के बाद इतना महत्त्वपूर्ण केंद्र विजित कर लिया जाएगा। यह तात्या टोपे की दूरदर्शी योजना थी, जिसने आकार ले लिया। 3 जून को ग्वालियर में बड़ा दरबार लगाया गया। राव साहब को पेशवा मानकर तोपों की सलामी दी गई। अमरचंद बाँठिया ने ग्वालियर का खजाना क्रांतिकारियों को सौंप दिया। रामराव गोविंद को दीवान, अमीरचंद को कोषाध्यक्ष बनाया गया। इस विशाल दरबार में वहाँ के सामंत, सरदार और अमीर शामिल थे। हर तरफ उत्साह-आनंद का माहौल था।

कानपुर, झाँसी और कालपी के लगातार पराजय के बाद ग्वालियर विजय से तात्या टोपे के मन की पीड़ा कुछ कम हुई। उनकी तकलीफ यह थी कि कितनी मुश्किलों, कितनी कोशिशों के बाद वे सेना गठन से लेकर अभियान खड़ा करते थे लेकिन कभी गद्दारी, तो कभी नेतृत्वकर्ता के निर्णय में कमी की वजह से मैदान हार जाते थे। तात्या टोपे जैसे कर्तव्यनिष्ठ योद्धा इस महासंग्राम से न दूर जा सकते थे और न ही योग्य-अयोग्य के निर्णय को नकार सकते थे। ग्वालियर विजय भी उनकी गुप्त योजना के क्रियान्वयन का परिणाम था। इस सफलता ने उन्हें कुछ राहत पहुँचाई थी। तात्या टोपे पुन: संगठन कार्य में जुट गए। उन्होंने जयाजीराव सिंधिया के सैनिक अफसरों को यथावत् कार्य करने दिया और फौजियों का भरती अभियान शुरू कर दिया।

तात्या टोपे तुरंत सेना को सशक्त करने में इसलिए लगे, क्योंकि वे जानते थे कि ग्वालियर अति महत्त्वपूर्ण केंद्र है। इसकी हार ने अंग्रेजों के होश उड़ा दिए हैं, वे इसे तुरंत हासिल करने की निश्चित ही योजना बनाएँगे। अत: अगले युद्ध के लिए एक सुसंगठित सेना की मानसिक व सामरिक तैयारी होनी ही चाहिए। यही तो थी तात्या टोपे की वह दृष्टि, जिसमें होने वाले युद्ध की परिकल्पना और उसके लिए तोड़ ढूँढ़ निकालने का चमत्कार था।

तात्या टोपे का सोचना शत प्रतिशत सही था। गर्वनर जनरल के भयभीत होने का अंदाजा उनकी भेजी गई रिपोर्ट से सहज ही लगाया जा सकता है रिपोर्ट में लिखा था—"अगर सिंधिया (शिंदे) विद्रोहियों से मिल जाते हैं तो कल ही मुझे बिस्तर लपेटना पड़ेगा।" ग्वालियर के रेजीडेंट मेकफर्सन ने लिखा था—"अगर ग्वालियर विद्रोहियों से मिल जाता तो क्या होता, इसका निश्चय करने के लिए नक्शे पर एक दृष्टिपात करना ही पर्याप्त है।"

ग्वालियर की आश्चर्यजनक विजय पर तात्या टोपे की आयोजना की प्रशंसा में इतिहास लेखक मालेसन ने लिखा है—"कुछ समय पहले जो बात असंभव थी, वह संभव हो गई। ग्वालियर की सत्ता क्रांतिकारियों के हाथों में चले जाने का समाचार सुनकर ह्यूरोज समझ गया कि अगर ग्वालियर में इन क्रांतिकारियों का केंद्र बना रहा तो वह भयानक साबित हो सकता है। ग्वालियर पर अधिकार प्राप्त कर लेने के बाद, सेनापति तात्या टोपे की ताकत फिर एक बार बढ़ गई और इसका परिणाम यह हो सकता है कि आज जो क्रांति ठंडी हो रही है, वह फिर प्रज्वलित हो उठे। तात्या टोपे में क्रांति कराने की एक अद्भुत शक्ति है। वह भारत में मराठों की क्रांति तो करा ही सकता है। इस कार्य में तात्या टोपे की योग्यता किसी से छिपी नहीं है। हो सकता है कि वह पेशवा का झंडा उठाकर दक्षिण का मराठा-प्रदेश भड़का दे। उन जिलों में इस समय अंग्रेजी सेनाएँ भी नहीं हैं। अगर मध्य भारत के क्रांतिकारियों की सहायता मिल गई तो दक्षिण के लोग पेशवा शासन कायम करने हेतु एक बार युद्ध के लिए तैयार हो सकते हैं। अब तक वे पूर्व के उन युद्धों को भूले नहीं होंगे, जिनमें पेशवा कायम रखने के लिए खून बहाया गया था।"

उस समय ग्वालियर में क्रांतिकारी नेता उत्सव आयोजन कर खुशियाँ मना रहे थे। यह बात तात्या टोपे और लक्ष्मीबाई के गले नहीं उतर रही थी, क्योंकि अभी संकट टला नहीं था। दोनों वीर योद्धाओं की इच्छा थी कि ग्वालियर की विशाल सेना और संगठन को मजबूत करके जो क्षेत्र अंग्रेजों के हाथ चले गए हैं, उन्हें वापस विजित कर लिया जाए और अपनी शक्ति बढ़ाई जाए। तत्या टोपे का साफ मत था, यह समय आयोजनों में नष्ट करने का नहीं है, बल्कि अगली योजना को आकार देकर अमल करने का है, पर उनकी बात नहीं सुनी गई।

ह्यूरोज को 4 जून, 1858 को क्रांतिकारियों के ग्वालियर पर अधिकार की सूचना मिलते ही उसकी क्रोधाग्नि भड़क उठी। वह वर्षा ऋतु प्रारंभ होने से पहले हर हाल में ग्वालियर को विजित करना चाहता था।

ग्वालियर को लेकर अंग्रेजों की चिंता और अधीरता को इतिहासकार मालेसन ने लिखा है—"अगर ग्वालियर शीघ्र ही न जीता गया तो कितनी हानि होगी, इसकी कल्पना करना भी कठिन है। इसमें विलंब करने से तात्या टोपे ग्वालियर की प्रबल राजनीतिक तथा सैनिक शक्ति से तथा वहाँ की संपत्ति, युद्ध-सामग्री और कालपी की बची-खुची सेना की सहायता से देश भर में मराठा-विद्रोह का, जिसमें वह

अत्यंत चतुर और निपुण है, संगठन करेगा और दक्षिण की मराठा रियासतों पर पेशवा का झंडा लहराने लगेगा।"

तात्या टोपे की एक न सुनी गई और ग्वालियर में उत्सव आयोजन के दौर पर दौर चलते रहे। परिणामस्वरूप पूर्ण तैयारी के साथ ह्यूरोज विशाल सेना लेकर ग्वालियर के निकट आ पहुँचा। वह अपने साथ जयाजीराव सिंधिया को भी लेकर आया और ग्वालियर के निकट पहुँचते ही घोषणा की—

"अंग्रेजी फौजें ग्वालियर पर अपना कब्जा करने के लिए नहीं आ रही हैं। क्रांतिकारी नेताओं ने झूठी बातें पैदा करके यहाँ की सेना और प्रजा को धोखा दिया है और यहाँ के राजा जयाजीराव को राज्य से निकाल दिया है। अंग्रेजी सेनाएँ केवल जयाजीराव और ग्वालियर की प्रजा की सहायता करने के लिए आ रही हैं। ग्वालियर की प्रजा और सेना से हमें कोई मतलब नहीं है। अंग्रेजी सेनाएँ जयाजीराव सिंधिया को उसका खोया हुआ शासन दिलाकर तुरंत चली जाएँगी।" ह्यूरोज ने यह चाल जानबूझकर चली, वह जानता था ग्वालियर की प्रजा की अब भी अपने राजा में श्रद्धा है। ऐसी स्थिति में लोगों को अपने हित में कर क्रांतिकारियों को कमजोर किया जा सकता है। अपनी इस घोषणा के साथ ह्यूरोज ने ग्वालियर को अति व्यवस्थित ढंग से घेरा।

क्रांतिकारियों को दक्षिण की ओर से रोकने के लिए मेजर मोर को शिवपुर-ग्वालियर मार्ग पर तैनात किया। ग्वालियर से 5 मील दूर दक्षिण-पूर्व में कोटासराय पर कर्नल स्मित का मोर्चा था। इधर आगरा से ग्वालियर की ओर कर्नल रिंडले बढ़ा। ह्यूरोज स्वयं पूर्व की ओर से बढ़ा। इस प्रकार ह्यूरोज ने ग्वालियर को चारों ओर से घेर लिया। ह्यूरोज ने बहुत सोच-विचार कर युद्ध की योजना बनाई थी। वह जानता था कि क्रांतिकारियों का सेनापति तत्या टोपे है। जो बिंदु मात्र की कमजोरी रहने पर, उसी से बचाव का रास्ता निकाल लेता है, इसलिए उसने तैयारी में कोई कमी नहीं छोड़ी थी।

इधर सूचना मिलते ही तात्या टोपे भी अपनी सेना लेकर आगे बढ़े। यह जानते हुए कि अंग्रेजों ने जयाजीराव सिंधिया के पक्ष में सूचना भेजने की साजिश रची है। उनके आत्मविश्वास में कोई कमी नहीं आई और वे बढ़ते गए।

16 जून, 1858 को ह्यूरोज मुरार के पास पहुँचा। क्रांतिकारियों पर पैदल सेना द्वारा हमला किया गया। दोनों ओर से तोप गोले बरसे। ह्यूरोज के अंग्रेजी घुड़सवारों ने तात्या टोपे की सेना पर पीछे से हमला बोला। तात्या टोपे को हटना पड़ा। अंग्रेजी

सेना जैसे ही ग्वालियर के पास पहुँची ह्यूरोज ने फिर साजिश रची। उसने जयाजीराव सिंधिया और उनके सरदारों को अग्रिम पंक्ति में कर दिया, ताकि ग्वालियर की प्रजा अपने राजा पर वार न कर सके। और हुआ भी यही। क्रांतिकारी सेना और अंग्रेजी सेना में घमासान हुआ, लेकिन तात्या टोपे की तमाम कोशिशों के बावजूद ग्वालियर की सेना ने अंत तक अग्रिम पंक्ति पर वार नहीं किया। क्योंकि अग्रिम पंक्ति में जयाजीराव सिंधिया थे।

रानी लक्ष्मीबाई का बलिदान

युद्ध में चंदेरी से कर्नल स्मिथ की सेना ने कोटासराय को पार किया। इसे रोकने के लिए रानी लक्ष्मीबाई आगे बढ़ीं। उन्होंने ग्वालियर के बाहर आस-पास की पहाड़ियों पर पहले ही तोपें लगा दी थीं। रानी ने एक टुकड़ी की व्यवस्था इस प्रकार की थी कि अंग्रेजी सेना पर पीछे से भी वार किया जा सके। अपनी आक्रमण नीति के अनुसार अंग्रेजों की घुड़सवार सेना ने बढ़कर तोपों पर सीधा आक्रामक हमला किया। क्रांतिकारी सेना पीछे हटी और रानी के सांकेतिक आदेश पर पीछे से हमला कर दिया। उनकी रसद छीनने का भरसक प्रयास किया, पर अंग्रेजी सेना ने अपनी रसद बचा ली और मुकाबला किया। युद्ध भयंकर था। रानी लक्ष्मीबाई के साहस और वीरता के सामने अंग्रेज भयभीत हो रहे थे। रानी नंगी तलवार लेकर जिस ओर अपना घोड़ा दौड़ातीं, दुश्मन की सेना को मारकर रख देतीं। 17 जून, 1858 को रानी की विजय हुई, लेकिन क्रांतिकारी सेना में वो उत्साह नहीं था, जो रानी में था। रानी का पराक्रम अपने चरम पर था, तभी क्रांतिकारी सेना पीछे हटने लगी। अवसर देख अंग्रेजी सेना आगे बढ़ने लगी। रानी ने घुड़सवार सेना को रोकने का प्रयास किया, लेकिन क्रांतिकारी पीछे हटकर भागने लगे। जनरल स्मिथ के साथ ह्यूरोज भी रानी से संघर्ष के लिए पहुँच गया। ह्यूरोज रानी के पराक्रम को जानता था। उसने पूरी ताकत रानी से युद्ध करने में लगा दी, क्योंकि दूसरे फाटक पर ग्वालियर की सेना के साथ डटे तात्या टोपे का मोर्चा कमजोर पड़ रहा था। ऐसे में रानी लक्ष्मीबाई का जीतना आवश्यक था। लेकिन परिस्थितिवश रानी लक्ष्मीबाई को भी पीछे हटना पड़ा। अंग्रेजों के घुड़सवार पीछा कर रहे थे। तभी रानी का घोड़ा नाले के पास रुक गया। अनेक प्रयत्न के उपरांत भी वह नाला पार न कर सका। रानी को तीन ओर से घेर लिया गया। उसी समय अंग्रेज घुड़सवार के वार से रानी का सिर फट गया। 18 जून, 1858 को इस महान् वीरांगना ने रणभूमि में अपना बलिदान दिया।

रानी के शरीर को दुश्मन का हाथ न लगे इसलिए उनके क्रांतिकारी साथियों ने तुरंत दाह संस्कार कर दिया। रानी लक्ष्मीबाई पुरुष वेश में थीं, इसलिए अंग्रेजों को तीन दिनों तक रानी की मृत्यु का पता नहीं चल पाया। मृत्यु का समाचार सुनकर ह्यूरोज बोला—

"वह विद्रोही नेताओं में सबसे श्रेष्ठ और सबसे बहादुर थी।"

ग्वालियर की पराजय के बाद तात्या टोपे, राव साहब, बादा नवाब शेष सेना लेकर उत्तर की ओर चल दिए। जनरल नेपियर ने पीछा किया और अलीपुर में पुन: मुकाबला हुआ, लेकिन क्रांतिकारी सेना बच निकली।

20 जून, 1858 को ग्वालियर पर अंग्रेजों का अधिकार हो गया। रॉबर्ट हेमिल्टन ने ग्वालियर आकर जयाजीराव सिंधिया को ग्वालियर का राज्य सौंपा। सिंधिया अंग्रेजों की कठपुतली बन गया।

तात्या टोपे के पेशवा राज्य की पुन:स्थापना के स्वप्न को तत्क्षण विराम लगा। रानी लक्ष्मीबाई के बलिदान ने अप्रतिम योद्धा खो दिया था। अब 1857 महासंग्राम का एक ही योद्धा शेष था—'तात्या टोपे' जो सेनापति था, योद्धा था, योजक था; लेकिन सेना और साधन न थे। बिना रुके यह योद्धा नई युद्ध नीति, नई परिकल्पना के साथ अगले मोर्चे का ताना-बाना बुनने लगा।

महासंग्राम में दिल्ली, कानपुर, कालपी, लखनऊ, लाहौर, नागपुर, सतारा, झाँसी, ग्वालियर के बड़े मोर्चों में पराजय उपरांत अनेक नायकों के बलिदान का इतिहास शेष था। बचे क्रांतिकारियों ने वन प्रांतरों में शरण ली, देश के बाहर पलायन किया। आम-जन, फौज-फाटा सब अंग्रेजों के दमन के आगे असहाय थे। ग्वालियर की पराजय और रानी लक्ष्मीबाई की शहादत के बाद क्रांति आयोजना का किला भरभराकर गिर गया। स्वाधीनता संग्राम का परिदृश्य नायकविहीन हो गया।

तात्या टोपे उस चौराहे पर थे, जहाँ चारों ओर सन्नाटा, खून से लथपथ देशवासियों की चीखें और अंग्रेजों की प्रताड़ना के दृश्य शेष थे। तात्या टोपे ने इस रक्तरंजित कर्मक्षेत्र में भी डटे रहने का निर्णय लिया। साथी, सेना और साधनरहित होने पर भी युद्ध की राह तलाश रहे थे। असल में तात्या टोपे ऐसे अप्रतिम योद्धा थे, जिनके पास हर परिस्थिति का विकल्प था। वे हर विकट परिस्थिति के आगे झुकना नहीं उबरना जानते थे। शायद ही कोई योद्धा रणभूमि में अकेले होने पर भी पुनः युद्ध करने की कल्पना करे। लेकिन तात्या टोपे ने कल्पना ही नहीं की, उसे आकार भी दिया। नई रणनीति और युद्ध नीति के साथ। वर्तमान परिस्थिति में प्रत्यक्ष युद्ध संभव नहीं था। अतः उन्होंने छापामार युद्ध को अपनाया। तात्या टोपे इस युद्ध पद्धति की कला में पारंगत थे। वे यह भी जानते थे कि इसी छापामारी के अंकुर पर छत्रपति शिवाजी महाराज ने इतना बड़ा साम्राज्य खड़ा किया था। संभव है, आज की यह छापामार युद्ध नीति की कोंपलें कल अंग्रेजी साम्राज्य को समाप्त कर दें।

इधर तात्या टोपे के मस्तिष्क में छापामार युद्ध नीति का अनुकरण आकार ले रहा था। उधर अंग्रेजों के लिए यह विश्राम काल था। सेनापति ह्यूरोज मुंबई में अवकाश का आनंद ले रहा था। सामान्य निगरानी के लिए मध्य भारत की सेना को चार भागों में बाँट दिया गया। एक ग्वालियर किले में, दूसरी मुरार छावनी, तीसरी झाँसी और चौथी शिवपुरी तथा गुना में रखी गई। ये चारों ही ठिकाने तात्या टोपे के प्रभावी रणक्षेत्र रह चुके थे। अंग्रेजों का युद्ध समाप्ति के अभिमान को आघात तब लगा, जब "ग्वालियर विजय के पश्चात् कुछ सप्ताह भी व्यतीत नहीं हो पाए थे कि मध्य भारत के नगरों गाँवों और जंगलों में तात्या टोपे का नाम गूँजने लगा।"

वस्तुतः बदली परिस्थितियों में तात्या ने अपनी युद्ध नीति और व्यवहार में परिवर्तन किया। ग्वालियर पराजय के बाद स्वातंत्र्य समर का महत्त्वपूर्ण स्तंभ गिर चुका था। उद्देश्य शून्य लोगों का आत्मबल समाप्त हो गया था। चारों तरफ अंग्रेजों का डर व्याप्त था। डर में एक ही आवाज थी, अंग्रेजों की विजय ध्वनि। तात्या टोपे ने अंग्रेजों के विजय घोष की गूँज में उस शोर को सुना और समझा जो सिर्फ शोर था, न उसमें भारतीयों का भाव था और न ही अंतर्मन। तात्या टोपे ने आवाज और आत्मा के इस विभेद को पहचाना...इस खाई को महसूस किया...। अंग्रेजों के जयकारों की गूँज की करुणा में क्रांति की खनक और स्वराज्य पाने की लालसा को सुना। तात्या टोपे समझ गए भारतीय मानस अब भी अपनी मूल परिकल्पना को साकार होते देखना चाहता है। विचारक और चिंतक वायुमंडल में से वह सुन लेता

है, जो अन्य कल्पना भी नहीं कर सकते। उस समय के वायुमंडल के जयकारों में शायद ही किसी ने पुनः इतनी विराट् क्रांति और अंग्रेजों को देश-निकाला करने की कल्पना की हो। लेकिन तात्या टोपे ने की और बिना रुके अगले अभियान के लिए चल दिए।

अब उनके पास न सेना थी, न राजे रजवाड़ों का सहयोग। अगर कोई था तो आम जन। वह आम जन जो प्रथमद्रष्टया अंग्रेजों की जयकार कर रहा था। तात्या टोपे के लिए अगला अभियान शुरू करने के पहले लोगों में विश्वास जगाना एक नई चुनौती थी। वे इस देश के मानस को जानते थे। भारतीयों की मन:स्थिति को भारत का जन, भारत की मिट्टी ही समझ सकती है। तत्समय लोगों में क्रांति की असफलता की पीड़ा के साथ अंग्रेजों के अत्याचार का आक्रोश भी था। तात्या टोपे कहते थे कि प्रतिक्रिया सदैव तात्कालिक होती है, स्थायी नहीं। स्थायी सदैव मूल रहता है और वह मूल है—'स्वाधीनता और स्वाभिमान।' जो हर भारतीय में था। बस उसे जाग्रत् करने की आवश्यकता थी। उनके खोए विश्वास को पुनः वापस लाना था। तात्या ने यह चुनौती स्वीकार की। वे आम जनता के बीच गए, अस्वीकार्य को स्वीकार्य करने में किंचित् समय जरूर लगा, लेकिन तात्या टोपे के निश्चय ने आकार लिया। लोगों का सहयोग तात्या टोपे को मिलने लगा। लोगों का भय टूटा और वे अपने नायक के पास आने लगे, उन्हें सहायता करने लगे। आरंभ में लोगों पर प्रताड़ना और भय इतना हावी था कि तात्या टोपे के पहुँचते ही गाँव खाली हो जाता था, जिसे देख तात्या टोपे न विचलित हुए न क्रोधित। तात्या टोपे ने सोचा यह प्रतिक्रिया है। यह सकारात्मक हो अथवा नकारात्मक इसका होना आवश्यक है। अगर प्रतिक्रिया न हो तो व्यक्ति अथवा समाज सम हो जाता है। निकृष्ट हो जाता है, सो जाता है। फिर उसमें उठने की, चलने की उम्मीद नहीं रहती। तात्या टोपे इसी नकारात्मक भाव को सकारात्मक करने में लग गए। तात्या टोपे अंग्रेजों से युद्ध न कर अप्रत्यक्ष अभियान पर थे। इसीलिए ग्वालियर पराजय के बाद जौरा अलीपुर में बांदा नवाब और राव साहब की मौजूदगी के बाद भी तात्या टोपे ने अंग्रेजों द्वारा घेरे जाने और युद्ध करने की लाख कोशिश के बाद भी यह युद्ध नहीं किया, क्योंकि उनका लक्ष्य तत्काल नर्मदा पार करना था, और वे सेना के साथ बचकर निकल गए।

तात्या टोपे के सामने दक्षिण के सिवा कोई विकल्प न था। उत्तर भारत में ऐसी कोई रियासत शेष न थी, जहाँ मोर्चा खड़ा किया जा सके। दक्षिण ही वह क्षेत्र था, जहाँ पेशवाओं के क्षत्रप की गौरवगाथा और अपनत्व लोगों के मानस में रचा-बसा

था, जिसे संगठित कर अंग्रेजों से युद्ध किया जा सकता था। अतः वे दक्षिण अभियान को आकार देने के लिए जल्द-से-जल्द दक्षिण की ओर बढ़ना चाहते थे। अपनी आगामी युद्ध की योजना को कार्यान्वित करने के लिए तात्या टोपे के कदम बढ़े भी, लेकिन सेनापति ह्यूरोज ने इस आयोजना को भाँप लिया। उसने तात्या टोपे का पीछा करने वाले सेनापति को हिदायत दी थी कि वह किसी भी स्थिति में दक्षिण न जा सके। अंग्रेजी सैन्य बल की पूरी ताकत उनके दक्षिण जाने का रास्ता रोके खड़ी थी।

लेकिन रोकने की तमाम कोशिशों के बाद भी तात्या टोपे जोरा अलीपुर से राव साहब, बांदा नवाब को साथ लेकर भरतपुर की ओर मुड़े और अपनी सेना के साथ मार्ग में रुककर विश्राम किया। अंग्रेजों को तात्या टोपे के निकल जाने का कोई पता नहीं चला और न ही वे यह जान पाए कि आखिर तात्या टोपे कहाँ हैं जैसे ही ब्रिगेडियर शावर्स को आगरा में यह सूचना मिली कि तात्या टोपे भरतपुर की तरफ बढ़ रहे हैं। वह तुरंत सेना लेकर तात्या की क्रांतिकारी सेना को रोकने के लिए भरतपुर पहुँचा।

तात्या टोपे का अपना सक्षम सूचना तंत्र था। अंग्रेजी सेना की जानकारी मिलते ही तात्या टोपे ने अपना रास्ता बदला। उन्होंने भरतपुर रियासत के स्थान पर जयपुर रियासत की ओर रुख किया। तात्या ने जयपुर जाने का निर्णय यूँ ही नहीं लिया, बल्कि सोच-समझकर लिया था। अब भी राजस्थान की वीरोचित भूमि में स्वतंत्रता का चैतन्य जीवंत था। जयपुर की प्रजा क्रांति के पक्ष में थी। तात्या टोपे ने वहाँ पहुँचते ही लोगों को पुनः विश्वास दिलाया। पुनः नई युद्ध नीति और योजना के साथ अंग्रेजों से युद्ध के लिए तैयार किया। वे फौजी अफसरों को भी युद्ध आयोजना में शामिल करने में सफल हुए।

जयपुर को रणक्षेत्र के एक सशक्त ठिकाने के रूप में निर्मित कर तात्या टोपे आगे की तैयारी में जुटे ही थे कि पॉलिटिकल एजेंट कैप्टन ईडन को तात्या टोपे के जयपुर पहुँचने और युद्ध की तैयारी करने का पता चल गया। उसने तुरंत रॉबर्ट्स को नसीराबाद से जयपुर पहुँचने का आदेश दिया। वह फौज लेकर जयपुर की ओर रवाना हुआ। लेकिन वहाँ पहुँचने पर देखा, कहीं तात्या टोपे और उनकी सेना न थी, वे जयपुर छोड़कर जा चुके थे। रॉबर्ट्स ने पता लगाने की भरसक कोशिश की कि आखिर तात्या टोपे कहाँ हैं? चूँकि जयपुर के आम जन और फौजी तात्या टोपे के साथ थे अतः तात्या का कोई सुराग मिलने का प्रश्न ही नहीं उठता था।

तात्या टोपे इस युद्ध अभियान में अति चौकन्ने थे। योजनानुसार वे एक जगह

रुककर युद्ध करना नहीं चाहते थे। वे तो परास्त हुए भारतीयों के मन से अंग्रेजों का डर निकालकर पुन: रणभूमि में लाने की तैयारी में थे। पूर्ण तैयारी होने तक वे हर सीधी लड़ाई से बचने-बचाने की कोशिश में थे। भारतीय मानस को खड़ा करने के इसी अभिप्राय के अंतर्गत उन्होंने ग्वालियर से भरतपुर फिर जयपुर और अब पुन: दक्षिण की ओर बढ़ने का प्रयास किया। ह्यूरोज ने दक्षिण जाने के पथ में जगह-जगह अंग्रेजी सेना का जाल बिछा दिया था, यह बात तात्या टोपे भी जानते थे और तात्या टोपे के दक्षिण जाने से अंग्रेजों की सत्ता में उत्पन्न होने वाले खतरे को ह्यूरोज भी जानता था। इसीलिए उसने दक्षिण पथ पर अति सावधानी बरती।

तात्या टोपे एक ऐसे सेनापति थे, जिन्हें रोकना संभव न था। वे बिना किसी को कुछ बताए मार्ग पर चलते और अचानक मार्ग बदल देते थे। उनके जयपुर आने की किसी को सूचना न थी, लेकिन अंग्रेजी फौज नसीराबाद से जयपुर रवाना कब हुई, इसकी उन्हें जानकारी थी। इसीलिए उन्होंने जयपुर छोड़ अपना मार्ग दक्षिण की तरफ किया।

दक्षिण की ओर बढ़ते तात्या टोपे को रास्ते में कर्नल होम्स की सेना मिली। अब युद्ध करना तात्या टोपे की मजबूरी थी, जबकि वे युद्ध में उलझकर समय और ऊर्जा खत्म करना नहीं चाहते थे। जब तात्या टोपे का कर्नल होम्स की सेना से खुले मैदान में आमना-सामना हुआ, तब दिन समाप्त हो चुका था। तात्या ने नजरें दौड़ाईं तो देखा कि कुछ दूरी पर ही मीलों लंबा जंगल है। तात्या ने अपनी सेना को सतर्क किया और वहीं मुकाम लिया। कर्नल होम्स ने समझा कि मुकाम जमा तात्या टोपे युद्ध की तैयारी में जुट गए हैं। अत: उसने अपनी कुटिल नीति के तहत दूरदर्शिता पूर्ण विचार किया कि आज रात युद्ध को स्थगित कर तात्या टोपे की थकी सेना को विश्राम करने दिया जाए और सेना के सोते ही आक्रमण कर तात्या टोपे को गिरफ्तार कर लिया जाए। अंग्रेजों की बुद्धि की उर्वरता सोते में अथवा धोखे से वार तक ही सीमित थी।

अनिश्चितता दोनों ओर की सेनाओं में थी। रात के अँधेरे में कर्नल होम्स ने आक्रमण की पूर्ण तैयारी की और जैसे ही सेना सहित पहुँचा तो देखा कि तात्या टोपे और उनकी सेना जा चुकी थी। अँधेरे में सेना के जाने का दिशा बोध असंभव था।

तात्या टोपे अपनी सेना सहित रातोरात काफी दूर चले गए। कर्नल होम्स की फौज काफी पीछे थी। चलते-चलते वे टोंक पहुँचे। टोंक का नवाब वजीर मुहम्मद खाँ अंग्रेजों के पक्ष में था। जैसे ही उसे पता चला कि क्रांतिनायक तात्या टोपे सेना

के साथ पहुँचे हैं तो वह तात्या टोपे के विरुद्ध युद्ध की तैयारी में लग गया। अब तात्या टोपे की मुश्किल यह थी कि आगे अंग्रेज भक्त टोंक का नवाब था और पीछे पीछा करता कर्नल होम्स। पीछे जाना उचित न था, ऐसे में नवाब से युद्ध करना अनिवार्य हो गया। तात्या टोपे फिलहाल कोई युद्ध करना नहीं चाहते थे, विशेषकर इन परिस्थितियों में जब कोई नीति तैयार न थी, लेकिन टोंक में युद्ध के सिवा कोई विकल्प नहीं बचा। नवाब तात्या टोपे के शौर्य और पराक्रम को जानता था। इसलिए उसने एक सेना फौजी अफसर के नेतृत्व में भेजी स्वयं नहीं आया। वह अपनी गढ़ी के बंद दरवाजों में दुबककर छुप गया।

सामने से नवाब की आती फौज को देख तात्या टोपे ने अपनी सेना को मैदान में ही रोका और युद्ध की तैयारी में जुटे। वह तारीख थी 9 जुलाई, 1858। युद्ध आरंभ होने के कुछ समय पहले दोनों सेनाएँ करीब आकर आमने-सामने खड़ी हुईं। कुछ क्षणों में ही तात्या टोपे की नजरों ने सामने खड़ी सेना में राष्ट्रीयता के मानस को टटोल लिया। उसी अनुरूप क्रांति का हरा झंडा फहरा दिया और ऐलान किया—"हिंदुस्तान के ऐ प्यारे मुसलमान दोस्तो! हमारे प्यारे बादशाह बहादुरशाह के इस झंडे के नीचे आओ और मुल्क से इन अंग्रेजों को भगा देने में दिल्ली के बादशाह बहादुरशाह की मदद करो।" तात्या टोपे के इस घोष ने लोगों को पराधीनता का बाना उतार फेंकने के लिए प्रेरित किया। नवाब की सेना ने हथियार डाल दिए और तात्या टोपे की सेना में शामिल हो गई। युद्ध सामग्री और चार तोपें अब तात्या टोपे के अधिकार में थीं। न सिर्फ यह सामग्री बल्कि सेना भी उनके साथ थी।

तात्या टोपे अपनी नई और पुरानी सेना के साथ इंद्रगढ़ की ओर बढ़े, लेकिन तब तक मौसम के मिजाज बदल चुके थे। टोंक रियासत से आगे बढ़ते ही बरसात शुरू हो गई। वे जितना आगे बढ़ते जाते बारिश घनघोर हो रही थी। तभी सूचना मिली कि पीछे से कर्नल होम्स की सेना आ रही है। दूसरी तरफ राजपूताने से सेनापति रॉबर्टसन अपनी अंग्रेजी सेना के साथ आक्रमण के लिए बढ़ रहा था। तात्या टोपे आगे और पीछे दोनों ओर सेना से घिरे थे, ऊपर से चंबल नदी उमड़ रही थी। तात्या टोपे ने सोचा इन परिस्थितियों में उलझ गए तो खतरा बढ़ सकता है। उन्होंने तुरंत बीच का रास्ता खोजा और वे बूँदी की ओर बढ़े। तात्या को बूँदी के महाराणा रामसिंह से सहायता की अपेक्षा थी, लेकिन तात्या टोपे के पीछे आ रही अंग्रेजी सेना की दहशत से वे डर गए और उन्होंने अपने किले के द्वार बंद कर लिये।

अब तात्या टोपे के सामने रसद की समस्या थी, उन्होंने बूँदी से पाँच मील

दूर चीनी नामक स्थान से पहले रसद प्राप्त की। अंग्रेजों को भ्रमित करने के लिए सूचित किया कि वे दक्षिण की ओर बढ़ रहे हैं। पर वास्तव में वे उदयपुर रियासत की ओर बढ़े। वे नीमच और नसीराबाद होकर आगे बढ़े और भीलवाड़ा में मुकाम किया। रॉबर्टसन तात्या को ढूँढ़ने में उलझा, फिर जानकारी मिलते ही पीछे हो लिया। 7 अगस्त, 1858 को जनरल रॉबर्टसन की सेना ने तात्या टोपे पर आक्रमण किया। तात्या टोपे के पास युद्ध से बचने का कोई रास्ता न था, इसलिए डटकर मुकाबला किया। दिन भर भीषण घमासान हुआ। मार-काट में दोनों सेना के सैनिक हताहत हुए। तात्या की बड़ी विकट स्थिति थी। वे युद्ध करने की मानसिकता में नहीं थे, फिर भी युद्ध करना था। इसी स्थिति में दिन भर युद्ध के बाद रात्रि विश्राम हुआ। रात को ही तात्या टोपे अपनी सेना व तोपों सहित कोटरा गाँव की ओर चल दिए।

सुबह अंग्रेज सेनापति की आँखें खुलते ही तात्या टोपे के चले जाने की जानकारी मिली, वह तुरंत अपनी फौज वे साथ तात्या टोपे का पीछा करने के लिए आगे बढ़ा। लंबा सफर तय करने के बाद तात्या टोपे की सेना कोटरा पहुँची, वहाँ चैन की साँस भी नहीं ले पाए होंगे कि जनरल रॉबर्टसन की सेना 14 अगस्त को जा पहुँची और तात्या टोपे की सेना को घेर लिया। तात्या तुरंत सँभले और युद्ध का बिगुल फूँका। फिर घमासान आरंभ हो गया। रणभूमि में तात्या के मन में द्वंद्व था, युद्ध को विराम देने का द्वंद्व। वह किसी भी अवस्था में युद्ध से बचना चाहते थे। तात्या ने सोचा यह कोई निर्णायक युद्ध तो है नहीं, जिसके लिए समय नष्ट किया जाए। युद्ध करते-करते उन्हें योजना सूझी कि अगर वे तोपें और युद्ध सामग्री को यहीं छोड़ दूर निकल जाए तो अंग्रेजी सेना साजो-सामान समेटने में जो समय लगाएगी, तब तक वे दूर जा चुके होंगे। बच निकले तो हथियार फिर एकत्र किए जा सकते हैं, अगर जीवन शेष रहा तो फिर जोड़ लेंगे, यह तात्या का अटल विश्वास था। विचार आते ही तात्या टोपे ने अपनी सेना को संकेत किया। तात्या की सेना पीछे हटने लगी। अवसर पाकर मैदान से विलोपित हो गई। क्रांतिकारी सेना की छूटी तोपें और युद्ध सामग्री को अंग्रेजी फौज समेटने में जुट गई। तात्या चाहते भी यही थे। वे आगे बढ़े और बड़ी चतुराई से अपनी सेना को क्षति पहुँचाए बिना बच निकले।

13 मार्च को तात्या टोपे अपने क्रांतिकारी साथियों के साथ नाथद्वारा पहुँचे। नाथद्वारा के मंदिर में पूजा-अर्चना कर कांकरोली में विश्राम किया। तात्या यह जानते थे कि उनके पीछे अंग्रेजी सेना लगी है, लेकिन सैनिक इतने थके थे कि आगे बढ़ना संभव नहीं था। सबेरा होते ही रॉबर्टसन की सेना का आक्रमण सहना पड़ा।

दोनों ओर से गोलाबारी के धमाके हुए। तात्या टोपे ने तोपों का मोह छोड़ पलायन करना उचित समझा। कर्नल नेलर ने पीछा किया। कुछ दूर जाने के बाद तात्या टोपे घूमकर कर्नल नेलर का मुकाबला करने के लिए आगे बढ़े। नेलर ने समझा कि शायद तात्या टोपे ने कोई बड़ी तैयारी कर ली हो और वह युद्ध करने के बजाय पीछे लौट गया। रॉबर्टसन भी तात्या टोपे का पीछा करते-करते थक चुका था।

तात्या टोपे का दल रामपुरा (चंबल) की ओर बढ़ा। ब्रिगेडियर पार्क ने उन्हें आगे बढ़ने से रोकना चाहा फिर भी तात्या टोपे, होल्कर राज्य के बोध नामक गाँव पहुँचे। ब्रिगेडियर पार्के ने क्रांतिकारियों को मनासा मुकाम पर रामपुरा की ओर बढ़ने से रोक दिया। इसी बीच क्रांतिकारी कुमरी (छोटा उदयपुर) पहुँचे, अगले दिन बसाला (तालुका हवेली) आए। एक दिन ठहरने के बाद वे मंगालिया, नागोन (नागरा) तथा चंबल तट पर 22 अगस्त को सुबह सकुंदर पहुँचे। कर्नल पार्के के सामने यह सुनिश्चित नहीं था कि तात्या टोपे कहाँ हैं, कोई कहता दक्षिण गए। कोई कहता चंबल पार कर गए। लेकिन चंबल नदी उफान पर थी, ऐसे में उसे पार करना कठिन था।

तात्या टोपे चंबल की ओर बढ़े। नदी तट पर पहुँचने के पहले ही वे जानते थे कि पीछे अंग्रेजी सेना है, दूसरी अंग्रेजी फौज दाहिनी ओर से पीछा कर रही थी। तात्या ने सीधा चंबल का रास्ता पकड़ा। कुछ दूरी पर यह भी स्पष्ट हो गया कि नदी किनारे एक और अंग्रेजी सेना खड़ी है। चारों ओर बिछी अंग्रेजी सेना से बच निकलना आसान न था। ऊपर से चंबल का उफान। लेकिन तात्या न तूफान से डरे और न अंग्रेजी फौजों से, वे आगे बढ़ते रहे। तात्या ने जहाँ नजरें दौड़ाई, वहाँ अंग्रेजी सेना दिखाई दी। चारों दिशाओं में दुश्मन खड़ा था। कोई दिशा खाली न थी। यहाँ तक कि जिस रास्ते नदी पार करना था, वहाँ भी पहरा था। चंबल नदी के घाट पर अंग्रेजी सेना तैनात थी, अत: उन्हें अगले दिन अन्य घाट से चंबल पार करना पड़ा। देखा जाए तो इस परिस्थिति में नदी पार करना असंभव था। लेकिन तात्या टोपे के साहस और पराक्रम के आगे कुछ असंभव नहीं था।

तात्या टोपे ने विचार किया और नदी किनारे खड़ी फौज की कुछ दूरी का रास्ता पकड़ा। तात्या ने अनुमान लगाया कि इस रास्ते तक अंग्रेजी फौज को पहुँचने में जितना समय लगेगा, उतनी देर में वे नदी पार कर लेंगे।

उनका यह अनुमान बिल्कुल सही निकला। तात्या टोपे की सेना ने तेजी से नदी पार कर ली। अंग्रेजी सेना आश्चर्यचकित थी। यह किसी चमत्कार से कम न

था। चमत्कार ही था, वह वीरोचित चमत्कार। यह भारतभूमि में संभव हुआ···इसके होने के पीछे था तात्या टोपे के क्षण-प्रतिक्षण का स्पष्ट आकलन। एक सेनापति की वह विलक्षण दृष्टि कि दुश्मन की सेना कितने समय में कितनी दूरी पार कर पहुँच सकती है। यह अनुमान तात्या टोपे ने उस दबाव में लगाया, जब चारों ओर दुश्मन खड़े थे। यही तो था विलक्षण महानायक का शत प्रतिशत मूल्यांकन।

इसे देख पार्के हताश खड़ा था। तात्या टोपे उस पार जा चुके थे। करने को कुछ शेष न था, ऐसे में पार्के नीमच वापस आ गया। तात्या का पीछा करती सभी सेनाएँ चंबल के किनारे आ गईं और आगे की रणनीति तय करने लगीं।

चंबल घाट के एक नाविक घासी कीर ने अपने 23 अगस्त के कथन में बताया—"क्रांतिकारी चंबल नदी के घाट पर 22 अगस्त को सवेरे आ गए थे। इनके नेता ने सोने की दो मुहरें जल में समर्पित करते हुए जोर-जोर से बोला, "ओ माता गंगे, कुशलता से नदी पार लगा दो," यह संबोधन करके क्रांतिकारी तुरंत ही नदी में उतरे, उनके पास पंद्रह-सोलह हाथी, दो हजार घोड़े, तीन हजार पैदल होंगे। हर पैदल के पास तलवार या बंदूक थी, हर सवार के पास दो तलवार थी। क्रांतिकारी 22 अगस्त की शाम से ही नदी पार करने लगे थे। उसी दिन एक-चौथाई दल नदी के घाट पर आ लगा था। 23 अगस्त को प्रात: एक हजार क्रांतिकारी तथा छह हाथी आए और नदी पार करने में जुट गए। इनके साथ तीस मुसलमान महिलाएँ भी थीं। उस समय नदी पर नावों का अभाव था, क्योंकि रामपुरा के हकीम ने नावों को उस पार भिजवा दिया था और नावों को नदी की एक बड़ी खोह में छिपा दिया था। 22 अगस्त को क्रांतिकारी घाट पर बाढ़ का दृश्य देखने के लिए आए, चंद्रमा के प्रकाश में नदी में उतरे। जब चंद्रमा अस्त होने लगा तो उन्होंने नदी को पार करना उचित नहीं समझा, सवेरे वे फिर नदी घाट पर आए, क्योंकि गत तीन दिनों से बरसता पानी अब बंद हो चला था। इस समय नवाब बांदा की शान-शौकत भी वही थी। वह अपने लाजमे के साथ हाथी पर चाँदी के हौदे में सवार होकर चल रहा था।"

इसी सिलसिले में नदी घाटी के सकुंदर निवासी नाविक भवानी कीर ने अपने 24 अगस्त के बयान में बताया—"ब्राज के ठाकुर तथा दौला कीर ने क्रांतिकारियों को घाट बताया, जहाँ से वे नदी को पार कर सकते।"

क्रांतिकारियों के बढ़ते कदम को रोकने के लिए रामपुरा के अमील शिव चंद कोलारी ने अपने 24 अगस्त के पत्र में लिखा कि "वह पैदल तथा सवारों को लेकर तात्या टोपे के नेतृत्व में बढ़ रहे क्रांतिकारियों को रोकने के वास्ते गरोठ आया।

क्रांतिकारी फोर्स तीन अंगों में विभक्त थी—पहला दल गरोठ के पास एक नाले पर था, द्वितीय दल चौधरी लक्ष्मणजी के गन्ने के खेत पर था, तीसरा दल भैयारामजी के बगीचों के पास चाबोन मार्ग पर था। यह कहा जा रहा था कि वे पंचपहार का रास्ता पकड़ेंगे। जब उन्होंने सुना कि अंग्रेजी सेना सकुंदर आ रही है तो वे सतर्क हो उठे, रात जागरण किया तथा हर मील के फासले पर, कैंप के चारों ओर दस्ते तैनात कर दिए, रात को चंद्रग्रहण होने से अपना भोजन नहीं कर सके। उनके गुप्तचर इतने मजबूत थे कि वे अंग्रेजी सेना की प्रत्येक गतिविधियों से तात्या टोपे को अवगत कराते रहते।

चंबल नदी के घाट पर अंग्रेजी सेना तैनात थी। अतः वे अगले दिन अन्य घाट से नदी पार कर सकें, इसीलिए गरोठ आए तथा आते ही गाँव को घेर लिया। उन्हें रोकने के लिए बाला भगवंत के नेतृत्व में दो सौ सवार तथा पैदल रामपुरा से गरोठ भेजे गए। उस समय सकुंदरा में कैप्टन शवर्स मौजूद था और ब्रिगेडियर पार्क भी आ रहा था, महीदपुर से कर्नल लोकहार्ट भी इस ओर चल दिया था। इस योजना को और अधिक सदृढ़ करने के वास्ते शिवचंद कोठारी अमील, रामपुरा ने अपने अधीनस्थ अधिकारी (कामसदार गरोठ) को अपने पत्र के साथ, मेवाड़ के पॉलीटिकल एजेंट के पास भेजा और आग्रह किया कि वह क्रांतिकारियों पर हमला करे।" पॉलिटिकल एजेंट मेवाड़ के पत्र दिनांक 24.8.1858 से पता चलता है कि क्रांतिकारी 22 अगस्त को रामपुरा की ओर बढ़ रहे थे। क्रांतिकारियों को चंबल नदी पर रोकने के लिए ब्रिगेडियर पार्क भी मनासा से बढ़ा। रामपुरा में क्रांतिकारियों को भोजन भी नहीं मिला, तभी वे सकुंदर घाट पर आ लगे और उसी समय ब्रिगेडियर पार्क को क्रांतिकारियों के बढ़ने की खबर मिली, तभी वह घाट की ओर चल पड़ा। उसके पहुँचने के पाँच-छह घंटे पहले ही क्रांतिकारी वहाँ से चल दिए और गरोठ आए।

तात्या इस समय चंबल पार जंगल में थे। उन्हें तात्कालिक संकट से छुटकारा मिला। अब आगे के मुकाबले के लिए अंग्रेजी फौज को नदी पार करना होगा। तब तक तात्या अपनी सेना के साथ दूर पहुँच सकते थे। लेकिन समस्या ने फिर इस महानायक को घेरा और वह थी रसद की समाप्ति और तोपों का अभाव। क्योंकि नदी पार करते समय वे चंबल के पिछले किनारे सब कुछ छोड़ आए थे, इसी परिस्थिति में तात्या अपनी सेना के साथ झालरापट्टण की ओर बढ़े।

तात्या टोपे सदल सुसनेर होते हुए 24 अगस्त को गरोठ आए और उस पर

हमला किया। शिवचंद कोठारी ने अपने मातहत अधिकारी करवा दौआ को अपने पत्र के साथ पॉलीटिकल एजेंट मेवाड़ के पास भेजा, पत्र में अनुरोध किया गया था कि वह आकर क्रांतिकारियों पर आक्रमण करे। इस पर ब्रिगेडियर पार्क ने अपने अधीनस्थ कमांडिंग अधिकारियों को समुचित निर्देश दिए तथा क्रांतिकारी दल पर हमला करने का निश्चय किया गया। कोठारी ने भी इस आक्रमण में अपनी फोर्स के साथ सहयोग देने का वायदा किया। इतने में नदी में अचानक बाढ़ आ गई, जिससे आक्रमण का निश्चय कार्यान्वित नहीं हो सका, ब्रिगेडियर पार्क लौट गया।

करवा दौआ ने 25 अगस्त को पॉलीटिकल एजेंट को सूचित किया कि क्रांतिकारी आज गरोठ छोड़कर पंचपहार चले गए हैं। पॉलीटिकल एजेंट ने 25 अगस्त के पत्र में ब्रिगेडियर लारेंस को बताता है कि क्रांतिकारियों के पास हाथियों पर लदा बहुत सा खजाना था। उनके पास बहुत सारे घोड़े पर सवार तथा पैदल सैनिक थे, वे लगभग छह से आठ हजार होंगे। नदी के किनारे अठारह घोड़े मरे पड़े थे। घाट के मार्ग में भी अनेक पशु मरे पड़े थे। भूग के ठाकुर तथा खजुरिया के ठाकुर भी थे, जो गत वर्ष ही क्रांतिदल में शामिल हो गए थे।

क्रांतिकारी गरोठ से पंचपहार चले गए। झालाबाड़ के राजा राणा पृथ्वीसिंह ने अपने 25 अगस्त के पत्र में कैप्टन शावर, पॉलीटिकल एजेंट मेवाड़ को बताया कि "क्रांतिकारी गरोठ से पंचपहार चले गए हैं। जैसे ही ये पंचपहार पहुँचे तो नगर के बनिया नगर छोड़कर अन्यत्र चले गए, जो नहीं जा सके उन्हें विवश होकर क्रांतिदल को माल की आपूर्ति करनी पड़ी। क्रांतिकारियों ने अपने घोड़े चरने के लिए खेतों में छोड़ दिए, जिससे खेतों की फसल भी नहीं बच सकी। किसान काफी परेशान हो उठा। पंचपहार (झालावाड़ राज्य) के थानेदार के पास केवल थोड़े से सशस्त्र सिपाही थे, जिससे थानेदार भी क्रांतिकारियों का सामना करने में असमर्थ रहा। वे अब पंचपहार से झालरापट्टण आ रहे थे। उनको रोकने की गरज से अहू नदी का घाट भी नष्ट कर दिया गया। यदि वे झालरापट्टण आते तो उनका सामना किया जावेगा।"

तात्या झालरापट्टण की ओर रवाना हुए। वहाँ पहुँचकर उन्हें राणा पृथ्वीसिंह से सामना करना था, क्योंकि वह अंग्रेजों का पक्षधर था। तात्या के आने की सूचना मिलते ही वह युद्ध की तैयारी में जुट गया। तात्या टोपे के पहुँचते ही एक विशाल तोपखाना और सेना लेकर तात्या से युद्ध के लिए आगे बढ़े।

झालरापट्टण जाने के पहले तात्या टोपे यह जानते थे कि वहाँ का राजा मोर्चा

लेकर खड़ा हो जाएगा, लेकिन उन्हें विश्वास था कि युद्ध नहीं होगा। चूँकि क्रांति के पूर्व तात्या टोपे ने देश भर में क्रांति योजना का विस्तार किया था। उसी समय वे यहाँ की प्रजा और फौजियों में क्रांति भाव जगाने और महाक्रांति में भाग लेने के लिए प्रेरित कर चुके थे। लेकिन राजा क्रांतिकारियों के साथ न था। स्वयं द्वारा रोपित क्रांति चेतना के बीज के विश्वास पर ही तात्या टोपे झालरापट्टण की ओर बढ़े। गुरिल्ला युद्ध अभियान में तात्या जहाँ भी गए, वहाँ जाने का उनका एक निश्चित उद्देश्य और योजना थी। वे स्थान, प्रकृति व परिणाम पहले से ही जानते थे। अंग्रेजों की विराट् सेनाएँ जरूर भ्रमित हो तात्या टोपे के पीछे यहाँ-वहाँ दौड़ रही थीं, लेकिन तात्या का पथ निश्चित था। यहाँ भी वे नियोजित परिस्थिति में ही पहुँचे। जैसा उन्होंने सोचा था वैसा घटा भी। राजा अपनी सेना के साथ सामने खड़ा था। रियासत के बाहर तात्या की सेना का झालरापट्टण की फौजों से युद्ध होना तय था। तात्या ने अपने अनुमान व नीति अनुसार युद्ध शुरू होने के पूर्व, क्रांतिकारियों का झंडा ऊँचा किया। नाना साहब पेशवा और रानी लक्ष्मीबाई के नारों से रणभूमि गूँज उठी। नारों की गूँज में दोनों सेनाएँ एक हो गईं। एक उद्देश्य के साथ। झालरापट्टण की सेना के फौजियों ने हथियार डाल दिए, और तात्या टोपे की सेना के क्रांतिकारियों के गले लग गए।

तात्या जानते थे राष्ट्रीय स्वाभिमान के रक्षक नायकों के जयकारों के उद्घोष पर झालरापट्टण की जनता पराधीनता के कवच को तोड़ देगी और हुआ भी वही। रियासत की सेना ने 32 तोपों का तोपखाना और युद्ध सामग्री क्रांतिकारियों को सौंप दी। यह दृश्य देख राजा विस्मित था, उसकी कल्पना के परे स्थिति देख काँप उठा और युद्धभूमि से भाग खड़ा हुआ।

तात्या टोपे ने झालरापट्टण की सेना को अपनी फौज में शामिल कर लिया तोपखाना और युद्ध सामग्री के साथ झालरापट्टण में प्रवेश किया। पाँच दिन विश्राम किया। राजा से पंद्रह लाख रुपए और बड़ी मात्रा में रसद प्राप्त की। तात्या टोपे की सेना थकी हुई थी इसलिए झालरापट्टण में विश्राम, रसद व धन प्राप्त करने का निर्णय तात्या टोपे नदी पार करते ही ले चुके थे।

इसी विलक्षण दृष्टि के आगे विपरीत परिस्थितियों में भी भारतीय मानस तात्या टोपे के साथ था। वर्षा ऋतु आरंभ हो चुकी थी, चंबल में बाढ़ आने से अंग्रेजों के आक्रमण की संभावना नहीं थी, इसीलिए तात्या टोपे ने झालरापट्टण में विश्राम किया। अब उनके पास विशाल सेना थी। पर्याप्त रसद व धन की भी व्यवस्था हो

चुकी थी। सैनिकों को वेतन दिया जा चुका था।

चिंतन सदैव शांतिकाल में ही होता है। तात्या टोपे लगातार रणभूमि में परिस्थिति अनुसार आयोजना बनाकर क्रियान्वयन करते रहे। लेकिन अब आवश्यकता बदलाव की थी, संयोग से विचार करने का अवसर भी मिल गया। तात्या टोपे ने झालरापट्टण में शांतिपूर्वक विचार किया। यहीं राव साहब, बांदा नवाब के साथ विमर्श भी चला। तात्या टोपे ने सोच-विचारकर मत रखा कि क्यों न दक्षिण के पूर्व इंदौर जाया जाए। इस स्थिति में पेशवा के नाम तले सेना को संगठित किया जा सकता है। यह सेना अगले युद्ध के नेतृत्व का बड़ा मोर्चा सँभाल सकती है। इंदौर में अगर मराठे अपना झंडा गाड़ने में सफल हो गए तो उससे प्रेरित हो यह युद्ध विस्तृत स्वरूप धारण कर लेगा। इस कल्पना को आकार देने के लिए निश्चय हुआ कि पहले इंदौर दूत भेजे जाएँ, वे वहाँ क्रांति का वातावरण निर्मित करें। आरंभिक प्रभाव उत्पन्न होने के बाद तात्या टोपे तथा क्रांति नायक पहुँचेंगे। तात्या की योजना का अक्षरश: पालन हुआ और दल इंदौर रवाना कर दिए गए, जिन्होंने योजनानुसार कार्य आगे बढ़ाया। कुछ समय बाद तात्या टोपे ने भी विशाल सेना और तोपखाने के साथ इंदौर प्रस्थान किया।

□

6

तात्या का मालवा अभियान : छह विराट् सेनाओं के साथ संघर्ष

अब तात्या टोपे ने मालवा की ओर बढ़ने की योजना बनाई, यह अभियान सामान्य नहीं था। इस अभियान में तात्या टोपे ने एक साथ अंग्रेजों की 6 विराट् सेनाओं के साथ संघर्ष किया। प्रशिक्षण में दक्ष, वीर, पराक्रमी योद्धाओं की विशाल सेना से संग्राम करते तात्या टोपे वीरोचित महानायक की भूमिका में थे। इस महानायक के शौर्य और पराक्रम पर हम सभी नतमस्तक हैं। अवाक् हैं। धन्य यह भूमि जिसने इस महानायक को जन्मा। अद्‌भुत रण-कौशल से युक्त अपने पूर्वज पर हमें गर्व है।

तात्या टोपे की रणनीति और युद्ध अभियानों से अंग्रेज आतंकित थे। मानो भारतीय क्रांति का समस्त भय तात्या टोपे के गुरिल्ला आक्रमणों में समा गया हो। कंपनी के शासक हर हाल में तात्या को रोकना चाहते थे। इसके लिए उन्होंने संपूर्ण शक्ति लगा दी। रॉबर्ट्स, होम्स, पार्क, मिचेल, होप और लोकहार्ट—इन छह जनरलों ने मिलकर तात्या टोपे को घेरने और खत्म करने का संकल्प लिया। तात्या टोपे के इंदौर की तरफ बढ़ते ही इन छह जनरलों ने अपनी विराट् सेनाओं के साथ छह तरफ से घेरा बनाते हुए पीछा किया। यह जानते हुए कि चारों ओर से अंग्रेज सेनापतियों ने घेरा हुआ है, फिर भी तात्या टोपे भीषण तूफान की तरह आगे बढ़ रहे थे। तात्या का इंदौर मार्ग रोकने के लिए मेजर जनरल मिचल ने पहले कर्नल लोकहार्ट को भेजा और फिर स्वयं भी उसी दिशा में आगे बढ़ा। राजगढ़ के पास लोकहार्ट, होप और मिचल की संयुक्त सेना मिलकर तात्या टोपे के पीछे हो ली। 13 सितंबर को तात्या टोपे काली सिंधु तथा ब्यावरा के मध्य खिलचीपुर जंगल में ठहरे

हुए थे। जनरल माइकल पीछा कर रहा था। तात्या टोपे एक दिन पूर्व ही काली सिंधु पार करके, कजनीरा, केलवारा में ठहरे हुए थे। जबकि तात्या टोपे का अग्रिम दल पहले ही खिचलापुर आ गया था। वहाँ से राजगढ़-ब्यावरा जाने की योजना बनी। क्रांतिकारियों का पिछला दल 14 सितंबर को राजगढ़ आया, जबकि मुख्य दल राजगढ़ से दो मील दूर नेबस नदी के दोनों ओर ठहरा। वहाँ से वे अंग्रेजी सेना की गतिविधियों का पता लगाते रहे। अंग्रेजी सेना भी 14 सितंबर को प्रात:काल राजगढ़ के लिए चल दी। गरमी और तपन से अंग्रेजी सेना के सिपाही बहुत व्याकुल थे। भारतीय सिपाही भी तपन महसूस कर रहे थे, फिर भी वे साहस से भरे रहे। मेजर जनरल माइकल भी राजगढ़ से चार मील दूर पड़ाव डाले रहा। उसका साथ दे रहे थे—ब्रिगेडियर पार्क, ले. होप तथा ले. लोकहार्ट। राजगढ़ में मिचल को तात्या टोपे की सेना का पड़ाव दिखा। समय रात्रि का था अत: प्रात:काल तक आक्रमण रोक लिया गया। सुबह तक तात्या टोपे की सेना विलुप्त हो चुकी थी। तोपगाड़ियों की लीक तथा हाथी के पैरों के चिह्नों के आधार पर क्रांतिकारियों का पीछा किया गया।

रात को ही क्रांतिकारी राजगढ़ से चल दिए। मेजर जनरल माइकल कहता है कि "यदि राजगढ़ के राजा ने क्रांतिकारियों के आने और जाने के बारे में उसे अवगत करा दिया होता तो वह क्रांतिदल का दिन में पीछा करता। जब ब्रिटिश फोर्स प्रात: राजगढ़ पहुँची तो नगर के द्वार बंद थे। इतने में एक मार्गदर्शक आया, जो ब्रिटिश रिसाला को बाईं ओर एक दुर्गम मार्ग से ले गया, जहाँ से तोपों का गुजरना नामुमकिन था। जब राजा को अपनी योजना असफल होती दिखी तो वह किले से बाहर आया तथा फोर्स को भोजन मुहैया कराने को लेकर कहने लगा, जिसका तात्पर्य माइकल की नजरों में यह था कि भोजन में यदि फोर्स व्यस्त हो गई तो क्रांतिकारियों का पीछा करने में अधिक देरी होगी और क्रांतिदल दूर निकल जाएँगे। जनरल माइकल अपने पग बढ़ाता ही गया। लेकिन रास्ता गलत होने के कारण अंग्रेजी सेना क्रांतिकारियों से बहुत दूर हो गई। यदि सही रास्ता बताया जाता तो चार घंटे का विलंब न होता तथा अंग्रेजी सेना क्रांतिकारियों के बहुत नजदीक होती, परिणाम कुछ दूसरा ही होता।" अत: मेजर जनरल ने राजा को गद्दार बताया। कैप्टन हचिंसन को राजा का 11 सितंबर का एक पत्र मिला था, जिसमें उसने जिक्र किया था कि यदि राजगढ़ पर हमला होता है तो वह पलायन कर जावेगा। 14 सितंबर को क्रांतिकारियों का शिविर भली प्रकार दिख रहा था। अगले दिन 15 सितंबर के सवेरे नगर का दक्षिणी द्वार खोला गया। कैप्टन हचिंसन ने एक

मार्गदर्शक माँगा उसने वही मार्ग बताया, जिससे माइकल गया था। हचिंसन ने राजा को बुलाया। राजा आया, उसका परिचय मेजर जनरल माइकल से कराया। राजगढ़ राजा मोतीसिंह रावत ने स्वयं ब्यावरा का मार्ग बताया। राजा उस समय भी युद्ध मैदान में रहा, जब लड़ाई होती रही। राजा का भाई आया और उसने बताया कि डेढ़ हजार फोर्स के लिए आपूर्ति तैयार है। 15 सितंबर के सवेरे नगर के द्वार खुलते ही आधा दर्जन व्यक्तियों ने मार्ग बताने के काम में रुचि दिखाई, उनमें से एक ने (जैसा लेफ्टिनेंट हॉलैंड का कहना है) तो गलत रास्ता बताया, हालैंड अन्य मार्ग से तोपों को ले गया तथा सामान अन्य तीसरे मार्ग से आया। राजगढ़ राजा ने अपने स्पष्टीकरण में बताया कि जब मेजर जनरल की फोर्स 14 सितंबर को राजगढ़ से चार मील दूर थी, उस समय राजगढ़ के किले में तात्या टोपे था ही नहीं। वह अगले दिन प्रात: 3 बजे राजगढ़ के किले में दाखिल हुआ, जबकि क्रांतिकारी 14 सितंबर की रात को ही राजगढ़ से कूच कर गए थे।

15 सितंबर को ब्रिटिश फोर्स, क्रांतिकारियों से मुकाबला करने ब्यावरा मार्ग की ओर बढ़ी, जहाँ पर क्रांतिकारी मोर्चा सँभाले हुए थे। क्रांतिकारी राजगढ़ से चार-पाँच मील ही चले होंगे कि उनका अंग्रेजी सेना से मुकाबला हो गया। इस मुठभेड़ में रिसाला ने वीरता तो बताई, लेकिन हटना पड़ा।

क्रांतिकारियों ने अंग्रेजी सेना पर फायरिंग शुरू की। अंग्रेजी सेना ने भी नौ पाउंडर तोपों से गोलाबारी करके क्रांतिकारियों पर गोले दागे, किंतु क्रांतिकारियों के दूर होने से वे अधिक आगे नहीं बढ़ सके। अंग्रेजी सेना भी हताश होकर कुछ पीछे हटी, लेकिन क्रांतिकारी अपनी तोपों से गोलाबारी करते रहे। अंग्रेजी सेना धीमी गति से दो-तीन मील और आगे बढ़ी। अपनी गति को बढ़ाने की गरज से अंग्रेजी सेना को दो और तोपें लानी पड़ी। अब अंग्रेजी सेना का हौसला बढ़ने लगा। तोपों के कमांडेंट मर्चेंट ने काफी साहस दिखाया। विजय अंग्रेजी सेना के हाथ लगी। क्रांतिकारी सब कुछ छोड़ पूर्व में बेतवा घाटी की ओर चले गए।

इस तरह अंग्रेजों की सेना तात्या टोपे को घेरने में सफल हुई। सबने एक साथ आक्रमण किया। तात्या टोपे जानते थे कि चारों ओर से आक्रमण हुआ है अत: उन्होंने अपनी सेना को गोलाकार दिया और क्रांतिकारी सेना चारों ओर से दुश्मन का जवाब देने में समर्थ हो गई। अंग्रेजों के तेवर आक्रामक थे, होना ही थे। लंबे प्रयास के बाद उन्हें युद्ध का अवसर मिला था। युद्ध घमासान था अंग्रेजी सेनाओं ने आक्रमण का एक मजबूत घेरा बना लिया था, ताकि तात्या टोपे और उनकी

सेना बाहर न जा सके। तात्या टोपे किसी तरह बाहर जाना चाहते थे। वे ऐसे योद्धा थे, जिसने बच निकलने का विचार कर लिया तो शायद ही कोई रोक सके। वे हर अभियान में नई तकनीक, नई योजना और नई रणनीति के बल पर निकल जाते थे। इस बार भी वही हुआ। कुछ समय युद्ध के बाद तात्या टोपे ने अपने घोड़े को तेजी से आगे बढ़ाया, जिससे वहाँ लगी हुई अंग्रेजी सेना पीछे की ओर हट गई, घेरा टूट गया। घेरा टूटते ही तात्या टोपे को मार्ग मिल गया, वह 27 तोपों को वहीं छोड़ अपनी सेना के साथ निकल गए। यहाँ से तात्या पूर्व की और बढ़े ओर सिरोंज पहुँचे।

तात्या टोपे के सिरोंज आगमन के समय को लेकर डॉ. हर्डीकर और डॉ. धर्मपाल में मतभेद है। पर तात्या टोपे के सिरोंज विश्राम को लेकर एकमत होने पर 'आसारे मालवा' का संदर्भ मेल नहीं खाता।

'आसारे मालवा' स्थानीय लेखक द्वारा तत्कालीन राज-प्रमाणित गजेटियरों के आधार पर लिखी कृति है। यह पुस्तक प्रमाणित करती है कि 1857 की क्रांति को प्रभावी करने के लिए तात्या टोपे सिरोंज आए थे। सिरोंज में उन दिनों खैरुद्दीन आमिल व कुतुबुद्दीन नायब आमिल थे। क्रांति शुरू होने के उपरांत गढ़ी अंबापानी के जमींदार आदिल मोहम्मद 300-400 (भोपाल रियासत) सैनिक लेकर सिरोंज आए और हमला किया। लेकिन वे कमजोर पड़ गए। तात्या टोपे से सहायता माँगी, तब वे 8000 सैनिक लेकर सिरोंज के उत्तरी मैदान में पहुँचे और अंत में आमिल साहब से 60 हजार रुपए क्षतिपूर्ति माँगी गई। आमिल ने एक तरफ रुपए देने का वादा किया दूसरी तरफ गुना और सीहोर एजेंसी से अंग्रेजी सेना बुलवा ली। 15 दिन यूँ ही निकाल दिए। सोलहवें दिन कर्नल रिकार्विश साहब बहादुर, मीन साहब बहादुर तोपखाना और पलटन लेकर पहुँचे। तात्या टोपे दो तोपें लेकर चंदेरी के जंगलों की ओर चले गए। अंग्रेजी फौजों ने पीछा किया। लेकिन क्रांतिकारियों को सिरोंज राघोगढ़ और चंदेरी की झाड़ियों से ढूँढ़ निकालना संभव ही नहीं था। इसीलिए सिरोंज में दो साल तक अंग्रेजों का कैंप रहा और फिर गुना में स्थायी छावनी डाली गई। इस प्रसंग से एक बात स्पष्ट होती है कि तात्या टोपे सिरोंज में विश्राम करने न आकर क्रांति की ज्वाला प्रदीप्त करने आए थे। दूसरी बार तात्या टोपे 13 मार्च, 1859 के बाद आए। आसारे मालवा के पृष्ठ क्र. 233 पर फारसी भाषा में वाकेआत टोंक से संदर्भित नोट में उल्लेख है कि तात्या टोपे और राव साहब राघौगढ़, मकसूदनगढ़ होते हुए सिरोंज आए थे। फिलहाल सिरोंज अभियान

को यहीं छोड़ हम तात्या टोपे के अगले पड़ाव ईसागढ़ चलते हैं।

सिरोंज से तात्या टोपे ईसागढ़ की ओर बढ़े। चंदेरी के पास स्थित ईसागढ़ में ग्वालियर रियासत का सूबा कार्यालय था। ईसागढ़ में कर्मचारियों को सिंधिया ने यह आज्ञा दी थी कि तात्या टोपे की कोई सहायता न की जाए। जब तात्या टोपे ईसागढ़ पहुँचे, तब उनके साथ पंद्रह हजार सिपाही थे। इस सेना के लिए पर्याप्त भोजन-सामग्री की आवश्यकता थी, जिसे तात्या टोपे ने खरीदना चाहा पर ईसागढ़ के कर्मचारियों ने सहयोग नहीं किया। अंततः तात्या टोपे ने ईसागढ़ पर आक्रमण किया और वहाँ की सात तोपें छीन लीं।

ईसागढ़ में सिंधिया की फौज, तात्या टोपे के दल का सामना नहीं कर सकी, वहाँ का नायब सूबा भाग गया। तात्या टोपे ने सिंधिया के एक अधिकारी कल्याण सिंह को बंदी बना लिया। यह वही अधिकारी है, जिसने पेशवा के एजेंट महादेव शास्त्री को ईसागढ़ में पकड़ लिया था। महादेव शास्त्री ने 1857 की क्रांति में नाना साहब पेशवा के संदेशवाहक की भूमिका निभाई थी। वे नाना साहब पेशवा द्वारा लिखे क्रांति आयोजना से संबंधित पत्रों को रियासतों तक गुप्त रूप से पहुँचाया करते थे। लेकिन दुर्योग से पकड़े गए और उन्हें अंग्रेजों ने फाँसी पर चढ़ा दिया।

सन् 1857 की क्रांति में महादेव शास्त्री ने भले ही शस्त्र नहीं उठाए, लेकिन अप्रत्यक्ष मोर्चे द्वारा नाना साहब पेशवा को सहयोग दिया। महादेव शास्त्री ग्वालियर के निवासी थे, उनके पिता का नाम सदाशिव शास्त्री था। महादेव शास्त्री दीवानी अदालत के न्यायाधीश की अदालत में कार्यरत थे। 1857 का महासंग्राम प्रारंभ होने के समय नाना साहब पेशवा ने तात्या टोपे को मुरार छावनी भेजा कि वे मुरार जाकर वहाँ के सैनिकों को क्रांति से जोड़ें। तब महादेव शास्त्री ने अदालत की नौकरी से त्यागपत्र दे दिया और क्रांतिकारी गतिविधियों में संलग्न हो गए।

महादेव शास्त्री की तात्या टोपे से सितंबर 1857 में मुरार में ही मुलाकात हुई। तात्या टोपे अपने कार्य को पूरा करने के बाद कालपी लौटे तो महादेव शास्त्री भी कालपी आ गए। कालपी में महादेव शास्त्री की नाना साहब पेशवा से भेंट हुई, वे जल्द ही विश्वासपात्र बन गए। नाना साहब ने महादेव शास्त्री और उनके मित्र नारायण सूर्यवंशी को कुछ पत्र दिए, जिसे उन्हें मालवा अंचल के राजाओं, जमींदारों, मुखिया आदि को सौंपना था। इन पत्रों को छिपाकर ले जाना था। पकड़े जाने की स्थिति में भी पत्रों को बचाना आवश्यक था।

पत्र लेकर कालपी होते हुए महादेव शास्त्री और नारायण सूर्यवंशी 18 फरवरी,

1858 को ईसागढ़ पहुँचे। महादेव शास्त्री ग्वालियर फोर्स की तीसरी कमान के एडजूटेंट कल्याण सिंह से मिले और अनेक प्रलोभन देकर उसे नाना साहब पेशवा के पक्ष में लाना चाहा। लेकिन वह शास्त्री के किसी भी प्रलोभन में नहीं आया। बल्कि उसने महादेव शास्त्री की प्रलोभन भरी बातों की जानकारी गुप्त रूप से न सिर्फ ईसागढ़ के सूबा गोविंद नारायण को दे दी, बल्कि महादेव शास्त्री से यह भी मालूम कर लिया कि महादेव शास्त्री नाना साहब के पत्र लेकर निमाड़ और मालवा के क्रांतिकारियों के पास जा रहे हैं।

महादेव शास्त्री को ईसागढ़ में 22 फरवरी, 1858 को कैद कर बेड़ियों में जकड़ लिया गया। उनके पास मिले पत्र उजागर हो गए। 26 मार्च, 1858 को सेंट्रल इंडिया एजेंट द्वारा महादेव शास्त्री तथा नारायण सूर्यवंशी के बयान लिये गए। इन्हें पूर्णतया दोषी करार देकर दोनों को फाँसी की सजा सुनाई गई। 6 मार्च, 1858 को उन्हें फाँसी दे दी गई। फाँसी के समय महादेव शास्त्री की आयु पैंतीस वर्ष तथा नारायण सूर्यवंशी की आयु चालीस वर्ष थी।

हम पुन: ईसागढ़ युद्ध प्रसंग पर आते हैं। तात्या टोपे ईसागढ़ पहुँचे। ईसागढ़ पहुँचते ही उन्होंने किले पर अधिकार जमाया, पेशवा का झंडा फहराया तथा 'पेशवा राज्य' की घोषणा कर दी। तात्या टोपे का पीछा कर रही अंग्रेजी सेना के आने के पूर्व ही तात्या टोपे वहाँ से भी चल दिए और चंदेरी पहुँचे। जनरल माइकल मुगलसराय में रुका हुआ था, क्योंकि दक्षिण जाने का मार्ग बेतवा में बाढ़ आ जाने से अवरुद्ध था।

ईसागढ़ की घटना के बाद तात्या टोपे ने सोचा कि बड़ी सेना के लिए बड़े परिमाण में रसद उपलब्ध करने की समस्या हर जगह उपस्थित होगी, अत: उन्होंने सेना के दो भाग किए। एक को राव साहब के साथ तालबेहट भेजा, साथ में छह तोपें भी थीं। तालबेहट ललितपुर जिले में है, जहाँ तहसील मुख्यालय है। उस समय बानपुर भी राज्य में था। ह्यूरोज ने तालबेहट के किले को ध्वस्त किया। सेना का दूसरा भाग जो तात्या टोपे के पास था, उसे लेकर वे चंदेरी की ओर बढ़े। उस समय चंदेरी पर सिंधिया का अधिकार था। तात्या टोपे के पास छह तोपें थीं। उन्होंने चंदेरी पर आक्रमण किया।

ईसागढ़ पर कब्जा जमाने के बाद तात्या टोपे चंदेरी गए। टेहरी रानी को लगातार समाचार मिल रहा था कि तात्या टोपे चंदेरी पर कब्जा जमाने के बाद टेहरी पर आक्रमण करेगा। ऐसी नाजुक परिस्थिति में रानी ने पॉलीटिकल एजेंट को

लिखा कि "उसे मिलिटरी की अत्यंत आवश्यकता है अत: शीघ्रातिशीघ्र सहायता पहुँचाए। तात्या टोपे पैंतीस हजार आदमियों के साथ टेहरी पर आक्रमण करने के लिए चंदेरी, ललितपुर तथा बानपुर से होते हुए टेहरी आ रहा है। टेहरी राज्य उससे मुकाबला करने में असमर्थ है। आप दो या तीन दिन में नहीं आते हैं तो टेहरी बच नहीं सकती।"

तात्या टोपे के चंदेरी की ओर बढ़ने से आस-पास का वातावरण बदल रहा था। जब वे अपनी फोर्स सहित कुरवाई पहुँचे तो चंदेरी तथा आस-पास के बुंदेला ठाकुरों में जोश भरने लगा, ललितपुर के डिप्टी कमिश्नर को भी मुख्यालय छोड़कर भागना पड़ा। जाखलोन, प्लासी आदि के ठाकुर सिर उठा रहे थे। सैन्य सत्ता के अभाव में ललितपुर जिला अशांत हो उठा। अब तात्या टोपे आसानी से बुंदेलखंड में प्रवेश कर सकते थे। सैन्य बल (ब्रिटिश) के प्रवेश के लिए कठिन था, क्योंकि यह आवागमन के लिए सुगम नहीं था। यह झाड़ी, जंगल, पहाड़ियों व नदी-नालों से भरा पड़ा था। तात्या टोपे ईसागढ़ से चंदेरी होते हुए टेहरी जाना चाहते थे। डिप्टी कमिश्नर ललितपुर ने तात्या टोपे के संभावित आगमन के मद्देनजर उन्हें आगे बढ़ने से रोकना जरूरी समझा। उसने बेतवा नदी की नावों को नदी के दाहिने किनारे लगवा दिया तथा कुछ को नदी में ही डुबवा दिया, ताकि चंदेरी से भागते क्रांतिकारी नदी को पार करके पूर्व की ओर (टेहरी के लिए) न बढ़ सकें।

6 अक्तूबर, 1858 को तात्या टोपे अपने क्रांतिकारी दल-बल के साथ, जिसमें आठ सौ सवार थे, चंदेरी आए और रानोद पर आक्रमण करने के लिए आठ सौ सवारों का दल भेजा। ब्रिगेडियर स्मिथ 6 अक्तूबर को प्रात: सीपरी पहुँचा, वहाँ पहुँचकर बताया कि "तात्या टोपे के विद्रोहियों के मुख्य दल में तोपें तथा हाथी भी थे। फिर वह सीधे चंदेरी की ओर गया। इस दल से 800 विद्रोही रानोद युद्ध के लिए भेजे गए।"

तात्या टोपे के नेतृत्व में क्रांतिकारी 6 अक्तूबर, 1858 को दोपहर के बाद चंदेरी आ पहुँचे। यहाँ के सैनिकों ने क्रांतिकारियों के साथ गठजोड़ कर लिया, उनके साथ मिल गए। यही नहीं, उन्होंने अपनी तोपें भी तात्या टोपे के दल के सुपुर्द कर दी। तात्या टोपे के साथी यह भी कहते हैं कि "वे चंदेरी से टेहरी जाएँगे। वहाँ की सेना भी तात्या टोपे के दल के साथ मिल जाएगी, फिर वहाँ से वे सीधे उत्तर की ओर चले जाएँगे।"

चंदेरी किले की सुरक्षा सिंधिया के सिपाही कर रहे थे। इसमें पैदल सैनिक

400, सवार 200 तथा 4 तोपें थीं। सेना का कमांडेंट कैप्टन टीकाराम था। 7 अक्तूबर, 1858 को तात्या टोपे ने चंदेरी के किले पर आक्रमण किया। सिंधिया की सेना और क्रांतिकारी सेना मिल गई, तोपें तथा शस्त्रास्त्र तात्या टोपे के कब्जे में आ गए। किले की गोलाबारी में 200 सिपाही मारे गए तथा अन्य घायल हुए, उन्होंने तात्या टोपे की एक तोप को भी नष्ट कर दिया। नायब सूबा तो किसी प्रकार जान बचाकर भागा, लेकिन तात्या टोपे की सेना ने अंततः उसे बंदी बना लिया। दो दिन की लड़ाई के बाद किले पर तात्या टोपे का कब्जा हो गया। तात्या टोपे ने किले पर पेशवा का झंडा फहरा दिया तथा पेशवा राज्य की घोषणा कर दी। क्रांतिकारी सेना ने सिंधिया के अधिकारी कल्याण सिंह को बंदी बना लिया। एक ओर से 'दीन-दीन' तथा दूसरी ओर से 'नमक-नमक' की आवाजें आ रही थीं। तीन दिन के मुकाबले में क्रांतिकारियों की पराजय हुई। इस खुशी में सिंधिया ने अपने जवानों को ग्रैजुएटी के रूप में एक माह का वेतन स्वीकृत किया, टीकाराम तथा वासुदेव भाऊ को खिलअत प्रदान की गई। चंदेरी पर आक्रमण करने के लिए तात्या टोपे अपनी सेना के कुछ भाग को लेकर 9 अक्तूबर, 1858 को पुनः चंदेरी पहुँचे। वहाँ उनकी सेना का मुकाबला सिंधिया की सेना तथा शेख जावेद की सम्मिलित सेना से हो गया, तात्या की सेना को पराजय झेलनी पड़ी। पराजित होकर सेना 10 मील दूर सराय लौट गई। तात्या टोपे का विचार यहाँ से टेहरी जाने का था। राव साहब भी टेहरी जा रहे थे। लेकिन बेतवा नदी को झरर घाट से पार करने के बाद जामुने नदी तक ही पहुँच सके। क्योंकि ब्रिटिश सेना कई भागों में पीछा कर रही थी।

जब तात्या टोपे ने चंदेरी किले पर आक्रमण किया था, तब सिंधिया की सेना के सुरक्षाकर्मियों ने किले की सुरक्षा का भरसक प्रयास किया, तब भी जबरदस्त मुठभेड़ में सिंधिया की सेना के 70 सैनिक तथा एक आम आदमी को जान गँवानी पड़ी। चंदेरी इलाके में प्रसिद्ध क्रांतिकारी महिपाल सिंह बुंदेला का बोलबाला था, जिसके नेतृत्व में अनेक बुंदेला काम कर रहे थे। चंदेरी में क्रांति प्रारंभ होने के पूर्व वहाँ की जनता को फुसलाया जा रहा था। अंग्रेजी सेना के चार बागी सिपाही फुसला रहे थे। पता चलने पर ब्रिटिश अधिकारियों ने उन्हें पकड़ लिया और बंद कर दिया।

7, 8 तथा 9 अक्तूबर, 1858 को तात्या टोपे ने चंदेरी किले पर आक्रमण किया। सिंधिया की सेना ने नायब सर सूबा वासुदेव भट्ट तथा मेजर टिक्का सिंह के नेतृत्व में साहस के साथ सामना किया। इनके साहस के उपलक्ष्य में सिंधिया सरकार ने इन्हें इनाम दिया।

अब तात्या टोपे मुंगावली की ओर बढ़े। मुंगावली चंदेरी के निकट ही है। पहले यह मुगलों के अधिकार में था। बानपुर के राजा भरतसिंह ने सन् 1616 में मुंगावली पर कब्जा किया। सन् 1748 में मराठा सरदार नारोशंकर ने हस्तगत किया। बाद में सिंधिया के अधिकार में गया। तात्या टोपे की तोपें गरज उठीं, मुंगावली में भयानक संग्राम हुआ। इस गोलाबारी से अंग्रेजी सेना को बड़ा नुकसान हुआ। अंग्रेज सैनिकों के शवों से युद्धभूमि पट गई। तात्या टोपे के गुरिल्ला युद्ध से मिचल परेशान था।

पाँच ओर से अंग्रेज सेना से घिरे तात्या टोपे ने तेजी से बेतवा पार की और नवाब बांदा तथा राव साहब के साथ सेना सहित होशंगाबाद के पास नर्मदा पार कर दक्षिण की ओर रवाना हो गए।

तात्या के लगातार हमले और बच निकलने की गुरिल्ला युद्ध पद्धति ने अंग्रेजों की सुव्यवस्थित और अनुशासित कार्यशैली को चरमरा कर रख दिया। अंग्रेजी फौजों की तमाम कोशिशों के बावजूद तात्या टोपे बच निकलते थे और अंग्रेज फौजों में भगदड़ मच जाती थी। तात्या की तूफानी रफ्तार को वे पकड़ ही नहीं पाते थे। वे इतनी तेज गति से आगे बढ़ते और दिशा पलटते थे कि सैनिक अधिकारियों के पास एक ही समय में अलग-अलग सूचनाएँ आती थीं। गुना में अंग्रेजी सेना के साथ रही श्रीमती देवरी डेबर्ले लिखती हैं—"ब्रिगेडियर के पास तीन घंटे में तीन विभिन्न अधिकारियों से, तीन विभिन्न आदेश प्राप्त हुए। तार कट गए थे, अतः वह इनमें से किसी से संपर्क नहीं स्थापित कर सकता था। सर रॉबर्ट नेपियर चाहता था कि हम उत्तर की ओर बढ़ें। जनरल रॉबर्ट्स हमें पश्चिम की ओर भेजना चाहता था। जनरल मिचल हमें शीघ्र ही दक्षिण की ओर बढ़ने का आदेश दे रहा था।"

इससे स्पष्ट है कि अंग्रेजी सेना कितनी उलझन में थी। लगभग तीन माह तक प्रतिष्ठित अंग्रेज सेनानायक दौड़ते रहे पर तात्या टोपे को पकड़ नहीं सके। वर्षा समाप्ति उपरांत अंग्रेज अधिकारियों ने जोश के साथ नए सिरे से व्यूह रचना रची। मिचल ने पश्चिम से पीछा किया, इंदौर-भोपाल मार्ग पर ब्रिगेडियर पार्क था। उत्तर को कर्नल स्मिथ ने साधा। उत्तर-पूर्व से कर्नल लिंडेल बढ़ रहा था।

अंग्रेज सेनानायकों से घिरे तात्या टोपे लगातार आगे बढ़ रहे थे। तात्या बेतवा पार कर ललितपुर पहुँचे। राव साहब से मिले। राव साहब का दल दक्षिण-पूर्व की ओर बढ़ रहा था, लेकिन स्मिथ की सेना ने रोका। दोनों सेनाओं में तकरार हुई। अंत में राव साहब ने पलायन किया और तात्या के पास ललितपुर आ गए। तात्या विश्राम

कर आगे बढ़े। पाँच ओर से अंग्रेज सेना से घिरे तात्या टोपे ने अनुभव किया कि अब अंग्रेजी सेना ने भी पीछा करने में रफ्तार तेज कर ली है। तात्या टोपे दक्षिण की ओर बढ़ रहे थे। लेकिन अंग्रेजी सेना का घेरा सघन था। जाने का कोई मार्ग न था। इस स्थिति में तात्या ने अपना रास्ता बदला और वे उत्तर की ओर घूमे। अंग्रेजी सेना ने समझा कि तात्या घबरा गए और दक्षिण का विचार छोड़ दिया है। अंग्रेजी सेना राहत महसूस कर रही थी, तब उनका एक ही उद्‍देश्य था तात्या टोपे को दक्षिण जाने से रोकना। उनकी रफ्तार कम हुई। तात्या टोपे यह जानते थे और ऐसा होते ही उन्होंने अपनी गति बढ़ाई और बेतवा को पार कर दूसरे किनारे पहुँच गए।

तात्या टोपे बेतवाघाटी, बुंदेलखंड के पश्चिमी छोर को पार करते हुए नर्मदा नदी के सांडियाघाट पर 31 अक्तूबर, 1858 को अपनी सेना सहित आए और उसी दिन नदी को पार किया। नदी को पार करने के बाद दक्षिण की ओर बढ़े और फतेहपुर आए। वहाँ से ताप्ती नदी तट पर आए। उसे पार किया तथा 7 नवंबर को मुलताई पहुँचे। अंग्रेजी सेना लगातार तात्या टोपे का पीछा कर रही थी। अत: उन्होंने उत्तर की ओर मुड़ना उचित समझा। वह पुन: ताप्ती नदी को पार करने पर विवश हुए और उसे 16 नवंबर को पार किया। आगे मेलघाट के जंगल और पहाड़ों को पार करते हुए निमाड़ इलाके में प्रविष्ट हुए। वह 17 नवंबर को खंडवा आए, जहाँ तीन दिन ठहरे। फिर भीकनगाँव गए और वहाँ भी दो दिन ठहरे। 14 तथा 19 नवंबर को खरगोन आए, वहाँ दो दिन ठहरे। वहाँ होल्कर की सेना ने तात्या को सहयोग दिया। उन्होंने खरगोन से दो तोपें अपने कब्जे में कर लीं। 21 नवंबर को पिपलोद आए। 23 नवंबर को मेजर सदरलैंड अंग्रेजी सेना के साथ टीकरी पहुँचा। वह तात्या टोपे को खानदेश में प्रवेश करने से रोकना चाहता था।

मंडलेश्वर तथा महेश्वर में भील उत्पात कर रहे थे, निमाड़ में तात्या टोपे का अभियान चल रहा था। अत: ब्रिटिश सरकार कुछ सतर्क हुई। 26 नवंबर को लेफ्टिनेंट हल्बर्ट को 26 सवारों के साथ महेश्वर भेजा गया। वहाँ उसने होल्कर राज्य के पुलिस अधिकारी भीमगिरि बाबा से मुलाकात की। भीमगिरि बाबा ने बताया—हम लोग 24 नवंबर को जुलवानिया में थे, उस समय तीन-चार सौ क्रांतिकारी थाने के निकट मँडरा रहे थे। अगले दिन वह प्रात: 3 बजे उन पर आक्रमण करने के लिए आगे बढ़ा। उस समय बाबा के साथ 105 होल्कर के 70 ब्रिटिश सवार तथा दो रियाया के सवार थे। जब हम थाने पहुँचे तो मालूम हुआ कि क्रांतिकारी हमारे पहुँचने के पूर्व ही वहाँ से राजपुर के लिए चल दिए, वहाँ से एक

पहाड़ी पर पहुँचे। वहाँ फायरिंग शुरू कर दी। वहाँ से वे फिर बड़वानी की ओर बढ़े। महेश्वर पहुँचने पर लेफ्टिनेंट हल्बर्ट ने गाँव के कमाविजदार को आदेश दिया कि वह आठ दिन की सामग्री तैयार करे। उसे यह भी आदेश दिया कि ऊँचे मकानों की छतों को हटाया जाए, ताकि किले पर आसानी से गोलाबारी की जा सके। 24 नवंबर को सवेरे ही मेजर सदरलैंड की सेना में शामिल होने के लिए 71वीं हाई लैंडर्स के 50 सवार महू से आ पहुँचे। बीस सिख तथा होल्कर के एक सौ सवार भी शामिल हो गए।

चौथी बॉम्बे राइफल्स महेश्वर से टिकुरी के लिए एक सौ सैनिकों के साथ आ पहुँचा। इसके पहले ही क्रांतिकारियों का एक दल जिसमें दो सौ सवार थे, सेंधवा की ओर तथा दूसरा दस्ता थाने की ओर चला गया। जब मेजर सदरलैंड थाने मुकाम पर पहुँचा तो उसे पता चला कि क्रांतिकारी थाने से प्रस्थान कर चुके हैं और कूरमपुर में इस समय डेरा डाले हुए हैं। कूरमपुर के निकट अंग्रेजी सेना से युद्ध हुआ, जिसमें तीस क्रांतिकारी मारे गए। थाने मुकाम पर मेजर सदरलैंड को मालूम हो ही गया था कि क्रांतिकारी रात को ही राजपुर बड़वानी की ओर चले गए है। अत: वह तुरंत ही क्रांतिदल के पीछे पड़ गया। आठ मील के सफर के बाद वह क्रांतिदल के पिछले भाग तक पहुँचा। जिस समय क्रांतिकारी राजपुर से निकल रहे थे, तभी सदरलैंड ने कहा कि वे नगर को पाँच मिनट में छोड़ दे अन्यथा उन पर हमला बोल दिया जावेगा। मेजर सदरलैंड सवारों के साथ तेज रफ्तार से चल दिया। वह पैदल सैनिकों को आदेश देता गया कि वे भी उसके पीछे-पीछे आवें। सदरलैंड ने पाँच मील तक पीछा किया। उसने मार्ग में जाते हुए क्रांतिकारियों को मार डाला। शेष क्रांतिकारी एक झील के निकट इकट्ठे हुए, उस समय भी मेजर सदरलैंड क्रांतिकारियों का पीछा कर रहा था। अल्प विश्राम के बाद वे चल दिए और थोड़ी दूर जाकर एक घने जंगल में प्रविष्ट हुए, जहाँ अपनी स्थिति को कुछ मजबूत किया। उस समय उनके पास दो तोपें भी थीं। अंग्रेजी सेना को आता देखकर क्रांतिकारियों ने फायरिंग शुरू कर दी, इस पर अंग्रेजों ने अपना आक्रामक रुख अपनाया और उनका पीछा करना चालू रखा। भागमभाग में 70 क्रांतिकारी मारे गए। इस मुठभेड़ में खरगोन से छीनी गई दो तोपों से तात्या टोपे को हाथ धोना पड़ा। क्रांतिकारी पराजय के बाद तेज गति से बढ़े, मेजर सदरलैंड उनका नर्मदा तक पीछा करता रहा। क्रांतिदल के कुछ सिपाहियों ने अलग हटकर मार्ग से जा रहे हरकारों से सरकारी खजाना लूट लिया तथा चपरासियों एवं चौकीदारों को पकड़ लिया।

खरगोन से क्रांतिकारी राजापुर आए। वहाँ उनकी मुठभेड़ अंग्रेजी सेना से हो गई। इस मुठभेड़ में जनरल टिक्का सिंह पकड़ा गया। उसके पास से लूट की भारी संपत्ति प्राप्त हुई। वह इतना निर्दयी था कि जो भी पकड़ा जाता, उसे फाँसी पर लटका देता। इसीलिए लोग उसे फाँसीवाला नाम से पुकारते थे।

राजापुर से क्रांतिकारी बड़वानी आए। क्रांतिकारी तीन दलों में विभक्त थे। बड़वानी पर क्रांतिकारियों के हमले की आशंका को देखते हुए ब्रिगेडियर एडवर्ड ने बड़वानी की सुरक्षा के लिए एक सौ सैनिकों का दस्ता भेजा और कैप्टन बाघ भी इसी काम के लिए बड़वानी के लिए चल दिया। जब क्रांतिकारी 25 नवंबर को बड़वानी आए तो बड़वानी के राजा ने तुरंत ही अंग्रेज अधिकारियों को सूचना दी। बड़वानी लूट का विवरण देता हुआ बड़वानी का राजा अपनी 29 नवंबर की रिपोर्ट में स्वयं बताता है—खरगोन में क्रांतिकारियों के आने की सूचना उसे 24 नवंबर को मिली, अंग्रेजी सेना उनका बराबर पीछा कर रही थी। 25 नवंबर को उन्होंने देवीसिंह को राजापुर से पकड़ा तथा उसी दिन शाम को क्रांतिकारी बड़वानी आए। उनकी संख्या लगभग पाँच छह सौ होगी। उस समय हमारे पास कोई सुरक्षा भी नहीं थी और न ही मैं भाग सका। वे मुझे अपने शिविर में पकड़कर ले गए और आधी रात तक शिविर में ही रखा। उन्होंने नर्मदा नदी के घाट का रास्ता पूछा, जो पहाड़ियों से जाता है। मैंने उन्हें बताया कि घाट के लिए पहाड़ियों से होकर कोई मार्ग नहीं है, गत दस महीनों से किसी ने भी नर्मदा को पैदल पार नहीं किया है। इसके बाद उन्होंने आधी रात के समय मुझे छोड़ दिया। मैं वापस अपने महल में आया। महल से ही मैंने इस घटना की सूचना ब्रिटिश कैंप पर भेजने का प्रयास किया, किंतु उस समय गाँव का कोई भी आदमी गाँव से बाहर जाने के लिए तैयार नहीं था। मैंने फिर अपने दो हरकारों के हस्ते पत्र भेजा, लेकिन उन्हें भी मार्ग में क्रांतिकारियों ने पकड़ लिया। अगले दिन आक्रमण का उनका विचार था। इसी दरम्यान उन्हें पता चला कि अंग्रेजी सेना राजापुर से चलकर बड़वानी आ रही है तो उन्होंने बड़वानी हमले का विचार स्थगित कर दिया और वे नर्मदाघाट पर जाने का निश्चय करने लगे।

बड़वानी से चलकर क्रांतिकारी, जिनकी संख्या तीन हजार होगी, नर्मदा घाट (भीलखेरा घाट) पर पहुँचे। ब्रिटिश सेना उनका लगातार पीछा कर रही थी। घाट पर मालवा भील कोर के बीस सिपाहियों ने क्रांतिकारियों को पीछे धकेल दिया और दो घंटे तक नदी को पार करने नहीं दिया। 26 नवंबर को लेफ्टिनेंट डिसार्ट ने क्रांतिकारियों पर धावा बोला, कुछ घंटे वे कहीं भाग भी नहीं सके। इस बारे में

लेफ्टिनेंट डिसार्ट अपनी 26 नवंबर की मुठभेड़ की रिपोर्ट में कहता है—"25 नवंबर को सवेरे 8 बजे उसे (डिसार्ट को) मालूम हुआ कि कुछ क्रांतिकारी नदी बहाव के एक मील नीचे से नदी को पार करने के प्रयास में हैं। अतः वह भोपावर के सवारों के दस्ते को लेकर घाट के लिए चल दिया। वहाँ देखा कि करीब तीन हजार क्रांतिकारी नदी को भीलखेरा घाट से पार कर रहे हैं। एक दल ने घाट को दो मील नीचे से पार करने में सफलता पाई तथा पाँच सौ विलायती भी ब्रिटिश फायरिंग के बीच नदी को पार कर गए।"

नदी पार चिकल्दा घाट पर सुरक्षा हेतु लगाए गए सिपाहियों से मुठभेड़ हो गई जिसमें दस-बारह आदमी मारे गए। क्रांतिदल को देखकर सिपाही भाग गए, क्रांतिदल की सेना बढ़ती गई और नदी को पार किया। अब क्रांतिकारियों ने चिकल्दा ग्राम पर हमला किया। क्रांतिकारियों का एक बड़ा दल नदी के उस पार चिकल्दा घाट पर पहुँच गया और नदी में पाँच सौ गज चौड़े पाट को पार करना असंभव समझकर उसने आगे बढ़ने की हिम्मत नहीं की। अगले दिन आधी रात को क्रांतिकारी कुक्षी होते हुए अलीराजपुर की ओर बढ़ने लगे। 28 नवंबर को अलीराजपुर पहुँचने पर उन्होंने रैयत से तीन हजार नौ सौ रुपया वसूल किया तथा राजा के तीन घोड़े लिये। इस बावत अलीराजपुर का राजा अपने कार्तिक सुदी 14 संवत् के स्टेटमेंट में कहता है कि "28 नवंबर शनिवार को तात्या टोपे के नेतृत्व में पंद्रह हजार क्रांतिकारी बड़वानी व चिकल्दा होते हुए नानपुर ठहरे। गाँव की रियाया को लूटा तथा राजा के उन घोड़ों को लेते गए, जो उस समय नानपुर थाने में थे, इसके अलावा उन्होंने व्यापारियों के घोड़ों को भी लेने में हिचकिचाहट नहीं की।" इस बात की थानेदार ने राजा अलीराजपुर के पास रिपोर्ट की, जो उसे दस बजे रात्रि को मिली। थानेदार ने तत्काल मेजर कालिस तथा पॉलीटिकल एजेंट के पास अलग-अलग रिपोर्ट हरकारों के हस्ते भेजी, लेकिन रास्ते में ही क्रांतिकारियों ने पकड़ लिया। राजा ने क्रांतिकारियों को इस ओर बढ़ने से रोकने हेतु अथक प्रयास किया, लेकिन राजा उन्हें रोकने में असमर्थ रहा और वे 28 नवंबर को अलीराजपुर आ पहुँचे तथा नगर पर अपना अधिकार जमाया। उन्होंने दरबार के पाँच घोड़ों और टट्टू को अपने कब्जे में कर लिया। इसके अलावा उन्होंने रियाया के कुछ घोड़ों को अपने कब्जे में कर लिया। उन्होंने लूटपाट से करीब चालीस रुपए प्राप्त हुए। अलीराजपुर छोड़ते समय उन्होंने माची बँगला को तथा चौकियों को जला दिया। तत्पश्चात् वे छोटा उदयपुर की ओर चले गए। वे मार्ग में चंद्रपुर होते हुए। देवहट्टी

ठहरे। जब अंग्रेजी सेना को नानपुर लूटने का समाचार मिला तो फोर्स 29 नवंबर को नानपुर आई। क्रांतिकारियों के भय से भील गाँव से भाग गए उस समय क्रांतिकारियों को रोकने के लिए राजा के पास पर्याप्त सेना भी नहीं थी और न ही गोला-बारूद आदि था। राजा ने जमादार बासुधर सिंह के साथ कुछ सवारों को भीलों को इक्कठा करने हेतु भेजा, लेकिन क्रांतिकारियों ने उन्हें भी पकड़ लिया।

क्रांतिकारियों के उत्तर मालवा में प्रवेश करने से इलाके के भील, विशेषकर रतलाम, सैलाना तथा झाबुआ में काफी उत्तेजित हो उठे, वे अपने राजाओं से भी विमुख होने लगे।

तात्या टोपे तथा उसके क्रांतिदल का लगातार पीछा करते हुए ब्रिगेडियर पार्क तथा कर्नल डब्लू. पार्के, हाईलेंडर्स कमांडिंग द्वितीय ब्रिगेड राजपूताना फील्ड फोर्स पहली दिसंबर को छोटा उदयपुर (गायकवाड़) के पास और नदी के किनारे पहुँची। बाईस मील का सफर करने में उन्हें घने जंगल व पहाड़ियों से गुजरना पड़ा। आगे चलने पर कुछ दूर पर एक सँकरा नाला आया और उसके आगे एक पहाड़ी मैदान में प्रविष्ट हुए, जो झाड़ियों से आच्छादित था। जैसे ही वे कुछ और आगे चले तो मैदान साफ नजर आया। अंग्रेजी सेना का अग्रिम दल अडन के नेतृत्व में क्रांतिकारियों से संघर्ष के लिए तैयार हो गया। उनकी क्रांतिकारियों से मुठभेड़ हो गई। कुछ क्रांतिकारी इस मुठभेड़ में मारे गए। क्रांतिकारियों की मारकाट में ब्रिगेडियर पार्के का मार्गदर्शन रहा। अब आगे की रणनीति में अंग्रेजी सेना ने अपनी केवलरी को दो पंक्तियों में विभक्त किया। सेना तोपों के पीछे-पीछे चल रही थी। जिसे सहयोग दे रहा था पैदल दल। पहली पंक्ति में असंयोजित केवलरी तथा द्वितीय पंक्ति में आठवीं तथा द्वितीय बॉम्बे को लगाया गया। क्रांतिदल के घुड़सवार भी सामना करने के लिए तैयार थे, वे अंग्रेजी दल के दोनों छोर पर आए, ताकि अंग्रेजी सेना को आगे बढ़ने से रोका जा सके। अंग्रेजी सेना ने आगे बढ़कर धावा बोला और क्रांतिदल का झंडा छीन लिया। तत्पश्चात् अंग्रेजी सेना, हाईलेंडर्स के साथ अपने दोनों बाजुओं पर मंडराते क्रांतिकारी भी हिम्मत के साथ मुकाबला करने में जुट गए। अंग्रेजी तोपों तथा एनफील्ड राइफल्स के सामने वे अधिक देर तक टिक नहीं सके। लेकिन उसी समय क्रांतिकारियों के दूसरे दल ने अंग्रेजी सेना के बाईं बाजू पर धावा बोल दिया। अंग्रेजी सेना ने भी अपनी रचना बदली। सामने के दल को बदल दिया, उसकी जगह गुजरात सेना ने मोर्चा सँभाला। इस जोरदार हमले से क्रांतिदल को पीछे हटना पड़ा। अब क्रांतिकारी मैदान छोड़कर छोटा उदयपुर नगर की ओर

बढ़े। लेकिन ले. केम्पन के नेतृत्व में लेंडर्स ने क्रांतिकारियों को नदी की ओर खदेड़ दिया। अब क्रांतिकारियों ने बाँसवाड़ा (राजपूताना) का रास्ता पकड़ा।

क्रांतिकारी 24 दिसंबर को प्रतापगढ़ पहुँचे, जहाँ उनका संघर्ष अंग्रेजी सेना से शाम 4 बजे से रात तक चलता रहा। वहाँ से वे मंदसौर की ओर बढ़े तथा उत्तर–पूर्व चार मील दूरी पर ठहरे। ले. बेंसन भी उनका पीछा करते हुए 25 दिसंबर को प्रातः 9 बजे मंदसौर आ धमका जिसे देखकर क्रांतिकारी दल 26 दिसंबर को 3 बजे सुबह अपने पड़ाव से भागा, ले. बेंसन ने उनका पीछा किया। वे उस रात को मंदसौर से तीस मील तथा चंबल नदी को सीतामऊ घाट से पार करके चार मील के फासले पर ठहरे। नदी को बसु नामक स्थान पर पार करने में सफल रहे। उन्होंने पंद्रह मील भागकर चंबल नदी के नरहा घाट को पार किया तथा कामपुरा के लिए बढ़ते गए। वे अपनी तेज रफ्तार से भाग रहे थे और तुसाघाट से चंबल को पार कर गए। वहाँ से वे 27 दिसंबर को बीस मील आगे डग (झालावाड़) आए और मार्ग में डग के उत्तर–पूर्व दस मील दूर कोनिया गाँव पर हमला किया।

27 दिसंबर को अंग्रेजी सेना ने चंबल तट पर विश्राम किया। 28 दिसंबर को प्रातः 2 बजे तात्या टोपे अपनी फोर्स के साथ सुसनेर होते हुए डग मुकाम पर आए। डग पहुँचकर अंग्रेजी सेना ने जाना कि क्रांतिकारी तो एक दिन पूर्व ही जीरापुर की ओर चले गए हैं। कर्नल बेंसन क्रांतिकारियों का पीछा करता हुआ काली सिंध नदी की ओर बढ़ता गया।

29 दिसंबर को प्रातः 3 बजे कर्नल बेंसन ने काली सिंधु के बाएँ तट से आठ मील आगे चलकर देखा कि अग्नि जल रही है। पता लगाने पर मालूम हुआ कि यह जीरापुर गाँव के आस–पास का मामला है। तात्या टोपे अपनी सेना को खेतों से लाते हुए मैदान में आए और विश्राम करने लगे। सबेरा होते ही देखा कि क्रांतिकारी यहाँ से दो मील के फासले पर डटे हुए हैं। वह झाड़ियों को पार करता हुआ आगे बढ़ता गया। उसने देखा कि एक ऊँचे पठार पर क्रांतिकारी अंग्रेजी सेना का सामना करने के लिए तैयार हो गए हैं। इस ऊबड़–खाबड़ क्षेत्र में जंगल के अतिरिक्त नदी के झरने भी थे।

कर्नल एन.आर. बेंसन केवलरी ने द्वितीय कंपनी तथा रायल हार्स आर्टीलरी के साथ जिसमें 37 सैनिक, नौ तोपें, 17वीं लांसर्स के 16 अधिकारी तथा 210 सैनिक थे, चार हजार क्रांतिकारियों के दल पर 29 दिसंबर को जीरापुर से तीन मील के फासले पर युद्ध किया। कर्नल ने स्ट्रेटजी बनाते समय अपने दल को कुछ अंगों

में बाँटा। फिर आगे बढ़ने का आदेश दिया। यह देखकर क्रांतिकारियों ने गोलियाँ दागीं। इस पर कर्नल ने अगले कालम को दाहिनी ओर बढ़ाया तथा तोपों को जल्दी ही सामने लाया। अब तोपों ने गोले उगलना शुरू कर दिया, क्रांतिकारियों में हलचल बढ़ी और वे वापस होने लगे। ब्रिटिश केवलरी ने क्रांतिकारियों के दाहिने पक्ष पर हमला बोला और क्रांतिकारियों को जंगल की ओर जाने पर विवश किया।

अब कर्नल ने अपनी फोर्स को और मजबूत किया। उसने केवलरी को दो भागों में विभाजित किया। उसके आदेश पर केवलरी जंगल में बढ़ती गई। क्रांतिकारी भागकर जंगल के दूसरे छोर पर पहुँचे। एक स्थान पर अपनी स्थिति अंग्रेजी सेना के बाईं ओर सँभाली। अब अंग्रेजी सेना भी कई भागों में विभक्त हो तोपों के साथ बढ़ती गई। इस प्रकार अंग्रेजी सेना क्रांतिदल से कोई चार सौ गज की दूरी पर थी। अंग्रेजी सेना की फायरिंग से क्रांतिकारी अनेक पंक्तियों में बिखर गए और आगे बढ़ने की कोशिश करने लगे। इतने में जॉर्ज लीथ बाए स्क्वाड्रन के साथ आगे आया। अंग्रेजी सेना का हमला तेज होता गया और क्रांतिदल पीछे हटने लगा। जॉर्ज विलियम गार्डन ने बाए स्क्वाड्रन के साथ क्रांतिदल का सामना किया। क्रांतिकारी अंग्रेजी हमले के सामने ठहर नहीं सके। अनेक क्रांतिकारी मारे गए। जो शेष बचे वे जंगलों तथा नदी के तटों से होते हुए पीछे हटने लगे।

यह लड़ाई दो घंटे तक चली। अंग्रेजी सेना ने क्रांतिकारियों से छह हाथी, तीस-चालीस घोड़े तथा खजाना छीन लिया। क्रांतिकारियों का दस मील तक पीछा किया गया। एक क्रांतिकारी को बंदी बनाया गया। मनोहर सारा तक बराबर पीछा जारी रहा। इस पीछा करने में भी चार हाथी अंग्रेजी सेना के कब्जे में आए। कर्नल ने जॉन लीथ तथा कैप्टन लोभ को क्रांतिकारियों का पीछा करते रहने का आदेश दिया और जीरापुर लौट आया।

तात्या टोपे की इन तूफानी यात्राओं ने कंपनी के शासकों को आश्चर्य में डाल दिया था। क्रांतिकारी सेना के साथ अंग्रेजी सेनाओं की विजय और पराजय एक तरह से बच्चों का खेल बन गई थी। कंपनी के सेनापति क्रांतिकारी सेना को बार-बार घेर लेते थे। कुछ समय तक घमासान युद्ध होता और उसके बाद तात्या टोपे अपनी सेना के साथ मैदान से निकलकर चले जाते। इन घटनाओं का वर्णन करते हुए एक अंग्रेज लेखक ने आश्चर्य प्रकट करते हुए लिखा है—"इसके बाद तात्या टोपे के घेरे जाने और उसके निकल जाने के आश्चर्यजनक सिलसिले शुरू हुए। यह क्रम लगातार दस महीने तक चलता रहा। तात्या टोपे की इन दस महीनों

की चालें हमारी असफलता का साफ-साफ सुबूत देती हैं। जो अंग्रेज सेनापति तात्या टोपे का पीछा कर रहे थे, यूरोप के देशों में उनकी बहादुरी का नाम था। लेकिन तात्या टोपे की चालों ने हमारे सेनापतियों की बहादुरी के यश को फीका कर दिया। इसमें संदेह नहीं कि तात्या टोपे की लड़ाई की इन चालों से यूरोप के देशों में उसका नाम बहुत मशहूर हो गया। यह मानना पड़ेगा कि ग्वालियर के बाद तात्या टोपे के पास कोई सैनिक शक्ति न रह गई थी और उसके सामने जो समस्याएँ थीं, वे कम भयानक न थीं।

जिन दिनों में छह विराट् अंग्रेजी सेनाएँ तात्या टोपे का पीछा कर रही थीं, उन दिनों में कभी-कभी तो तात्या टोपे के साथ न तो कोई ऐसी फौज रह जाती थी, जिससे वह लड़ सकता और न तोपखाना। अनेक मौकों पर खाने-पीने की सामग्री का भी उसके पास अभाव हो जाता था। फिर भी, उसकी और उसके बचे हुए सैनिकों की रफ्तार एक भीषण तूफान की तरह होती थी। आश्चर्य तो यह है कि जो अंग्रेज सेनाएँ तात्या टोपे की सेना को चारों तरफ से घेरकर पीछा कर रही थीं, वे उसको रोक न पाती थीं। किसी मौके पर आक्रमण हो जाने से तात्या टोपे डटकर सामना करता और अंग्रेजी सेनाओं पर वह बाज की तरह टूट पड़ता। तात्या टोपे के सैनिकों को देखते हुए अंग्रेजी सैनिकों की संख्या बहुत अधिक थी। लेकिन मैदान के बीच से तात्या टोपे और उसकी सेना के निकल जाने में कोई रुकावट काम न कर सकती थी। सबसे अधिक आश्चर्य की बात तो यह होती थी कि वह अपनी सेना के साथ आँधी की तरह भागता था और रास्ते में मिलने वाली रियासतों पर आक्रमण करके, उनसे तोपें, युद्ध की सामग्री और बड़ी मात्रा में रसद लेकर फिर आगे बढ़ता था। इस प्रकार सामान, तोपों और रुपए की कमी को वह आसानी के साथ पूरा कर लेता था। पीछा करने वाली अंग्रेजी सेनाओं से उसके इन कामों में कोई बाधा न पड़ती थी। रास्ते में मिलने वाली रियासतों से तात्या टोपे को जो नई क्रांतिकारी सेना मिल जाती थी, वह समर्पण के साथ उसका साथ देती थी। इन दिनों में तात्या टोपे जिस रफ्तार से चल रहा था, उसका औसत 60 मील रोजाना के हिसाब से किसी प्रकार कम नहीं पड़ता था। जिन परिस्थितियों में तात्या टोपे ने इतना बड़ा काम किया, वह किसी दूसरे के लिए संभव न था। उन दिनों की उसकी सफलता इस बात को साबित करती थी कि तात्या टोपे में सेना का नेतृत्व करने की एक असाधारण योग्यता थी।

बिना किसी विवाद के मानना पड़ता है कि तात्या टोपे हैदरअली की श्रेणी

का एक अद्‌भुत आदमी था। पता चलता है कि तात्या टोपे नागपुर होकर मद्रास जाना चाहता था। सचमुच अगर वह मद्रास पहुँच जाता तो इसमें कोई संदेह नहीं कि हमारे लिए वह खतरनाक साबित होता। उस समय नर्मदा नदी उसके लिए उतनी ही बाधक साबित हुई, जितनी कि नेपोलियन के लिए इंग्लिश चैनल बाधक साबित हुआ था। बड़ी कोशिश के बाद भी तात्या टोपे नर्मदा नदी पार न कर सका।

तात्या टोपे का पीछा करने में अंग्रेजी सेनाओं की रफ्तार उनके पुराने ढंग की थी। लेकिन तात्या टोपे की तूफानी चाल ने उनको भी अपनी रफ्तार तेज करने के लिए मजबूर किया। कभी-कभी अंग्रेजी सेनाओं के बहुत पीछे रह जाने का कारण यह था कि उनकी चाल प्राय: तात्या टोपे की चाल की आधी रह जाती थी, लेकिन अपनी चाल को तेज करने पर अंग्रेजी सेनाएँ अक्सर तात्या टोपे की सेना के बीच पहुँच जाती थीं, मगर आश्चर्य तो यह है कि उस दशा में वे तात्या टोपे की सेना को रोक न पाती थीं और अपनी फौज के साथ तात्या टोपे फिर निकल जाता था। दोनों ओर से यह अवस्था बहुत दिनों तक लगातार चलती रही। इस तूफानी यात्रा में तात्या टोपे के साथ कभी दो हजार थके हुए सैनिक रह जाते थे और कभी उनकी संख्या पंद्रह हजार से ऊपर पहुँच जाती थी।''

अपने अभियान को आगे बढ़ाते हुए तात्या राजगढ़ पहुँचे। वहाँ कर्नल चार्ल्स बेलचर दक्षिण का मार्ग रोके हुए था। उन्होंने पुन: मार्ग बदला होशंगाबाद से 45 मील दूर सरीला घाट से नर्मदा पार की और मुलताई से होकर नागपुर पहुँच गए। अंग्रेजों की फौजों ने उन्हें नर्मदा पार करने से रोकने में अपनी पूरी ताकत लगा दी पर रोक न सकीं। असल में उन्हें यह विश्वास ही नहीं था कि उत्तर की ओर जाकर तात्या इतनी जल्दी दक्षिण की ओर घूम जाएँगे और नर्मदा पार कर लेंगे। इस घटना को रोकने के लिए अंग्रेजों के 6 जनरल दौड़ रहे थे पर रोक न सके।

तात्या नर्मदा के दूसरे किनारे पर थे। इन दिनों में तात्या टोपे के क्रांति अभियान का वर्णन कई विदेशी विद्वानों ने बड़े अच्छे ढंग से किया है। उनके धैर्य, शौर्य और साहस की प्रशंसा करते हुए प्रसिद्ध इतिहास-लेखक मालेसन ने लिखा है—"ग्वालियर के युद्ध के बाद, तात्या टोपे ने अपनी योजना को पूरा करने के लिए जिस योग्यता, दृढ़ता और धैर्य का प्रदर्शन किया है, उसकी प्रशंसा किए बिना कोई भी ईमानदार आदमी नहीं रह सकता है।"

'लंदन-टाइम्स' के एक समाचार प्रतिनिधि ने लिखा है, "मित्र होकर भी तात्या टोपे हमारे लिए भयानक साबित हुआ है। इन दिनों में उसने जो काम किया,

उसको सही-सही बता सकना कठिन मालूम होता है। पिछले जून के महीने से उसने मध्य भारत में जिस प्रकार तहलका मचाया है, उससे अनेक अंग्रेज सेनापतियों और उनकी सेनाओं के साहस कमजोर पड़ गए हैं। उसने हमारे शासन के अनेक स्थानों को कुचल डाला है। उनके खजानों को लूट लिया है और हमारी मैगजीनों को बेकार साबित कर दिया है। उसने बिना सेना के अपनी योजना आरंभ की है और बड़ी-से-बड़ी सेना को अपने कब्जे में कर लिया है। हमारी अनेक सेनाओं के साथ युद्ध किए और पराजित होकर भी हमारी सेनाओं के आक्रमण को व्यर्थ कर दिया। देशी-नरेशों की तोपें छीन ली हैं और फिर युद्ध में उन तोपों को छोड़कर वह चला गया। उसके पास खाने-पीने का सामान नहीं रहा। लेकिन उसको पूरा करने के लिए उसने कितने ही लाख रुपए वसूल किए हैं। उसकी यात्राओं में दौड़ती हुई बिजली दिखाई देती है। साधारण चाल में भी वह चालीस-चालीस मील रोजाना के हिसाब से चलता रहा है। जरूरत पड़ने पर वह आँधी को भी मात कर देता है। नर्मदा जैसी विशाल नदी को पार करने में अंग्रेजी सेनाएँ उसका रास्ता रोक सकने में सफल नहीं हो सकीं। जिस नदी के एक ओर अंग्रेजी सेनाओं ने घेरकर उस पर आक्रमण किया है, उस नदी की दूसरी तरफ तात्या टोपे और उसकी सेना दिखाई पड़ी है। हमारी सेनाओं ने उसको अनेक मौकों पर घेरा, लेकिन युद्ध करते हुए वह बीच से निकलकर चला गया और हमारी विशाल सेनाएँ उसको और उसकी सेना को रोक नहीं सकीं। कितने ही मौकों पर वह हमारी सेनाओं के कभी सामने से और कभी पीछे से निकला। हमारी अनेक विशाल सेनाएँ उसका पीछा करती रहीं और कितने ही मौकों पर वे उसके बिलकुल करीब पहुँच गईं, लेकिन वह अपनी सेना के साथ दाहिनी और बाईं तरफ से निकलकर चला गया। आक्रमण करने के बाद भी हमारी विराट् सेनाएँ न उसको रोक सकीं और न परास्त कर सकीं।"

कर्नल मालेसन ने 'हिस्टरी ऑफ इंडियन म्यूटिनी' में लिखा है—"तात्या टोपे महान् युद्ध नेता और बहुत ही विप्लवकारी प्रकृति के थे, उनकी संगठन क्षमता प्रशंसनीय थी।"

'हिस्टरी ऑफ इंडियन म्यूटिनी' में मालेसन ने लिखा है—"ऐसा व्यक्ति जिसके पास साधारण किस्म की सेना हो, चारों तरफ से शत्रुओं से घिरा हुआ हो, फिर भी महीनों तक विश्वविख्यात सेनाध्यक्षों के साथ लुका-छिपी खेलकर उन्हें खिजाता रहे, युद्ध कला के इतिहास में मुश्किल से उसकी समानता का कोई व्यक्ति होगा।"

17 जनवरी, 1859 के 'लंदन-टाइम्स' के अंक में खबर प्रकाशित हुई—"तात्या टोपे ने जिस दृढ़ता, निश्चय तथा लगन से पीछे हटने की इस विलक्षण योजना को अंजाम दिया, उसकी प्रशंसा किए बिना रहा नहीं जा सकता। पिछले जून के महीने से उसने मध्य भारत में तहलका मचा रखा है।

उसकी यात्राएँ बिजली की तरह लगती हैं। कभी नर्मदा के इस पार, कभी उस पार हमारे फौजी दस्तों के कभी बीच से निकल गया, कभी पीछे से और कभी सामने से, कभी घाटियों में से, कभी दलदलों में से, कभी एक ओर से तो कभी घूमकर, कभी उसने हमारी डाक की गाड़ी पर हमला करके बंबई की डाक लूट ली फिर भी वह हाथ न आया।

उसने हमारे स्थानों को रौंद डाला है, खजानों को लूट लिया है और हमारे मैगजीनों को खाली कर दिया है। उसने सेनाएँ जमा कर ली हैं, और खो दी हैं, लड़ाइयाँ लड़ी हैं और हार खाई है, देशी नरेशों से तोपें छीन ली हैं, उन तोपों को खो दिया है, फिर और तोपें प्राप्त की हैं, उन्हें भी खो दिया है।"

लॉर्ड केनिंग ने तात्या टोपे को रोकने, परास्त करने और खतम करने में अपनी पूरी ताकत लगा दी थी, फिर भी उनके नर्मदा नदी पार करने के बाद लॉर्ड केनिंग घबरा गया था। इस पर इतिहासकार मालेसन ने लिखा है—"पूना के अंतिम शासक बाजीराव पेशवा जो सचमुच उत्तराधिकारी था, उसका भतीजा रावसाहब पेशवा आज अपनी सेना के साथ भारत की महाराष्ट्र भूमि पर मौजूद था। इसमें संदेह नहीं कि निजाम की हमदर्दी हमारे साथ थी, लेकिन समय हमारे अनुकूल न था। उन दिनों में भारत की अनेक मिसालें हमारे सामने आई हैं, जिनसे हमें मालूम हुआ है कि अगर किसी राजा अथवा नवाब ने हमारा साथ दिया है तो वहाँ की प्रजा और सेना ने अपने राजा और नवाब के प्रति भी विद्रोह कर दिया है। ग्वालियर के राजा जयाजीराव सिंधिया के साथ भी यही हुआ था। यह सब देखकर हमारा घबराना और यह सोचना स्वाभाविक था कि तात्या टोपे कहीं समस्त मराठा नरेशों को हमारे विरुद्ध क्रांति के लिए तैयार न कर दे। अगर ऐसा हो सका तो पूरी मराठा कौम हमारे खिलाफ मैदान में आ जाएगी और उस हालत में दक्षिण के इलाके भी हमारे शत्रु बन जाएँगे।"

नर्मदा नदी को पार करने के बाद अक्तूबर 1858 में तात्या टोपे अपनी सेना, रावसाहब पेशवा और बांदा नवाब के साथ नागपुर के पास पहुँचे। इसे सुनते ही अंग्रेजी फौज में खलबलाहट मच गई। वे जानते थे कि तात्या के दक्षिण पहुँचते ही

क्रांति ज्वाला प्रज्वलित हो उठेगी। क्योंकि वहाँ की जनता ने पेशवा के साथ अंग्रेजों द्वारा होनेवाले अन्याय के दर्द को महसूस किया था और यह बात भुलाई नहीं जा सकती है। यही कारण है कि दक्षिण में असंतोष व्याप्त था। इन्हीं परिस्थितियों को जान-समझकर तात्या ने दक्षिण की योजना बनाई थी। वे पेशवा के नाम पर क्रांति के झंडे तले अंग्रेजों से पुन: संघर्ष कर विशाल क्षेत्र खड़ा करने के लिए संकल्पित थे। समय भी अनुकूल था, क्योंकि इस समय ज्यादातर सेना उत्तर को दबाने में जुटी थी। अंग्रेजों की बुद्धि और शक्ति को धता बताते हुए तात्या टोपे नर्मदा पार करने के उपरांत मुलताई होते हुए नागपुर पहुँचे थे। लेकिन परिस्थितियाँ बदल चुकी थीं, नागपुर की जनता आतंकित थी अत: तात्या टोपे को रसद आदि आवश्यकताओं की पूर्ति नहीं हो पा रही थी। यहाँ आकर तात्या टोपे की कल्पना को गहरा आघात लगा। आगे ब्रिगेडियर हिल ने असीरगढ़ के पास मार्ग रोक लिया था।

ह्यूरोज दक्षिण मार्ग की सेना को थामे था। खानदेश के मार्ग को भी एक विशाल सेना ने रोक रखा था। तात्या को सतपुड़ा पर्वतमाला को पार करना था। इन्हें पार करते ही वे पेशवाशाही क्षेत्र में पहुँच सकते थे। लेकिन अंग्रेजों की सेनाएँ खड़ी थीं। विवश हो तात्या को पुन: उत्तर की ओर मुड़ना पड़ा। उन्होंने निमाड़ जिले के कारगुन में होलकर की सेनाओं को पक्ष में कर लिया। राजपुर के पास पहुँचने के उपरांत ही मेजर सदरलैंड जान पाए कि तात्या टोपे यहाँ पहुँच चुके हैं। वे आक्रमण के लिए आगे बढ़े तब तक तात्या टोपे की सेना जा चुकी थी। तात्या को पुन: नर्मदा पार करना था। नर्मदा तट पर अंग्रेजों की घुड़सवार सेना तात्या टोपे के आते ही भाग गई। तात्या के पास रसद समाप्त हो गई, अत: चिकला गाँव में रसद प्राप्त कर राजपुर पहुँचे और राजा से 900 रुपए प्राप्त किए।

दक्षिण जाने की असफलता से विचलित हुए बिना तात्या टोपे ने बड़ौदा जाने का विचार किया, क्योंकि तात्या टोपे जानते थे कि बड़ौदा के सहायक और विश्वसनीय लोग होल्कर की सेना को साथ देने के लिए तैयार कर लेंगे। अब तक बड़ौदा शांत नहीं हुआ था, असंतोष की चिंगारी यदा-कदा फूट ही पड़ती थी। इसे सुव्यवस्थित आकार देने तात्या टोपे आगे बढ़े। वहाँ की परिस्थिति को रेजीडेंट आर. शेक्सपियर ने इस प्रकार लिखा है—

"गुजरात की रक्षा करने तथा गायकवाइट को दबाने की हममें शक्ति नहीं है। पर इस अशांतमय परिस्थिति में गायकवाड़ को अपने वश में रखकर ही हम गुजरात की रक्षा कर सकेंगे।"

शेक्सपियर के बड़ौदा के सैनिक अधिकारी को लिखे पत्र में उल्लेख है—"हमारे साधन अत्यंत सीमित हैं। अगर बड़ौदा में रहकर हमने वीर और साहसी शत्रु (तात्या) को इस नगर पर अधिकार कर अपनी खोई हुई मान-प्रतिष्ठा को प्राप्त करने का पुन: अवसर दिया तो बहुत संभव है कि बंबई से सहायता आने के पूर्व ही वह (तात्या) इतनी शक्ति और प्रभाव प्राप्त कर ले कि वह गायकवाड़ को गद्दी से उतारने में सफल हो जाए।"

मिचल तात्या के अगले कदम को जान गया। उसने पार्के को पीछे लगा दिया। बड़ौदा से 50 मील दूर छोटा उदयपुर में पार्क ने अचानक आक्रमण किया। बड़ौदा विजय अभियान को स्थगित कर तात्या टोपे के पास पलायन के सिवा कोई विकल्प न था। परिस्थितियाँ लगातार प्रतिकूल हो रही थीं, इससे विचलित हो बांदा नवाब ने आत्मसमर्पण कर दिया। तात्या और राव साहब राजपूताना की तरफ बढ़े।

तात्या टोपे की दक्षिण व बड़ौदा की असफलता के बाद अंग्रेज सेनानायक अति उत्साहित थे। उन्होंने अपने सैनिक जाल की नई रचना रची, जिसमें जनरल रॉबर्ट्स पश्चिम की ओर अरावली पर्वत के दर्रों पर, उत्तर में मेजर राक, पूर्व और दक्षिण पूर्व की घाटियों पर कर्नल समरसेट ने मोर्चा थामा। दक्षिण मार्ग पर तो पहरे की कतार खड़ी थी, अति सावधानी को बरतते हुए बाँसवाड़ा के जंगलों में एक और छोटा घेरा डाला गया था। एक ओर तात्या टोपे के साथी छूट रहे थे, दूसरी ओर अंग्रेजों का घेरा सख्त और मजबूत होता जा रहा था। तात्या यह जानते थे कि उन्हें प्रभावी संघर्ष से जूझना है, अत: उन्होंने देवगढ़ के जंगलों में राव साहब के साथ विश्राम किया और इसी के साथ सेना को एकत्र करने का अभियान भी चलाया, फिर सेना को लेकर बाँसवाड़ा की ओर बढ़े। मार्ग में ऊँटों के काफिले से सामान प्राप्त कर उदयपुर राज्य में अरावली पर्वत के सलबा नामक किले से रसद प्राप्त की और उदयपुर के लिए रवाना हुए। राजपुरा से उदयपुर मेवाड़ की ओर बढ़ते तात्या टोपे को रोकने के लिए अंग्रेजी सेनाएँ लगातार पीछा कर रही थीं। तात्या टोपे के उदयपुर बढ़ने की सूचना मिलते ही मेजर राक ने उदयपुर के उत्तरी दर्रे पर मोर्चा थामा, ताकि तात्या टोपे उदयपुर न जा सके। अंग्रेजी सेनाओं से छिटपुट झड़पें और आगे बढ़ने के क्रम में आए व्यवधान के कारण तात्या टोपे का बाँसवाड़ा के जंगलों में काफी समय बीत गया। जंगल में न खाने का प्रबंध था न ही पीने का पानी। कच्चे तालाबों का गंदा पानी पीकर जैसे-तैसे काम चलाते तात्या टोपे प्रतापगढ़ की ओर बढ़ रहे थे, तभी मेजर राक की अंग्रेजी सेना टूट पड़ी। तात्या जानते थे

कि अंग्रेजी सेना को परास्त किए बिना आगे बढ़ना संभव नहीं है, इसलिए उन्होंने जमकर मुकाबला किया। इसी समय तात्या टोपे को जानकारी मिली की 1857 के प्रखर योद्धा शाहजादा फिरोजशाह उनकी मदद के लिए पहुँच रहे हैं। तात्या तो प्रतिकूल परिस्थिति में भी डटे हुए थे, ऐसी स्थिति में फिरोजशाह का वहाँ पहुँचना सुखद संयोग था।

13 जनवरी, 1859 को इंद्रगढ़ में तात्या टोपे और राव साहब से फिरोजशाह आकर मिले। प्रतापगढ़ के जंगलों से बाहर निकलते ही मेजर राक की सेना से मुकाबला हुआ। तात्या ने यह युद्ध सोच-समझकर किया, क्योंकि सीधा आक्रमण होने पर युद्ध के दौरान उनके हाथी और रसद को दर्रे से पार किया जा सकता था। राक की सेना को परास्त कर मंदसौर होते हुए जीरापुर पहुँचे। एक बार पुनः वे ग्वालियर के पास पहुँचे ही थे कि एकाएक मेजर बेनसन ने हमला किया। तात्या पलायन कर बारोद की ओर बढ़े। समरसेट पीछे लगा हुआ था। उसने बारोद में हमला भी किया, लेकिन तात्या टोपे भ्रमित कर कोटा राज्य के नाहरगढ़ नामक स्थान की ओर बढ़े। यहीं उनकी मानसिंह से मुलाकात हुई। उन्होंने यहाँ दो दिन विश्राम किया और वे इंद्रगढ़ जा पहुँचे। जहाँ शहजादा फिरोजशाह आकर मिले।

इस समय देश की परिस्थिति बदल चुकी थी। महारानी विक्टोरिया की घोषणा के बाद लगभग हथियार डल गए थे। लेकिन छह अंग्रेज सेनानायकों को चैन नहीं था। भारतीय धरती पर दौड़ानेवाला अकेला महानायक था तात्या टोपे। छह अंग्रेज सेनानायक तात्या टोपे को घेरने की नित नई योजना बनाते, तात्या टोपे गुरिल्ला युद्ध करते और योजनाओं को ध्वस्त कर आगे बढ़ जाते। अंग्रेज सेनानायकों ने अपने घेरे को और परिष्कृत किया उत्तर-पूर्व से नेपियर, उत्तर-पश्चिम से शावर्स, पूर्व से समरसेट, दक्षिण-पूर्व से स्मिथ, दक्षिण से मिचल तथा दक्षिण-पश्चिम से बेनसन अपने अनुभवों के आधार पर नीतियाँ बनाकर तात्या को घेरने के लिए प्रयासरत थे। तात्या टोपे के गुप्तचर विभाग अंग्रेज सेनापतियों की सूचना तत्काल तात्या टोपे तक पहुँचा देते थे। हर जटिल घेरे को तोड़ते हुए तात्या टोपे अंग्रेजों के असंभव अभियान को संभव कर चमत्कृत कर देते थे। प्रत्येक दिशा व कोनों से अंग्रेज सेनाओं के घेरे और जाल को तोड़ते हुए तात्या टोपे देवास पहुँचे।

16 जनवरी, 1859 की सुबह तात्या, रावसाहब और फिरोजशाह भावी योजना को लेकर विचार-विमर्श कर रहे थे, तभी शावर्स ने अचानक हमला बोला। अनेक क्रांतिकारी सैनिक मारे गए। तात्या ने विद्युत् गति से योजना बनाई, निर्देश दिए और

सेना सहित घेरे से बाहर निकलने में सफल हो गए। शावर्स आश्चर्यचकित था कि पलक झपकते ही तात्या टोपे अंग्रेजी सेनाओं के बीच में से अपनी, राव साहब की और फिरोजशाह की संयुक्त विशाल सेना को बचाकर कैसे ले गए। शावर्स के सामने तात्या टोपे सात-आठ अंग्रेजी सेनाओं के मध्य होते हुए मारवाड़ पहुँच गए। तात्या टोपे के इस आश्चर्यजनक अद्भुत कार्य के लिए उन्हें जादूगर की संज्ञा दी गई।

अलवर से होकर तात्या टोपे शिकार (सीकर) पहुँचे। तब तक नसीराबाद से होम्स के नेतृत्व में सेना आ चुकी थी। होम्स के योजनाबद्ध आक्रमण के प्रबल प्रहार के कारण तात्या टोपे को अपने घोड़े, ऊँट और शस्त्र छोड़कर जाना पड़ा। इस पराजय ने तात्या की एकत्र शक्ति को तोड़ दिया। फिरोजशाह, रावसाहब और तात्या टोपे की संयुक्त सेना हो जाने से तात्या टोपे का आत्मविश्वास कई गुना बढ़ गया था, लेकिन सीकर के युद्ध में यह प्रभाव बिखर गया। सैनिकों की आशा परास्त हो गई। वे रणभूमि से पलायन कर गए। यही नहीं, राव साहब और फिरोजशाह भी अपनी-अपनी सेना के साथ अलग-अलग मोर्चों पर चल दिए।

लगातार युद्ध से जूझते तात्या टोपे ने कुछ पल विश्राम करना चाहा। मानसिंह की मित्रता के विश्वास पर वे पाडौन के जंगल पहुँचे। तात्या टोपे के मिलते ही मानसिंह ने कहा—"आपने सेना का साथ छोड़कर अच्छा नहीं किया।"

तात्या बोले—"मैं दौड़ते-दौड़ते थक गया हूँ, मैंने ठीक किया हो अथवा गलत अब तो मैं आपके पास ही रहूँगा।"

इधर तात्या टोपे अपने साथी के संरक्षण में निश्चिंत हो गए। उधर राव साहब चार हजार सिपाहियों की सेना लेकर अजमेर के पास कुशामी जा पहुँचे। होनर के आक्रमण से बचते हुए वे प्रतापगढ़ गए। वहाँ समरसेट की सेना ने रोका। राव साहब के सैनिक भी लगातार युद्ध की दौड़-भाग से परास्त हो पलायन करने लगे। इस परिस्थिति में राव साहब ने युद्धभूमि से हट जाना उचित समझा। उन्होंने साधु वेश धारण कर लोगों को जाग्रत् करने का अभियान छेड़ा। घूम-घूमकर प्रचार करते राव साहब को 1862 में कश्मीर में गिरफ्तार कर लिया गया। तात्या टोपे के दूसरे प्रमुख साथी फिरोजशाह की सेना पर कर्नल होम्स ने आक्रमण किया, जिससे इनकी सेना विघटित हो गई। बदली परिस्थितियों में अपमानजनक संधि को नकारते हुए देश के बाहर पलायन किया। कई देशों में भारत की स्वाधीनता को लेकर जागृति अभियान छेड़ा और अंततः मक्का पहुँचे। जहाँ जीवन के अंतिम दिन विकट परिस्थितियों में व्यतीत किए। इस क्रांतिवीर शहजादे ने 7 दिसंबर, 1877 को देह त्यागी।

अब तात्या टोपे अपने सभी साथियों से दूर पाडौन के जंगल में मानसिंह के साथ थे। मानसिंह भी सिंधिया सरकार के विरुद्ध संघर्ष कर रहा था। वह पाडौन का जागीरदार था। बुंदेलखंड में शिवपुरी के निकट नरवर नामक स्वतंत्र राज्य था, जिसे ग्वालियर रियासत में जोर-जबरन शामिल कर लिया गया। नरवर का शासक राजा कहलाता था। जब मानसिंह के पिता की मृत्यु उपरांत ग्वालियर नरेश ने नरवर के बड़े भू-भाग पर अधिकार किया तो मानसिंह भी सिंधिया की रियासत के पोहरी नगर के किले पर कब्जा कर उसमें रहने लगा। अंग्रेजों ने अपने परम मित्र सिंधिया के विरुद्ध खड़े राजा मानसिंह को पोहरी से भगाने में सिंधिया की मदद की। पोहरी रो राजा मानसिंह और उसके चाचा अजीतसिंह को पलायन करना पड़ा। अंग्रेजों ने पीछा किया। विजयपुर में भंयकर युद्ध हुआ। इस युद्ध के उपरांत ही मानसिंह और अजीतसिंह तात्या टोपे के साथ मिल गए। तात्या टोपे को आशा थी कि इस अभियान से जुड़कर मानसिंह उसकी मदद करेगा। मानसिंह का संघर्ष व्यक्तिगत था, जिसे तात्या टोपे राष्ट्रीय समझ बैठे। शायद तात्या टोपे के समझने में यही प्रथम और अंतिम भूल रही। नाहरगढ़ में मानसिंह से मिलने और दो दिन विश्राम कर शिकार में युद्ध के बाद साथियों और सैनिकों के चले जाने के उपरांत तात्या टोपे को एकमात्र यही साथी दिखा और उन्होंने इस पर विश्वास किया। विश्राम के प्रथम दिन दोनों मित्रों में लंबी वार्त्ता चली। तात्या कुछ दिन विश्राम कर अगले अभियान की आयोजना बना रहे थे।

□

7

जैसा जीवन वैसा विसर्जन

साथियों और सैनिकों को विदा कर तात्या टोपे पाडौन के जंगलों में विश्राम के लिए आए थे। प्रथम दृष्टया सब कुछ विसर्जित था, पर तात्या टोपे की परिकल्पना में यह नवीन सृजन का आरंभ था। 1857 महासंग्राम की आयोजना उन्होंने शांतिपूर्ण ढंग से लगभग एक वर्ष में बनाई थी, जिसकी अंग्रेजों को भनक तक नहीं थी। आयोजना पूर्ण होने पर ही महासंग्राम दृष्टिगत हुआ। यह तात्या टोपे का वैशिष्ट्य था कि हर विश्राम के बाद उनका नया मोर्चा पहले से प्रखर होता था। जिसे लोग शांति अथवा विश्रामकाल कहते, वह तात्या टोपे के सृजन का समय रहता। इसी समय चिंतन उपरांत वे अगले अभियान के हरेक पक्ष पर विचार करते। अभियान के प्रारंभ व परिणाम के बाद की स्थिति का हल तलाशने के बाद ही उठ खड़े होते।

इस महानायक को नेतृत्व संचालन विरासत में नहीं मिला। वे पद-प्रतिष्ठा के आधार पर स्वयं को सिद्ध करते हुए आगे बढ़े और एक सेवक से महानायक बन गए। यही है बिंदु से विराट् की कल्पना का साकार स्वरूप। बिंदु बिंब बनता है और बिंब परिदृश्य पर स्थापित हो जाते हैं, ठीक इसी तरह तात्या टोपे परिदृश्य पर छा गए, जिसे छह अंग्रेज सेनानायकों की सेना न परास्त कर सकी और न ही मिटा सकी। वर्तमान विसर्जित अभियान के विघटन के पुन: सृजन के लिए ही तात्या टोपे ने पाडौन के जंगल में विश्राम किया था। बिखरे सूत्रों को एकत्र कर वे एक महाविराट् रचना की परिकल्पना में मग्न थे।

अंग्रेज तात्या टोपे का पीछा करते-करते थक चुके थे, जिसे न महारानी विक्टोरिया की घोषणा रोक सकी और न ही अंग्रेजों के पारंगत छह सेनानायक। वे हार गए थे। पिछले दस महीने से तात्या टोपे को घेरने और उनके बच निकलने का

खेल अब उनके बस से बाहर था। भारत की गरमी और बरसात उनके लिए कष्टकर थी। जिन शस्त्रों की मार और डर के बल पर अंग्रेजों ने भारतीयों के आत्मसम्मान को ललकारा था उस शस्त्रबल के हथियार वे डाल चुके थे। अब अंग्रेज अपनी प्रारंभिक नीति पर आए। जिस छल-बल के आधार पर उन्होंने भारतभूमि में प्रवेश किया, जिसके आधार पर राज्य विस्तार किया, अब इसी छल-बल के आधार पर वे 1857 के महासंग्राम को विराम देना चाहते थे। इस युद्ध का संचालन एकमात्र योद्धा महानायक तात्या टोपे कर रहे थे। भारतभूमि में प्रवेश से लेकर महासंग्राम के विराम तक अंग्रेजों का शौर्य और पराक्रम नहीं छल-बल प्रभावी रहा। उन्होंने छल-कपट के द्वारा तात्या टोपे को पकड़ने का षड्यंत्र रचा और इसके लिए मोहरा बनाया तात्या टोपे के साथी मानसिंह को। मानसिंह भी पाडौन के जंगलों में छिपा हुआ था। यह जंगल उसकी रियासत का हिस्सा था। वहाँ की जनता अपने राजा मानसिंह के प्रति स्वामिभक्त थी अत: उस तक पहुँचना इतना आसान भी नहीं था।

तत्कालीन मध्य भारत के कमांडिंग ऑफिसर जनरल नेपियर ने तात्या टोपे को गिरफ्तार करने के षड्यंत्र का दायित्व सौंपा मेजर आर.जे. मीड को। मीड ने पहले सूचनाएँ एकत्र कीं। यह जाना कि मानसिंह तक कौन-कौन पहुँचता है। पिंडारियों से आतंकित इस क्षेत्र में पिंडारियों का नेता नारायण सिंह था। मीड, नारायण सिंह को मित्र बनाने के साथ यह विश्वास दिलाने में सफल हो गया कि आत्मसमर्पण में ही राजा मानसिंह का हित है। इसी से उसका खोया सम्मान वापस मिल सकता है। नारायणसिंह ने मानसिंह के दीवान किशोरीलाल तथा शिवपुरी के नायब प्रभुदयाल की मीड से मुलाकात करवाई। मेजर मीड ने नारायण सिंह, किशोरीलाल और प्रभुदयाल के माध्यम से मानसिंह को आत्मसमर्पण के लिए संदेश भिजवाया और आश्वस्त किया कि उसके साथ कोई सैनिक कार्रवाई नहीं की जाएगी, साथ ही उसे पेंशन भी दी जाएगी। मानसिंह ने इस प्रस्ताव को स्वीकार नहीं किया।

मेजर मीड मानसिंह के साथ सैनिक कार्रवाई नहीं कर सकता था, क्योंकि क्षेत्र के वनवासियों का अपने राजा के प्रति आदर व सम्मान था। मेजर मीड ने योजनापूर्वक कार्य किया। सर्वप्रथम उसने मानसिंह के कुटुंबियों के साथ पत्र-व्यवहार किया, फिर नारायणसिंह और किशोरीलाल की सहायता से मानसिंह के घर तक जा पहुँचा और परिवार की महिलाओं को गिरफ्तार कर लिया। घर की स्त्रियाँ परिवार की मान-मर्यादा व प्रतिष्ठा होती हैं, इस पर होने वाला वार पुरुष कभी बर्दाश्त नहीं कर सकता। मानसिंह विचलित हो गया। इस संबंध में उसने तात्या

टोपे से चर्चा की और फिर अपनी शर्तों पर आत्मसमर्पण स्वीकारा। मानसिंह की पहली शर्त थी, प्रवेश द्वार पर अंग्रेजों का सैनिक अधिकारी स्वागत करे। दूसरी उसे सिंधिया दरबार को न सौंपा जाए। तीसरी शिवपुरी के पास के एक गाँव में उसे अपने परिवार के लोगों के साथ रहने दिया जाए।

मीड ने सभी शर्तें मान लीं। मानना ही था, क्योंकि वह मानसिंह को ढाल बनाकर तात्या टोपे तक पहुँचना चाहता था। उसका लक्ष्य मानसिंह नहीं तात्या टोपे थे। शर्तों के स्वीकार्य उपरांत मानसिंह ने 2 अप्रैल, 1859 को आत्मसमर्पण कर दिया। उसके बाद बातचीत का क्रम आरंभ हुआ। मीड ने बातचीत से मानसिंह को प्रभावित करना शुरू किया। उसे उन लोगों के किस्से सुनाए, जिन्होंने 1857 के पराक्रमी योद्धाओं को गिरफ्तार करवाया और अंग्रेजों द्वारा सम्मानित हुए व पुरस्कार प्राप्त किए। यह एक तरह का मनोवैज्ञानिक प्रयोग था। प्रारंभ में मानसिंह ने अपने तर्क प्रस्तुत किए। धीरे-धीरे वह उन बातों को ध्यानपूर्वक सुनने लगा। वह मानवीय कमजोरी के आश्रित होने लगा। गद्दारों की गाथा सुनने में मानसिंह की बढ़ती रुचि को देख मीड ने प्रलोभन देना शुरू किया। उसने कहा कि यदि वह भी अंग्रेजों की सहायता करेगा तो क्रांतिकारी गतिविधियों में भाग लेने व क्रांतिकारियों को सहयोग करने के अपराध से मुक्त कर पुरस्कार दिया जावेगा। छल का अपना मनोविज्ञान होता है, जिसमें वास्तविक बात तब प्रकट की जाती है, जब मनुष्य पूर्णतः बात स्वीकारने के पक्ष में हो जाता है। मीड ने भी वही किया। चरणबद्ध तरीके से आरंभ में कहीं भी न तात्या टोपे का उल्लेख किया और न ही उसके अभियान का। मानसिंह पर पड़ने वाले प्रभाव का वैचारिक स्तर पर आकलन करने के बाद मीड ने प्रायोगिक प्रकटीकरण के लिए क्रांतिकारी अजीतसिंह को पकड़वाने में सहयोग चाहा। मानसिंह तैयार हो गया। अजीतसिंह के विजयनगर के निकट छिपने की सूचना मिलते ही मेजर मीड सूचना देने वाले और मानसिंह को लेकर वहाँ पहुँचा तो अजीतसिंह जा चुका था। अजीतसिंह मानसिंह का मित्र, साथी और चाचा था। तब जब वह अंग्रेजों द्वारा नहीं पकड़ा जा सका तो उसे बहुत दुःख हुआ। नैतिक पतन का यह प्रथम कदम था, आगे और अधिक होने वाले गहरे पतन का यह पूर्वरूप था।

मेजर मीड ने अनुभव किया कि मानसिंह को अपने चाचा और क्रांतिकारी साथी को पकड़वाने में कोई संकोच नहीं हुआ। प्रलोभन का मायाजाल प्रभावी हो गया। अपने निजी स्वार्थ-सिद्धि के लिए, जिसने अजीतसिंह के साथ विश्वासघात

किया, वह तात्या टोपे के साथ भी कर सकता है। इसी के साथ तात्या टोपे को गिरफ्तार करने की संभावना प्रबल होती जा रही थी। मेजर मीड को जब पूर्ण विश्वास हो गया, तो उसने मानसिंह के सामने स्पष्ट प्रस्ताव रखा, उसने कहा कि "सैनिक प्रयासों से तात्या टोपे को गिरफ्तार करना संभव नहीं है, अत: वह पाडौन के जंगलों में छिपे तात्या टोपे को मानसिंह की मदद से गिरफ्तार करना चाहता है। तात्या टोपे के प्रति लोगों की श्रद्धा है, वे अंग्रेजों को तात्या टोपे तक नहीं पहुँचने देंगे, लेकिन मानसिंह तात्या टोपे का मित्र है, इसलिए उसके लोगों को तात्या टोपे तक पहुँचने में कोई बाधा उत्पन्न नहीं होगी।" मानसिंह ने तुरंत तो कोई उत्तर नहीं दिया, लेकिन बाद में अपने मुख्तार द्वारा सहमति प्रकट की।

मीड ने लिखा है—"प्रभुदयाल के द्वारा उसे मालूम हुआ कि मानसिंह मेरे सुझाव के अनुसार काम करने को तैयार है। पर वह चाहता है कि अगर वह ऐसी सेवा करने में सफल हो जाए तो उसे दिए गए आश्वासन पूरे किए जाएँ। स्वत: आर. हेमिल्टन उसे यह विश्वास दिलाएँ। वह चाहता है कि अगर वह तात्या टोपे को गिरफ्तार करवा देता है, तो उसे शाहबाद और पोहरी अथवा नरवर के प्राचीन राज्य का कुछ भाग मिलने का आश्वासन दिया जाए।" मीड ने मानसिंह से कहा कि ऐसा वचन देना उसके अधिकार की बात नहीं है। पर उसने यह वादा किया कि मानसिंह के अधिकारों का पूरा ध्यान रखा जाएगा। मीड ने उसे उस तार का स्मरण दिलाया, जो आर. हेमिल्टन ने मानसिंह द्वारा आत्मसमर्पण किए जाने के पूर्व भेजा था। इस तार में स्पष्ट रूप में कहा गया था कि "उसके (मानसिंह के) प्रत्येक दावे पर विचार किया जाएगा।"

हेमिल्टन के तार के वादे से मानसिंह आश्वस्त हुआ और कार्य में जुट गया। यह कार्य इतना आसान नहीं था। तात्या टोपे के पराक्रम के आगे अंग्रेज घुटने टेक चुके थे, वे तात्या टोपे के सक्रिय खुफिया तंत्र से भी परिचित थे, इसीलिए उन्होंने तात्या टोपे की गिरफ्तारी का कार्य मानसिंह को सौंप दिया। इतिहास लेखक मालेसन ने इस घटना पर लिखा है—''तात्या के पाडौन के जंगलों में पहुँचने के तत्काल बाद ही राजा मानसिंह ने अंग्रेजों के सामने आत्मसमर्पण कर दिया। तात्या के पुराने साथी संपर्क साधे हुए थे। जब तात्या ने अपने साथियों को कहलवाया कि मानसिंह ने आत्मसमर्पण कर दिया है और वह पाडौन के जंगल में है। वहाँ से उत्तर आया कि सिरोंज के जंगलों में आठ-नौ हजार लोगों के साथ राव साहब पेशवा, फिरोजशाह, अंबापानी नवाब आदिल मोहम्मद और मेजर इमाम अली हैं। इमाम अली ने तात्या को

लिखा कि वह आकर मिले, लेकिन तात्या टोपे मानसिंह से सलाह करना चाहते थे।

तात्या टोपे ने मानसिंह के पास सलाह-मशवरा करने के लिए संदेश भिजवाया। मानसिंह उस समय मेजर मीड की छावनी में बैठकर तात्या टोपे को पकड़वाने के षड्यंत्र का ताना-बाना बुन रहा था। उसने मेजर मीड को यह भी संकेत दिया कि अब तात्या टोपे जल्द ही कहीं जा सकता है। मीड ने इसे गंभीरता से लिया और गिरफ्तारी की योजना बनाने में जुट गया। इसे आकार देने के लिए मानसिंह ने अंग्रेजी सेना के जिन सिपाहियों को चुना, उन्हें पूर्ण जानकारी न देकर सिर्फ इतना ही निर्देशित किया कि मानसिंह जिन्हें पकड़ने के लिए कहे उन्हें पकड़ा जाए। जानबूझकर सिपाहियों को अँधेरे में रखा गया, क्योंकि उन्हें डर था महानायक को पकड़ने की जानकारी मिलने पर शायद सिपाही साथ न दें। अपनी योजना को आकार दे, मानसिंह ठीक तीन दिन बाद तात्या टोपे से मिलने के लिए रवाना हुआ। 6 अप्रैल, 1859 की शाम को पूरी तैयारी के साथ अँधेरे में पाडौन के जंगल में पहुँचा। उसने सिपाहियों को तात्या टोपे के विश्राम स्थल पर छिपने का आदेश दिया और अकेला मानसिंह तात्या टोपे से मिला।''

तात्या टोपे द्वारा देर से आने की शिकायत पर मानसिंह ने बहाने की कहानी गढ़ी और एकांत में मंत्रणा करने ले गया। इससे पूर्व भी वे अक्सर इसी खंदक में विचार-विमर्श करते थे। जब तात्या टोपे ने मेजर इमाम अली के पत्र के बारे में बताया, तो मानसिंह ने पूछा—

"युद्ध जारी ही रखना था, तो फौज को क्यों निरस्त किया?"

तात्या ने कहा—"हो सकता है वह निर्णय गलत रहा हो, लेकिन अब वह पूर्णत: स्वस्थ हैं और अंतिम श्वास तक अंग्रेजों से युद्ध करना चाहते हैं।"

मानसिंह ने तात्या टोपे के आवेग और उत्साह को बिना ठेस पहुँचाए नई फौज खड़ी करने का आश्वासन दिया। साथ ही चारों ओर अंग्रेजी फौजों के जाल से व्याप्त खतरे का ब्योरा देते हुए इमाम अली के पास न जाने का मशवरा दिया। इस पर तात्या टोपे का तर्क था—

"खतरा तो यहाँ भी है।"

इस पर अतिविश्वास के साथ मानसिंह ने घोषणा की कि पाडौन के जंगल में उसकी अनुमति के बिना कोई प्रवेश नहीं कर सकता। लंबी बातचीत और विमर्श के बाद तात्या टोपे निश्चिंत हो गए। मानसिंह बगल में लेटा, सोने का आडंबर कर रहा था। तात्या टोपे के गहरी नींद में सोने को लेकर आश्वस्त होते ही उसने आस-पास

छिपे सिपाहियों को बुलाकर उन्हें पास के खंदक में सो रहे व्यक्तियों को गिरफ्तार करने का आदेश दिया। तात्या टोपे की गिरफ्तारी के इस घटनाक्रम को मेजर मीड ने पत्र में लिखा है—

"मानसिंह की आज्ञा से सिपाही एक खड्डे में छिपकर बैठ गए। यहाँ तात्या और मानसिंह अक्सर आया करते थे। वह अपने असावधान शिकार को वहाँ ले गया। मध्य रात्रि तक वह उनसे बातें करता रहा। इसके उपरांत तात्या सो गए। तब मानसिंह अपने सिपाहियों को वहाँ ले गया। तात्या बाँध दिए गए। स्वतः मानसिंह ने उनके हाथ पकड़े थे। दुर्भाग्य से इस गड़बड़ी में (तात्या के साथ जो) दो पंडित थे, वे भाग गए।"

7 अप्रैल, 1859 की प्रातःकाल के आरंभिक चरण में आँख खुलते ही तात्या टोपे ने स्वयं को बँधा पाया। घटनाक्रम समझते देर न लगी। उन्होंने मानसिंह को धिक्कारा। तात्या के सेवक डरकर भाग गए थे। गिरफ्तारी की कार्रवाई के समय तात्य टोपे के पास से एक घोड़ा, एक तलवार, एक खुखरी, सोने के तीन कड़े तथा 118 सोने की मुहरें प्राप्त हुईं। इन्हीं मोहरों में से 21 मोहरें वहाँ उपस्थित सिपाहियों को पारितोषिक स्वरूप दी गई। मेजर मीड ने मानसिंह की गद्दारी को सराहा। मानसिंह द्वारा दिए गए आश्वासन के बारे में पूछने पर मीड का संक्षिप्त उत्तर था—

"यह उसके अधिकार के बाहर की बात है।"

तात्या टोपे को पहले छावनी ले जाया गया, फिर शिवपुरी में कड़े पहरे में रखा गया। मानसिंह के कमजोर व्यक्तित्व और स्वार्थलिप्तता ने देश का भविष्य बदल दिया। स्वराज्य की ओर बढ़ती रेखा को विराम दे दिया गया। मानसिंह जैसे गद्दारों ने इस देश पर लगातार घात करवाए हैं। देश ही क्या दुनिया में भी अनेक उदाहरण हैं। महानायक तात्या टोपे की ही तरह ऑस्ट्रिया के देशभक्त हाफर को दुश्मन के सुपुर्द किया गया। हाफर ऐसा पराक्रमी नायक था, जिसने 1810 में नेपोलियन को मात्र (ऑस्ट्रिया पर आक्रमण करने वाले) तीन दिनों में देश-बाहर किया था। विश्व विजयी नेपोलियन के आत्मसम्मान को गहरी ठेस लगी। उसने पुनः ऑस्ट्रिया पर आक्रमण किया। नेपोलियन का पराक्रम प्रभावी था। हाफर की सेना टिक न सकी। दुर्भाग्य से आत्मरक्षण के लिए छिपे हाफर के साथ उसके ही मित्र ने विश्वासघात किया और गिरफ्तार करवाया। नेपोलियन ने हाफर पर गोली दागी। इस घटना की यूरोप में सर्वाधिक आलोचना हुई और आलोचना में अग्रणी थे—अंग्रेज। हिस्टरी ऑफ इंडियन म्युटिनी के खंड पाँच में लिखा है—"ये दोनों देशभक्त (हाफर और

तात्या) जिन राष्ट्रों से लड़े उन राष्ट्रों के सीमा में इनके जन्म नहीं हुए थे। दोनों ही ऐसे राष्ट्रों के नागरिक थे, जिन राष्ट्रों को विदेशियों ने गुलाम बना लिया था।...दोनों ही अपने-अपने राष्ट्रों की आकांक्षा का प्रतिनिधित्व करते थे। दोनों ने—हाफर तथा तात्या टोपे ने आक्रमण करने वाली जातियों का सामना करने के लिए असाधारण प्रयत्न किया। दोनों ही अपने-अपने देश के लिए आदर्श वीर थे। इनमें से यूरोपियन (हाफर) तो संसार का वीर गिना ही जाता है। संभव है मराठा (तात्या) भी चंबल, नर्मदा, पार्वती की घाटियों में पूजा जाता हो तथा उसका नाम श्रद्धा, उत्साह और आदर से लिया जाता हो।"

न्याय नाटक के लिए सैनिक न्यायालय का गठन हुआ और 15 अप्रैल, 1859 को तात्या टोपे का मुकदमा आरंभ हुआ। 1857 के चौदहवें कानून अंतर्गत तात्या टोपे पर मुकदमा चलाया गया। गठित किए गए सैनिक न्यायालय के अध्यक्ष कैप्टन बॉग तथा अन्य सदस्य थे—कैप्टन पियर्स, लेफ्टिनेंट आर्चड, कैप्टन वेबस्टर और लेफ्टिनेंट डी केल्टो। प्रमुख सरकारी वकील कैप्टन फील्ड और अनुवादक लेफ्टिनेंट गिबर। उल्लेखनीय है कि इस न्यायालय के सभी लोग सिर्फ यूरोपियन ही थे। प्राथमिक औपचारिकताओं उपरांत तात्या टोपे के संदर्भ में कहा—"अभियुक्त का नाम तात्या टोपे है। वह ब्रिटिश राज्य के अंतर्गत कानपुर जिले के बिठूर नामक गाँव का रहने वाला है तथा स्वर्गीय बाजीराव का, जो अंग्रेजी सरकार के पेंशनर थे, नौकर था। तात्या टोपे पर लगाए गए आरोप सुनाए गए। वे आरोप थे—

- जून 1857 से दिसंबर 1858 तक अंग्रेजी सरकार के विरुद्ध विद्रोह किया।
- युद्ध के दौरान अनेक अंग्रेज पुरुषों, स्त्रियों और बच्चों को मारा।
- झाँसी के निकट 1 अप्रैल, 1858 को जरनल ह्यूरोज की सेना से युद्ध किया।
- 1 जून, 1858 को ग्वालियर के महाराजा शिंदे पर आक्रमण किया और उन्हें पराजित कर ग्वालियर को अधिकार में करने वाले विद्रोही सेनानायकों में से एक थे।
- अभियुक्त ने 14 जून, 1858 से 21 जून, 1858 तक सर ह्यूरोज की सेना से युद्ध किया।

आरोपों की घोषणा के बाद आठ गवाह प्रस्तुत हुए। प्रथम गवाह नायब सूबा विनायक दामोदर ने तात्या टोपे को न पहचाना और न ही आरोपों के साक्ष्य में मत दिया। शेष सात गवाहों ने पहचाना और तात्या टोपे होने की स्वीकृति दी।

अलग-अलग बयानों में एक गवाह ने कहा कि उन्हें झाँसी के रणक्षेत्र में

अंग्रेजों के विरुद्ध युद्ध करते समय देखा था। दूसरे ने महाराजा शिंदे के महल के पास लोगों को प्रेरित करते हुए देखा। किसी ने कहा कि उन्हें भविष्य में लोगों की देखभाल व सेना का अधिनायक होने का आश्वासन देते सुना। तात्या टोपे का कोई वकील नहीं था। बीच-बीच में गवाहों की बयानबाजी को लेकर तात्या टोपे से क्रॉस एक्जामिनेशन जरूर किया लेकिन वे तटस्थ थे और मुकदमे में विशेष रुचि नहीं दिखाई, अपनी सफाई में सिर्फ इतना ही कहा—"कालपी की विजय तक मैंने जो कुछ किया, वह अपने मालिक नाना साहब के नाम से किया। बाद में राव साहब की आज्ञा का पालन करता रहा। मुझे इसके सिवा कुछ भी नहीं कहना है। अंग्रेज पुरुषों, स्त्रियों और बच्चों की हत्याओं से मेरा कोई संबंध न था। मैंने कभी किसी को फाँसी पर लटकाए जाने की आज्ञा नहीं दी।"

गवाह-सबूतों के प्रस्तुतीकरण उपरांत तात्या टोपे का बयान न्यायालय के समक्ष प्रस्तुत किया गया। इस बयान को मुंशी गंगादीन ने हिंदी में लिखा और लेफ्टिनेंट गिबन ने अंग्रेजी में अनुवाद क़िया। लिखे बयान पर तात्या टोपे ने मराठी भाषा की मोडी लिपि में हस्ताक्षर किए—'तात्या टोपे, कामदार नाना साहब बहादुर'।

□

8

शिवपुरी में मेजर मीड की अदालत में तात्या टोपे का वक्तव्य

10 अप्रैल, 1859 को मेजर मीड की उपस्थिति में मुशाइरी की अंग्रेजी छावनी में तात्या टोपे ने निम्नलिखित बयान दिया था। 'तात्या' बोलते जाते थे तथा मुंशी गंगाप्रसाद इस बयान को लिखते जाते थे। इस बयान के अंत में तात्या ने अपने हस्ताक्षर किए थे। अदालत के अनुवादक लेफ्टिनेंट गिबन ने इसका अंग्रेजी में अनुवाद किया था।

मेरा नाम तात्या टोपे है। मेरे पिता का नाम पांडुरंग है। मेरे पिता जोला परगना, जिला पाटोड (अहमद नगर) के रहने वाले हैं। मैं बिठूर का रहने वाला हूँ। मेरी आयु लगभग 45 वर्ष की है। मैं नाना साहब का सेवक हूँ, मेरा पद उनके साथी का तथा उनके अंगरक्षक (एडी कैंप) का है।

1857 के मई मास में कानपुर के कलेक्टर ने नाना साहब के नाम एक पत्र बिठूर भेजा। इसमें नाना साहब से उसने प्रार्थना की थी कि वे उसकी पत्नी तथा बच्चों को विलायत भेजने की व्यवस्था करें। नाना साहब ने इसे स्वीकार किया। चार दिनों बाद कलेक्टर ने उन्हें (पुन:) लिखा कि वे बिठूर से अपनी सेना के साथ कानपुर आ जाएँ। नाना साहब अपने साथ 100 सिपाही, 300 बंदूकची (तथा) दो तोपें लेकर कानपुर के कलेक्टर के घर पहुँचे। वह उस समय घर में नहीं था। उसने संदेश भेजा कि आप लोग वहीं (उसके घर) रहें। प्रात: काल कलेक्टर आया। उसने नाना से कहा कि वे कानपुर के अपने घर में रहें। हम लोग चार दिनों तक वहीं रहे। उसने (कलेक्टर ने) कहा कि यह सौभाग्य की बात है कि आप हमारी सहायता के लिए आ गए हैं, क्योंकि सिपाही आज्ञा पालन नहीं कर

रहे हैं। उसने यह भी कहा कि वह उनके संबंध में जनरल को लिखेगा। जनरल ने आगरा को (लेफ्टिनेंट गवर्नर को) लिखा। वहाँ से कहा गया कि हमारे आदमियों के वेतन की व्यवस्था की जाएगी।

दो दिनों बाद तीन पैदल सेनाओं और दूसरे नंबर की घुड़सवार सेना ने हम लोगों को घेर लिया तथा नाना को और मुझे खजाने में बंद कर दिया तथा शस्त्रागार तथा खजाना लूट लिया। खजाने में उन्होंने कुछ भी नहीं छोड़ा। सिपाहियों ने नाना को 2 लाख 11 हजार रुपए दिए। पर उस (धन) पर भी उन्होंने अपने पहरेदार नियुक्त किए। नाना भी इन संतरियों की निगरानी में थे। हमारे सिपाही भी विद्रोहियों से मिल गए। इसके बाद सारी सेना ने वहाँ से कूच किया। विद्रोहियों ने नाना को, मुझको तथा हमारे सब कर्मचारियों को अपने साथ ले लिया और बोले, 'दिल्ली चलो'। कानपुर से 6 मील दूर जाने पर नाना ने कहा कि दिन लगभग समाप्त हो चुका है, अतएव यहीं रुक जाना ठीक होगा। प्रात:काल पुन: कूच किया जा सकता है। रात को समस्त सेना ने नाना से कहा कि वे उनके साथ दिल्ली चलें। उन्होंने दिल्ली जाने से इनकार कर दिया। तब वे सिपाही बोले, "हमारे साथ कानपुर चलकर अंग्रेजों से युद्ध करो।" नाना ने इस पर एतराज किया, पर उन्होंने उनकी एक न सुनी। इस प्रकार वे उन्हें कैदी के रूप में कानपुर ले आए और वहाँ पहुँचकर लड़ाई छेड़ दी। 24 दिनों तक लड़ाई होती रही। चौबीसवें दिन जनरल ने सुलह का झंडा फहराया और युद्ध बंद हो गया। नाना ने एक गिरफ्तार की गई स्त्री द्वारा व्हीलर के पास पत्र भेजा कि सिपाही उसकी आज्ञा नहीं मानते, पर अगर वे चाहें तो उनको तथा उनके साथियों को इलाहाबाद भेजने की व्यवस्था की जा सकती है। जनरल का उत्तर आया कि वह इस (व्यवस्था) को पसंद करते हैं। उसी दिन शाम को जनरल ने नाना के पास एक लाख से भी अधिक रुपए भेजे और उन्हें इस रकम को रखने का अधिकार दिया। दूसरे दिन मैंने 40 नावें ठीक कीं और उनमें पुरुषों, स्त्रियों तथा बच्चों को बैठाकर इलाहाबाद के लिए रवाना किया। इसी समय सारी सेना—जिनमें तोपखाना भी शामिल था, तैयार होकर गंगा के पास आई। सिपाही पानी में कूद पड़े और स्त्रियों और बच्चों की हत्या करने लगे और नावों में आग लगा दी। उन्होंने 39 नावें नष्ट कर डालीं। एक नाव काला काँकर तक पहुँची। पर वह भी वहाँ पकड़ ली गई और कानपुर वापस लाई गई। उसके सब लोग मार डाले गए।

चार दिनों बाद नाना ने कहा कि वह अपनी माता का श्राद्ध करने बिठूर

जाएँगे। सिपाहियों ने उन्हें जाने दिया। कुछ सिपाही उनके साथ बिठूर गए। श्राद्ध के बाद वे उन्हें कानपुर ले आए। नाना को जो रुपए पहले दिए गए थे, वे सेना के सिपाहियों की तनख्वाह को बाँटने के लिए दिए गए।

उन्होंने (सिपाहियों ने) हसन फतेहपुर में (अंग्रेजों से) लड़ने की तैयारी की। उन्होंने सुना था कि फतेहपुर में अंग्रेजों की सेना आ पहुँची है। उन्होंने नाना को साथ चलने को कहा। नाना ने इनकार कर दिया। नाना और मैं कानपुर में ही रह गए। नाना ने ज्वालाप्रसाद को अपनी ओर से उनके साथ भेजा। वहाँ हारकर वे कानपुर वापस आए। यूरोपियन सेना ने कानपुर तक उनका पीछा किया। यहाँ फिर दो घंटे लड़ाई हुई। क्रांतिकारी सेना पुनः हार गई। ऐसी स्थिति में मैं और नाना बिठूर की ओर भागे। वहाँ हम लोग मध्यरात्रि को पहुँचे। विद्रोही सेना हमारे पीछे ही लगी हुई थी। दूसरे दिन कुछ धन साथ लेकर नाना फतेहपुर पहुँचे। विद्रोही सेना नाना के पीछे बिठूर पहुँची और उसने बिठूर को लूटा। नाना साहब, बाला साहब, राव साहब तथा मैंने अपनी-अपनी पत्नियों के साथ गंगा पार की। (इस प्रकार) हम लोग लखनऊ के राज्य में फतेहपुर आ गए और चौधरी भोपाल सिंह के यहाँ रहने लगे। कुछ दिनों बाद जब 42 नंबर की सेना शिवराजपुर पहुँची और उसने नाना को लिखा कि वे किसी ऐसे आदमी को भेजें जो उन्हें उन तक पहुँचा सके, मैं वहाँ पहुँचा और उनसे कहा कि नाना ने उन्हें बुलाया है। इतने में वहाँ अंग्रेजी सेना आ पहुँची। 42वीं सेना बिठूर पहुँची और वहाँ युद्ध हुआ। मैं उनके साथ था। हार जाने पर हम लोगों ने भागकर गंगा पार की और नाना के पास आ पहुँचे।

कुछ दिनों बाद नाना ने मुझे आज्ञा भेजी कि मैं ग्वालियर जाकर मुरार की सहायक सेना को लड़ने के लिए ले जाऊँ। मुरार जाकर सहायक सेना को मैं कालपी ले आया। नाना ने अपने भाई बालासाहब को कालपी भेजा और उनकी आज्ञा के अनुसार, मैं सेना के साथ कानपुर के विरुद्ध लड़ने गया। कालपी में मैंने थोड़ी सेना तथा एक तोपखाना छोड़ दिया था। कानपुर में 11 दिनों तक युद्ध होता रहा। जब विद्रोही सेना हार गई तब हम सब भाग खड़े हुए। दूसरे दिन हम लोग शिवराजपुर में लड़े। वहाँ हारकर 15 तोपें लेकर हम भाग खड़े हुए। इसी समय नाना ने राव साहब को कानपुर भेजा था। बालासाहब तथा रावसाहब के साथ नानामऊ के घाट से मैंने गंगापार की। रात भर हम खेड़ा में रहे। रावसाहब ने मुझे आज्ञा दी कि कालपी की सेना तथा तोपखाने को सँभालूँ, इसके अनुसार मैं कालपी गया। वहाँ पहुँचने के बाद मुझे नाना की आज्ञा मिली कि मैं चरखारी

पर आक्रमण करूँ। राव साहब भी मेरे पीछे आने वाले थे। इसके अनुसार मैं 900 सिपाही, 200 घुड़सवार तथा चार तोपों के साथ चरखारी गया और लड़ाई आरंभ हुई। चार दिनों के बाद राव साहब कालपी आए। 11 दिनों तक लड़ने के बाद मैंने चरखारी पर अधिकार कर लिया। मैंने राजा से 3 लाख रुपए तथा 24 तोपें लीं। इस समय वहाँ बानपुर और शाहगढ़ के राजा, दीवान देशपत और कचवाया खरवाल के दौलतसिंह आदि बहुत से लोग आकर मुझसे मिल गए थे। (यहीं) मेरे पास झाँसी की रानी का पत्र आया कि वह यूरोपियनों से लड़ रही हैं। उन्होंने मुझसे प्रार्थना की थी कि मैं उनकी सहायता के लिए पहुँचूँ। मैंने इसकी सूचना कालपी में राव साहब के पास भेजी। जयपुर से आकर राव साहब ने झाँसी की सहायता करने की आज्ञा दी। इसके अनुसार मैं झाँसी पहुँचा और बरुआसागर में ठहरा। वहाँ राजा मानसिंह मुझसे आकर मिले। दूसरे दिन झाँसी से एक मील दूर हमारी सेना और अंग्रेजी सेना में युद्ध हुआ। उस समय 22 हजार सैनिक तथा 28 तोपें थीं। इस युद्ध में हम हार गए। कुछ विद्रोही सैनिक चार-पाँच तोपे लेकर भागकर कालपी पहुँचे। 200 सिपाहियों के साथ भांडेर और कोंच होते हुए मैं कालपी पहुँचा। उसी दिन शाम को रानी कालपी पहुँची और राव साहब से कहा कि वह उसे कुछ सेना दें, ताकि वह लड़ सकें। दूसरे दिन सवेरे राव साहब ने समस्त सेना को परेड करने की आज्ञा दी और मुझसे कहा कि मैं रानी के साथ युद्ध में जाऊँ। इसके अनुसार मैं रानी के साथ सेना लेकर गया।

कोंच में लड़ाई हुई, जो दोपहर तक होती रही। हम पुनः हार गए। मैं भागकर चर्खी पहुँचा। यह जालौन से चार मील की दूरी पर है। यहाँ मेरे कुटुंबी रहते थे। बाद में राव साहब ने कालपी में युद्ध किया पर हार गए। अपनी सेना के साथ वह गोपालपुर पहुँचे। वहाँ से हम लोग ग्वालियर की ओर रवाना हुए। हमें महाराजा सिंधिया से एक दिन युद्ध करना पड़ा। उन्हें हमने हराया। तीन दिनों के बाद सिंधिया की पूरी सेना राव साहब से मिल गई। खजांची अमरचंद बांठिया द्वारा ग्वालियर के खजाने का काफी धन मिला, जिससे सिपाहियों को तनख्वाह बाँटी गई। रामराव गोविंद भी हमारे साथ था।

कुछ दिनों बाद कालपी से अंग्रेजी सेना ग्वालियर पहुँची। सिरपुर (शिवपुरी) से भी एक सेना आई। पुनः युद्ध हुआ। यह 4-5 दिनों तक चलता रहा। इस युद्ध में झाँसी की रानी मार डाली गई। रामराव गोविंद ने उनके मृत शरीर को जला दिया। इस युद्ध में हम सब हार गए। 25 तोपें साथ लेकर हम भाग खड़े हुए। जौरा

अलीपुर पहुँचकर हम लोग रात भर वहाँ रहे। दूसरे दिन सवेरे हम पर आक्रमण किया गया। हम डेढ़ घंटे तक लड़ते रहे। हमने पाँच बार गोले दागे, अंग्रेजी सेना ने चार बार। सब तोपें छोड़कर हम भाग खड़े हुए। चंबल पहुँचकर हम टोंक पहुँचे। टोंक के नवाब ने हमसे युद्ध किया। हमने उससे चार तोपें छीन लीं। इन तोपों के साथ हम माधोपुर और इंदरगढ़ होते हुए भीलवाड़ा पहुँचे। यहाँ अंग्रेजी सेना ने हम पर आक्रमण किया। रात में ही अपनी सेना तथा तोपों के साथ मैं भाग खड़ा हुआ। इस समय मेरे पास आठ-नौ हजार सैनिक और 4 तोपें थीं। रात को हम नाथद्वारा से 4 मील कोटरा में रहे। दूसरे दिन सुबह हम पाटन की ओर रवाना हुए। एक मील आगे बढ़ते ही अंग्रेजी सेना आ गई। अपनी तोपें छोड़कर हम भागे और शरणार्थी के रूप में पाटन पहुँचे। इस समय हमारे साथ थे बांदा के नवाब, जो कालपी से हमारे साथ थे। कमोना के नवाब हमें इंदुर्की में आकर मिले थे।

पाटन पहुँचकर हमने राजा को जीत लिया। उसकी तोपों और बारूदखाने पर हमने अधिकार कर लिया और उसके महल को घेर लिया। दूसरे दिन मैंने राजा से कहा कि वह सेना के खर्च के लिए धन दे। उसने कहा कि वह केवल पाँच लाख रुपए दे सकता है। दूसरे दिन राव साहब ने राजा को बुलवाया और 25 लाख रुपए की माँग की। राजा ने कहा कि वह पाँच लाख से अधिक देने में असमर्थ है। पर थोड़ी सी बहस के बाद यह तय हुआ कि राजा 15 लाख रुपए दे। राजा ने कहा कि वह महल जाकर रुपए भेज देगा। तदनुसार वह चला गया और उसने सवा दो लाख रुपए भेजे और उसने वादा किया कि बाकी रकम पहुँच जाएगी। दूसरे दिन उसने 5 लाख रुपए दे दिए।

पाँचवीं घुड़सवार सेना के वर्दी मेजर इमाम अली ने राजा से बुरा व्यवहार किया। रात में राजा भाग गया। यहाँ हम 5 दिनों तक रहे। हमने अपनी सेना को यहाँ तीन महीने का वेतन दिया। सवार को 30 रुपए तथा पैदल को 12 रुपए प्रतिमास दिए गए। 18 तोपें साथ लेकर हम सिरोंज के लिए रवाना हुए। राजगढ़ पहुँचने पर अंग्रेजी सेना ने हम पर आक्रमण कर दिया। अपनी तोपें छोड़कर हम भागे तथा निजाकिला होते हुए सिरोंज पहुँचे। हम लोग आठ दिनों तक सिरोंज में रहे और वहाँ से ईसागढ़ के लिए रवाना हुए। यहाँ पहुँचकर हमने रसद माँगी, पर लोगों ने रसद नहीं दी। हमने उन पर हमला किया और लूट लिया। यहाँ हम ठहर गए। दूसरे दिन राव साहब ने मुझे चंदेरी जाने को कहा तथा वे स्वतः तालबेहट मार्ग से आगे बढ़े। उनकी आज्ञा अनुसार मैं चंदेरी पहुँचा। राव साहब ललितपुर

पहुँचे। चंदेरी के किले से हम पर चार गोले दागे गए। हमने किले पर आक्रमण किया, सिंधिया के कर्मचारियों से युद्ध किया। तीन दिनों बाद 11 तोपों के साथ हम मंगरौली (मुंगावली) पहुँचे। सात तोपें हमें ईसागढ़ में मिली थीं और चार सिरोंज में। मुंगावली के मार्ग पर हमें अंग्रेजी सेना मिली। थोड़ी देर तक गोलाबारी होती रही। बाद में हम अपनी सब तोपें छोड़कर भागे।

जाखलौन पहुँचने के दूसरे दिन हम सुलतानपुर पहुँचे। यहाँ राव साहब भी आ गए थे। तीन दिनों के बाद अंग्रेजी सेना आ गई। राव साहब अपनी सेना को जाखलौन ले गए। वहाँ थोड़ी गोलाबारी हुई। इस लड़ाई में मैं उपस्थित न था। राव साहब ललितपुर लौट आए। दूसरे दिन वे कजरिया पहुँचे और वहीं रुक गए। दूसरे दिन जैसे ही हम लोग रवाना होने वाले थे, वैसे ही अंग्रेजी सेना आ गई। डेढ़ घंटे तक लड़ाई चलती रही। हम लोग अपनी सब तोपें छोड़कर भाग खड़े हुए और तालबेहट पहुँचे। उस दिन वहाँ रुककर दूसरे दिन जाखलौन गए। वहाँ से इटावा पहुँचे, जो 12 मील दूरी पर था। यहाँ हम रुके। यहीं हमें पता लगा कि अंग्रेजी सेना हमें घेरने के लिए आ रही हैं। रात ही में हम लोग वहाँ से चल दिए। सवेरे अंग्रेजी सेना आई। हमारी सेनाएँ अलग-अलग हो गईं। मैं राव साहब के साथ हो लिया और राजगढ़ होते हुए आगे बढ़ा, और नर्मदा को पार कर कंडला होते हुए खारगोन की बस्ती में पहुँचा। हमारे साथ की सेना ने कंडला का थाना जला दिया। राव साहब ने बहुत रोका पर वह न मानी। यह चार महीने पूर्व की बात है। खारगोन बस्ती में होलकर के 150 पैदल सैनिक, घुड़सवारों की एक टोली और दो तोपें थीं। हमारे पक्ष में आने के लिए हमने इन्हें बाध्य किया, और इन्हें साथ लेकर दूसरे दिन हम गुजरात की ओर रवाना हुए। हमने उस मार्ग को पार किया, जिस पर तार लगे थे। सिपाहियों ने तार काट डाले और 7 बैलगाड़ियों को लूट लिया, जिसमें सरकारी सामान ग्वालियर जा रहा था। हमने गाड़ियों के साथ के चपरासियों और चौकीदारों को पकड़ लिया और उन्हें अपने साथ रखा। कुछ चौकीदारों को उन्होंने (सिपाहियों ने) फाँसी पर लटका दिया। सड़क छोड़कर हम पश्चिम की ओर बढ़े।

दूसरे दिन अचानक अंग्रेजी सेना ने आक्रमण किया। दो तोपें छोड़कर हम भाग खड़े हुए और नर्मदा तट पर पहुँचे। दूसरे तट पर सौ सैनिकों के साथ एक (अंग्रेज) अफसर था। ज्यों ही हमारी सेना पार होने लगी, त्यों ही वे सैनिक भाग खड़े हुए। हमने चिकला को लूटा और मध्यरात्रि को ही वहाँ से चल दिए। चौंतीस

मील चलने के बाद हम राजपुर में रुके। वहाँ के राजा से हमने दूसरे दिने 3,900 रुपए और तीन घोड़े लिये और छोटा उदयपुर के लिए रवाना हुए। दूसरे दिन अंग्रेजी सेना ने हम पर छापा मारा। कुछ उनके लोग मारे गए, कुछ हमारे। छोटा उदयपुर से हम देवगढ़ बारी गए और वहाँ से हमारी सेना बँट गई। यहाँ जंगल था। हम यहाँ दो दिन रुके। सेना के पुन: एकत्र होने पर हम बाँसवाड़ा गए। यहाँ हमारी सेना ने 17 ऊँटों को लूट लिया, जिन पर व्यापारियों का कपड़ा लदा हुआ था। यहाँ से हम सलोमार पहुँचे। उदयपुर के राजा के प्रतिनिधि सरसिंह से कहा कि वह हमें रसद दे। उसने कुछ रसद भेजी और हम उदयपुर की ओर रवाना हुए। रास्ते में हमें अंग्रेजी सेना का समाचार मिला और हम भीलवाड़ा वापस आए। वहाँ दो दिन रुककर हम प्रतापगढ़ पहुँचे। यहाँ नीमच की अंग्रेजी फौज से हमारी दो घंटे लड़ाई हुई। रात को 8 बजे हम भाग खड़े हुए और मंदसौर से 6 मील दूर आकर रुके। तीन मंजिलों के बाद हम जीरापुर पहुँचे। यहाँ एक अंग्रेज सेना ने हम पर छापा मारा और इसी प्रकार छपरा-बरोद में भी हम पर छापा मारा गया। हम भागकर नाहरगढ़ पहुँचे। यहाँ हम पर तोपों के नौ गोले बरसाए गए। हम तोपों की मार के बाहर हो गए और रात भर वहाँ रहे। राव साहब ने रिसालदार नन्नू खाँ को राजा मानसिंह को बुलाने भेजा। राजा आए और पाड़ोन से 2 मील तक हमारे साथ रहे। यहाँ हम ठहर गए। दो दिन रहने के बाद तीसरे दिन हम किलवारी से आठ मील आगे पहुँचे। राजा मानसिंह नदी तक हमारे साथ आए। जब हम नदी के पार हुए तो वे चले गए। दो मंजिलों के बाद हम इंदरगढ़ पहुँचे, जहाँ फिरोजशाह अपने अंगरक्षकों और बारहवीं सेना के साथ मिले। दूसरे दिन दो मंजिलें तय कर हम देवास पहुँचे। अंग्रेजी सेना ने अचानक हम पर आक्रमण कर दिया। दोनों ओर के कुछ आदमी मारे गए। वहाँ से हम मारवाड़ की ओर भागे। हम एक गाँव में पहुँचे, जो मारवाड़ से 60 मील दूर था। इसका नाम मैं भूल गया हूँ। उस रात को 4 बजे अंग्रेजी सेना ने हम पर छापा मारा और बारहवीं घुड़सवार सेना राव साहब की सेना से अलग हो गई। दूसरे दिन ठाकुर नारायण सिंह, मानसिंह के चाचा अजीत सिंह और गंगा सिंह हमारे साथ हो लिये। वे इसी ओर आ रहे थे। देवगढ़ बारी से मेरा और राव साहब का झगड़ा होता आ रहा था। मैंने उनसे कहा कि पहला अवसर मिलते ही मैं उससे अलग हो जाऊँगा, क्योंकि मैं बहुत थक गया हूँ। यहाँ मौका मिला और मैंने उनका साथ छोड़ दिया और उपर्युक्त दलों के साथ हो लिया।

जिस समय मैंने राव साहब का साथ छोड़ा, उस समय उनके पास छह

हजार जवान थे। मेरे साथ केवल तीन आदमी थे। दो खाना बनाने वाले तथा एक रईस। मेरे साथ तीन घोड़े और एक टट्टू भी था। साथ में रामराव और नारायण (नामक) दो पंडित थे। रईस का नाम गोविंद था, जो हमारे साथ दो मंजिल रहा और बाद में भाग गया। हम पाडौन के जंगलों में पहुँचे और राजा मानसिंह से मिले। राजा मानसिंह से छुट्टी लेकर अजीतसिंह अपने घर चले गए। मैं तथा नारायणसिंह मानसिंह के साथ रहे। राजा ने कहा—"तुमने अपनी सेना का साथ क्यों छोड़ दिया? तुमने अच्छा नहीं किया।" मैंने उत्तर दिया—"मैं दौड़ते-दौड़ते थक गया था और चाहे मैंने अच्छा किया या बुरा, अब मैं तुम्हारे साथ ही रहूँगा।" बाद में मैंने सुना कि राव साहब की सेना पाटण गई और वहीं से सिरोंज की ओर गई। मैंने राजा मानसिंह से कहा कि मैं आदमी भेजकर उनका पता करना चाहता हूँ और मानसिंह ने मेरी बात पसंद की। मैंने आदमी भेजा। मुझे समाचार मिला कि राव साहब वहाँ नहीं हैं, पर आठ या नौ हजार सेना के साथ वर्दी मेजर इमामअली, फिरोजशाह और अंबापानी के नवाब आदिल मुहम्मद वहाँ हैं। पाँचवीं घुड़सवार सेना के वर्दी मेजर इमामअली ने मुझे लिखा कि मैं आकर उनसे मिल जाऊँ। मेरे मालिक नाना की मुहर खो गई थी और पाडौन में मैंने दूसरी बनवाई।

वर्दी मेजर का संदेश पाने के बाद मैंने एक आदमी मानसिंह के पास भेजा, जो महूदिया में मेजर मीड के कैंप में था। उससे मैंने (इमामअली के) पत्र का हाल कहलवाया और उससे पूछा कि मैं रहूँ या जाऊँ। मेजर मीड के सामने आत्मसमर्पण करने के पूर्व राजा मानसिंह ने मेरी सलाह ली थी। उसने मेरे पास एक आदमी छोड़ दिया था और कहा था—"जहाँ यह कहे, वहीं ठहरना।" राजा मानसिंह ने मेरे संदेश का उत्तर दिया कि तीन दिनों के अंदर वह उनसे आकर मिलेगा और तब हम तय करेंगे कि क्या करना चाहिए।

इसी के अनुसार वह तीसरे दिन रात को आया और मुझसे बहुत-सी बातें कीं और मुझसे कहा कि मेजर मीड का व्यवहार बहुत अच्छा है। जब मैंने उससे पूछा कि वह क्या सलाह देता है—मैं रहूँ या जाऊँ? तब उसने कहा कि वह सवेरे इसका उत्तर देगा। तब मैं सो गया, रात को सरकार के सिपाही आए और उन्होंने मुझे पकड़ लिया और मुझे मेजर मीड के कैंप में ले गए।

(हस्ताक्षर)

तात्या टोपी,

कामदार नाना साहब बहादुर।

मेजर मीड ने पूछा—"क्या तुमने यह बयान अपनी इच्छा से, बिना जोर-जबरदस्ती के दिया है और इस बयान के देने के लिए तुमसे कोई वादा तो नहीं किया गया या कोई आशा तो नहीं दिखाई गई है?"

तात्या टोपे ने उत्तर दिया—"मैंने स्वेच्छा से यह बयान लिखवाया है। न किसी ने मुझ पर दबाव डाला है और न यह बयान देने के लिए कोई वादा ही किया गया है और न कोई आशा ही दिलाई गई है।"

(हस्ताक्षर)
तात्या टोपी
कामदार नानासाहब बहादुर
(दो गवाहों के हस्ताक्षर)

उपर्युक्त बयान तंतिया टोपी ने 10 अप्रैल, 1859 को मेरे सामने मुशायरी के कैंप में बिना किसी दबाव अथवा बिना कोई आशा के स्वेच्छा से दिया है।

(हस्ताक्षर)
आर.जे. मीड, मेजर
कमांडिंग फील्ड फोर्स

यह बयान अंग्रेजी से अनुवादित है। अंग्रेजी में बयान की प्रति स्व. डॉ. वृंदावन लाल वर्मा के सौजन्य से उपलब्ध हुई है।

15 अप्रैल को आरंभ मुकदमे में न्याय नाटक के स्वाँग उपरांत उसी दिन फैसला भी सुना दिया गया। फैसला था—"सभी आरोप साबित मानते हुए 18 अप्रैल, 1859 को तात्या टोपे को फाँसी पर चढ़ा दिया जाए।"

1857 महासंग्राम के महानायक को मृत्युदंड सुनकर लोग विचलित हुए पर तात्या टोपे निर्लिप्त, निर्विकार थे। दो दिनों तक उन्हें शिवपुरी के किले में कड़े पहरे में रखा गया। मीड के मन में अनेक संभावनाएँ अब भी थीं। इसीलिए फाँसी वाले दिन 18 अप्रैल, 1859 को उसने सुदृढ़ सैनिक व्यवस्था की। फाँसी स्थल को सैनिकों से पाट दिया। 18 अप्रैल की शाम 7 बजे तात्या टोपे को फाँसी के मैदान में लाया गया। मैदान लोगों से खचाखच भरा था। वे पराधीनता से मुक्ति के लिए उठे इस महानायक की भाव-भंगिमा को अंतिम बार देखना चाहते थे। भारतीय परिदृश्य में ऐसा महानायक फिर कब आएगा?

अंग्रेजी कार्यप्रणाली को आश्वस्त करने के लिए मीड ने पहले आरोपों को पढ़ा, फिर दंड सुनाया। यह कार्य खुले मैदान में जानबूझकर किया, ताकि लोग आतंकित हो जाएँ और कभी स्वराज्य का स्वप्न भी न देखें। घोषणा उपरांत तात्या टोपे की बेड़ियाँ काटी गईं। तात्या टोपे उत्साह से फाँसी के तख्ते तक पहुँचाने वाली सीढ़ियों पर चढ़े और तख्ते तक पहुँचे। स्वतः फाँसी के फंदे में अपनी गरदन डाली। तख्ता खींच लिया गया। कुछ पलों में ही प्राण निकल गए और पराक्रमी महानायक का निर्जीव शरीर शेष रहा। तात्या टोपे के सहजता से मृत्यु–आलिंगन को देख सब हतप्रभ थे। जो नायक रणभूमि में तलवार की धार की तरह चीरता–फाड़ता बिजली के वेग से दुश्मनों पर आक्रमण करता हुआ आगे बढ़ता था, आज कितना शांत, निर्विकार एक स्थितप्रज्ञ की भाँति। लोगों की अश्रुधाराएँ बह निकलीं।

□

आधारभूत ग्रंथ

1. देश की बात—सखाराम गणेश देउस्कर।
2. इंडियन म्युटिनी—चार्ल्स बाल।
3. कम्पलीट हिस्टरी ऑफ द ग्रेट सिपॉय वार—व्हाइट।
4. हेस्टिंग्स रोजनामचा—6 फरवरी, 1814—हेस्टिंग्स।
5. इंडियन म्युटिनी—सर जॉन के.।
6. सिपाही वार डायरी—डब्ल्यू.एच. रसल।
7. भारत विभाजन की कहानी—एलन कैंपबेल जॉनसन।
8. भारत का प्रथम स्वतंत्रता संग्राम 1857-59, लेखक—कार्ल मार्क्स, फे. एंगेल्स (पीपुल्स पब्लिशिंग हाउस प्रा. लिमिटेड, नई दिल्ली)।
9. झाँसी की रानी—वृंदावन लाल वर्मा।
10. तात्या टोपे—श्रीनिवास बालाजी हर्डीकर।
11. अठारह सौ सत्तावन—श्रीनिवास बालाजी हर्डीकर।
12. फाइल : होम 1923 नं. 146, राष्ट्रीय अभिलेखागार, नई दिल्ली।
13. आँखों देखा गदर—अमृतलाल नागर।
14. स्वाधीनता आंदोलन का स्वर्णिम इतिहास—शंकर बाम।
15. महिलाएँ और स्वराज्य—आशा रानी व्होरा।
16. गदर के फूल—अमृतलाल नागर।
17. धर्मपाल समग्र—भाग-1।

18. मध्य प्रदेश में—स्वाधीनता आंदोलन का इतिहास—द्वारका प्रसाद मिश्र।

19. अवध के गदर का इतिहास।

20. 1857- Surendranath sen - publication division ministry of Informtion & Bradcasting Govt. of India.

21. Docunents of Jabalpur & Mandla - Editer : Pankaj Rag, Gita subharwal, Directorate of Archaology Archives & Museums Banganga Road, Bhopal.

22. The Indian Rebellion of 1857 & 1858 Central India - Thomas Lowe-London, longman, green, Longmam & Roberts, 1860.

23. मध्य भारत में विद्रोह—डॉ. बी.एन. लूणिया।

24. जंगे आजादी में इंदौर ग्वालियर—डॉ. शिव वर्मा।

25. सन् 1857 का विप्लव—बेनी प्रसाद बाजपेयी, आदर्श हिंदी पुस्तकालय, 592 मालवीय नगर, इलाहाबाद।

26. प्रथम स्वतंत्रता संग्राम, बुंदेली अभिलेख खंड-2, संचालनालय पुरातत्त्व, अभिलेखागार एवं संग्रहालय मध्य प्रदेश।

27. भोपाल रियासत में स्वाधीनता आंदोलन—भगवान दास श्रीवास्तव।

28. झाँसी की रानी—बलवंद दत्तात्रेय।

29. New Gagetteer of Jhansi.

30. भारतीय इतिहास पर टिप्पणियाँ—कार्ल मार्क्स इंडिया पब्लिशर्स लखनऊ।

31. राष्ट्रीय अभिलेखागार—सीक्रेट इंटेलिजेंस, 1858।

32. राष्ट्रीय अभिलेखागार—सीक्रेट गवर्नर जनरल के नाम गवर्नर जनरल के एजेंट की ओर से पत्र।

33. 'भारत में सशस्त्र क्रांति की भूमिका'—तरिणी शंकर चक्रवर्ती, 15-बी, एडमांस्टन रोड, इलाहाबाद।

34. 'भारत का मुक्ति संग्राम'—अयोध्या नाथ सिंह, रेखा प्रकाशन, कलकत्ता।

35. '1857 का भारतीय स्वातंत्र्य-समर'—वीर सावरकर, राजधानी ग्रंथागार, नई दिल्ली।

36. 'इंपीरियल गजेटियर ऑफ इंडिया'—खंड-22।

37. 'भारत में अंग्रेजी राज'—पं. सुंदरलाल, प्रकाशन विभाग, भारत सरकार, नई दिल्ली। (दो भाग)।

38. 'भारतीय स्वतंत्रता संग्राम का इतिहास'—रामगोपाल, पुस्तक केंद्र, 72 हजरतगंज, लखनऊ।

39. 'भारतीय स्वतंत्रता आंदोलन का इतिहास' (प्रथम खंड)—ताराचंद, प्रकाशन विभाग, भारत सरकार, नई दिल्ली।

40. 'मध्य प्रदेश में स्वाधीनता, आंदोलन का इतिहास'—गवर्नमेंट रीजनल प्रेस, ग्वालियर।

41. 'आधुनिक भारत' (ए हिस्टरी ऑफ मॉडर्न इंडिया) (1707-1947)—एल.पी. शर्मा, प्रकाशक—लक्ष्मीनारायण अग्रवाल, हॉस्पिटल रोड, आगरा।

42. 'इंडियन मार्टियर्स' (खंड-I, II, III)-प्रकाशन विभाग, भारत सरकार, नई दिल्ली।

43. 'दिल्ली फ्रीडम फाइटर्स हू इज हू'—गजेटियर यूनिट, दिल्ली एडमिनिस्ट्रेशन, दिल्ली।

44. Douglas Dewar—A Hand-book to the English Pre-Mutiny Records.

45. William Edward—Personal Adventures during the Indian Rebellion.

46. William Forbes-Mitchell-Reminiscences of the Great Mutiny.

47. Henry Knolys—Incidents in the Sepoy War 1857-58.

48. Col. A.R.D. Mackenzie - Mutiny Memoirs.

49. Mark Thornhill-Personal Adventures and Experiences.

50. Col. Thomas Nicholls Walker - Through the Mutiny.

51. Reginald Cr. Wilberforce - An unrecorded Chapter of the Indian Mutiny.

52. Julius George Medly - A years Campaigning in India.

53. Lt. Gen. Shadwell-The Life of Sir Colin Campbell.

54. सन् सत्तावन की राज्य क्रांति—डॉ. रामविलास शर्मा।

55. प्रथम स्वतंत्रता संग्राम, खंड-3, उर्दू एवं फारसी अभिलेख संचालनालय पुरातत्त्व अभिलेखागार एवं संग्रहालय, मध्य प्रदेश।

56. Freedom Struggle in Uttar Pradesh, 6 Volumes (Publication Bureau, Government of U.P., Lucknow).

57. Recollections of Compaign in Malwa and Central India - Dr. Sylvester.

58. Memories of My Indian Carrer - Sir George Campbell.

59. Havelock's March on Cawnpre - Trevelyan.

60. Dairy in India - Sir W.H. Russell.

61. History of Indian Mutiny - Kay and Malleson.

62. My Reminiseenes in India - Frobes Mitchel.

63. India in Victorian Age—K.G. Dutta.

64. Forty Years in India—Lord Roberts.

65. The Indian Mutiny—Charles Ball.

66. Campaign Experiences in Rajpootana and Central India - Mrs. Henery Duberley.

67. History of Our Own Times—Justice Macarthy.

68. Taty Topy's Operation Red Lotus Parag Tope, Rupa Co. New Delhi.

69. कानपुर का इतिहास—पं. लक्ष्मीकांत त्रिपाठी तथा स्व. नारायणप्रसाद अरोड़ा।

70. तात्या टोपे : बुंदेलखंड में—डॉ. परशुराम विरही

उपरोक्त पुस्तकों के अतिरिक्त राष्ट्रीय अभिलेखागार में उपलब्ध पत्रादि, रपटों, सूचनाओं विभिन्न समाचार-पत्रों-पत्रिकाओं में विषयक लेख भी आधारभूत संदर्भ रहे।

□□□